KB263941

티 눈

티눈

김성금 장편소설

다인미디어

밤사이 눈이 내렸다. 수리산의 관모봉, 태을봉 위로 운무가 내려 선계에라도 서 있는 듯 하다. 동양화처럼 아름다운 설경을 보며 마음을 정리해 본다.

'티눈'를 세상 속으로 떠나보내니 시원섭섭한 심정이다. 그 동안 이 소설의 등장인물들은 몇 년간 내 뇌리에서 함께 살아왔다. 그 인물들이 마음의 가시를 뽑아 던지고, 이제 아름다운 미래를 꿈꾸며 살기를 바란다.

임오년 새해가 다가온다. 또 다른 인물들이 내 머릿속으로 들어와 자리를 잡으려 한다. 연년생을 출산하는 산모처럼 힘겹지만, 소설 쓰는 일이 내게는 또한 사는 이유가 된다.

나의 소설 쓰기 역시 마음의 티눈일 것이다. 내 인생이 다하기까지 티눈처럼 자라나오는 상념이 끊이지 않을 것 같다.

2001년 12월
김성금

차 례

1
프롤로그

나뭇가지가 흔들린다. 인물들이 굼뜨게 움직인다. 나무숲 속으로 그들의 모습이 사라졌다. 나는 커튼 뒤에 몸을 감추고 망원경을 집어들었다. 한 줄기 바람에 잎새들이 하르르 떤다.

옷자락이 보인다. 이리저리 움직이던 사람들이 드디어 제자리를 잡고 앉았다. 진달래동산에 까만 머리들이 섬처럼 솟아 있다.

우리 집은 고층아파트의 사 층에 위치해 있다. 그래서 망원경을 눈앞으로 들이대면 야산의 기슭이 코앞에 닿을 듯 가깝게 보인다.

책가방을 열고 그 안을 들여다보는 여학생의 표정이 사뭇 달떠 있다. 그 안에 무엇이 들었을까? 나는 심호흡을 했다. 무슨 일인가 벌어질 것만 같다. 망원경을 든 손바닥이 축축해 왔다. 여학생의 손에 들려나온 것은 검은 비닐봉지였다. 망원경을 아이들의 얼굴에 고정시켰다. 교복을 입은 여학생들은 기껏해야 중학교 일이 학년 정도 되어 보인다.

저 쪽에서는 아파트 내부가 보일 리 없겠지만, 그래도 커튼 뒤에 몸을 감추고 머리만 살짝 내밀어 그들을 관찰한다. 입안에 고여있던 침이 꼴깍 소리를 내며 목젖을 통과했다.

내게도 끝날 것 같지 않던 사춘기 시절이 있었다. 희망이 풍선처럼 부풀어 뭐든지 하고 싶었는데….

여학생들은 비닐봉지 안에 무언가를 짜 넣었다. 검은 봉지를 머리에 뒤집어 쓴 아이들은 하나씩 바닥에 드러누웠다. 온 산에 가득 핀 진달래꽃, 그 아래로 어린 소녀들의 진저리치는 듯한 몸부림…. 온몸을 배배 트는 그들의 몸짓에서 음산한 신음소리가 들리는 듯 하다.

나는 망원경을 내려놓고 소파에 길게 누웠다. 억센 팔이 내 몸을 움켜쥐고 있는 듯이 꼼짝할 수가 없다.

[삐뽀 삐뽀]

나는 사이렌 소리에 벌떡 일어났다. 커튼을 들추고 망원경만 비죽이 내밀었다. 비닐봉지를 벗은 아이들의 얼굴이 데드마스크처럼 하얗다. 그런 얼굴에 미소가 번져 으스스하기까지 하다.

누가 신고를 한 걸까. 비탈을 오르는 경찰관들의 모습이 보인다. 허리에 양손을 얹고 뭐라고 훈계를 하는 모양인데, 여학생들은 꿈틀꿈틀 거릴 뿐, 똑바로 일어서지도 못한다. 경찰관들이 바닥에 나뒹구는 책가방을 주워들고, 여학생들을 부축하며 언덕을 내려가고 있다.

그제야 나는 커튼자락을 꼭꼭 여며 놓았다. 가스레인지에 올려놓은 주전자에서 길다란 김이 힘차게 뿜어져 나온다.

혜란의 울먹이는 목소리가 커핏물에 섞인다.

"은숙이가 ○○병원 정신병동에 입원해 있단다. 언제 함께 가 볼래?"

커피를 한 모금 마셨다. 코끝이 덩달아 알싸해지며, 눈물이 핑 돈다.

사춘기, 그 혼란의 시기를 잘 보내야 인생의 길을 바로 갈 수 있다. 난 그 때 비틀거렸다. 그래서 굽은 내 인생을 곧게 펴려고 이십 년이 지난 지금까지 애를 쓰고 있다. 티눈처럼 마음 한 구석에 틀어박혀 있다가 잘라내면 또 자라 나오는 아픈 기억들…. 아무리 약을 바르고 잘라내어도 뿌리가 깊숙이 박혀 뿌리째 뽑히지 않는 티눈처럼, 돋아나는 과거의 망령들….

고등학교 1학년, 열 일곱 살.

그 해 여름방학 때 있었던 일을 누군가에게 털어놓고 싶다.

사람이 아닌 기계라도 좋을 것 같다. 그 동네, 그리고 그 여행에 관해서….

그렇게 하고 나서 내게 돌아올 파장이 얼마나 클지 모르지만, 난 고백하고 싶다. 그리고 과거의 그림자에서 이제는 놓여나고 싶다.

2
주홍구두

짧은 머리카락을 쓱쓱 빗어 넘겼다. 배낭을 짊어지고 건물 입구로 나갔다.

"굿모닝!"

화단에 다리를 걸치고 등산화 끈을 묶고 있던 소희네가 나를 돌아다보았다.

"나는 석선생이 부럽더라. 싱글이니 얼마나 홀가분하겠어. 주부는 돈도 못 벌면서 하루종일 잡일이 많은 노동자라니까."

영일네는 배낭을 어깨에 채 메지도 못하고, 운동화를 질질 끌고 나오는 중이었다.

"소희엄마 말이 맞아. 석선생 결혼 안 하기를 잘했어."

"별 소리를 다 하시네요. 저는 두 분이 부러운데요?"

우스운 소리도 아니 건만 우리 세 사람은 까르르 소리를 내어 웃었다.

면 장갑을 꺼내 끼고 나서 산비탈을 올랐다. 앞산으로 오르는 길은 급경사라서 중턱쯤 오르면 아랫배가 당겼다. 그리고 허리를 펼 수 없을 지경으로 아팠다. 숨도 제대로 쉴 수가 없다. 속옷이 축축하게 젖었다.

산에 오를 때는 얇은 점퍼를 입어야 체온조절을 하는데 도움이 되었다. 점퍼를 벗어서 허리춤에 동여매었다. 굵은 땀방울이 뚝뚝 떨어졌다. 꼭대기에 오르니 싸늘한 바람이 땀을 식혀주었다. 그리고는 잠깐 사이 오싹 한기가 들었다. 나는 다시 점퍼를 걸쳤다. 능선을 따라 점차 높은 봉우리로 완만한 경사가 이어져있다.

한 해의 계획을 세운다고 들떠 있던 게 엊그제 같은데, 벌써 2월 말이다. 잠깐 사이 세월은 곤두박질치듯이 달아났다.

이즈막의 산은 두 계절을 넘나들었다. 산의 봉우리들이 겨울 산과 다르게 부풀어오르고 있었다. 아마도 그 안에 봄에 필 꽃들과, 푸른 잎새들을 배고 있기 때문일 게다.

여기부터는 완만한 능선이다. 숨을 깊이 들이 쉬었다 내쉬며, 가쁜 숨을 다스렸다.

겨우내 떨어진 나뭇잎들이 수북히 쌓여, 갈색 카펫을 깔아놓은 것 마냥 운동화에 밟히는 감촉이 폭신했다.

약수터 앞에 사람들이 여럿 서성대고 서 있다. 노인네들은 머리에 머플러까지 동이고 옷을 단단히 여미고는 잔뜩 웅크리고 있다. 운동복만 입고 서서 뒤뚱뒤뚱 제자리 뛰기를 하는 노인의 입에서 허연 김이 피어 오른다. 플라스틱 바가지에 가득 물을 받아서 단숨에 들이켰다. 가슴으로 차갑게 번지는 물줄기가 신선하다. 예전에는 물 한 모금 먹는데도 한참을 꿀꺽거렸는데, 이제는 단숨에 쭈욱 마실 수 있게 되었다. 등산을 하면서부터 잡념도 사라지고 소화도 잘 되었다.

우리는 물병을 가득 담은 배낭을 한켠에 내려놓고 아름드리 나무들이 모여있는 숲으로 들어갔다. 하늘 높이 쭉쭉 뻗은 나뭇가지들은 파란 하늘을 찌르지만, 그 곁에 끼어있는 작은 나무들은 배배 꼬이고 바짝 말라 있다. 우리는 튼실한 나무를 골라서 하나씩 차지하고는 등을 기대었다.

'쿵쿵'

처음에는 천천히, 부드럽게 달래가며 나무에 등을 쳤다. 점차 그 강도가 세지면서 나무를 때리는 등줄기가 아프다. 등을 칠 때마다 가는 가지들이 파르르 몸부림을 친다. 입에서 트림이 주책없이 빠져 나왔다.

"야야, 석선생, 위장병 고치는가부다."

영일네가 큰소리로 떠들어대는 바람에 모두들 내 쪽으로 시선을 주었다. 나는 당황스러웠다. 영일네 한테 눈을 흘기며 나무에서 떨어졌다.

"약이 따로 없는 게여. 운동하고 약수 먹으면 그게 건강에 최고지. 나도 작년에 중풍 맞았는데, 이제 거의 다 나았다우."

운동복을 입고 제자리 뛰기를 하던 노인이 돌아보며 더듬더듬 말을 붙여 왔다. 나는 낯모르는 사람들이 아는 체를 하는 것이 싫었다. 그리고 내 신상에 관해 관심을 보이는 것도 싫다.

"날씬한 것도 좋지만, 너무 마르면 비린내가 나. 식당에서도 봐라. 너무 마른 사람 옆에는 앉지 않으려고 하잖아. 몹쓸 병이라도 옮길까봐 겁이 나거든. 게다가 빼빼 마른 사람 옆에 앉으면 밥맛이 떨어져요. 차라리 통통한 사람은 괜찮아."

　나는 배낭 있는 곳으로 천천히 걸어갔다. 허리가 끊어질 듯 아프다. 의사의 심상찮은 눈빛이 마음에 걸렸다.
　—자궁에 혹이에요. 생리를 하면 없어지는 수도 있지요. 끝나거든 한 번 들르세요.
　두 사람은 내가 의기소침해지자 주먹으로 자신의 등을 투닥투닥 두드리며 따라왔다.
　배낭을 짊어지고 내려가다 보면 낯익은 바위며 나무들이 항상 그 자리에 그대로 있다. 당연한 일인데도 신기하고, 마음이 안정된다. 진달래 꽃봉오리가 부풀었다가 간밤의 추위에 얼어 죽었다. 피기도 전에 얼어 죽은 봉오리 끝이 젖은 분홍빛이다.
　"진달래도 주책이지. 지금이 어느 때라고 나왔담."
　"날이 갑자기 추웠다가 따뜻해 졌으니 무리도 아니지. 꽃들이 계절감각을 잃고 갈팡질팡이라구."
　"그래서 꽃나무를 냉장고에 넣었다가 거실에 내놓아 꽃을 피운다고 하잖아."
　분재에 관심이 많은 소희네의 말이 일리가 있어 보였다. 사람도 마찬가지로 겨울옷을 꺼냈다가, 춘추복을 입었다가 해가며 기온에 맞춰보지만 이맘때면 영락없이 감기에 시달렸다.
　여고 시절, 입술연지를 바르고 나팔바지를 입고, 갈데 못 갈데 휩쓸고 쏘다녔던 기억이 난다. 너무 때 이르게 나오면 얼어죽게 마련이라는 자연의 이치를 그 때는 왜 생각지 못했을까.
　길섶의 흙이 부풀어올랐다. 가는 국수 같은 얼음들이 앙바틈하게 흙 사이를 비집고 솟아 있다.
　"어머! 너무 멋있다. 우리가 산에 오지 않았다면 이런 장관을 어찌 본담?”

그런데 소희네가 가리킨 손가락 끝에 주홍빛이 현란하게 눈에 들어온다. 가슴에 쿵, 벽돌 같은 무게가 얹힌다.

“영일엄마, 저게 뭐죠? 저기 주홍색 나는 거 말이야.”

우리는 언덕 위에 오도카니 놓여있는 물건을 보며 걸음을 멈추었다. 그 곳의 바로 위에는 떼도 입히지 않은 벌거숭이 산소가 있다. 영일네는 집에 들어온 도둑을 타일러 밥상까지 차려줄 정도로 담이 셌다. 모두들 그녀를 앞세웠다. 나머지는 영일네 뒤를 따라 엉덩이를 쑥 뺀 모양새로 걸었다. 겁이 더럭 났다. 나는 발을 떼어놓지도 못하고 영일네를 올려다보았다.

“여자애 구두야. 예닐곱 살 된 아이 거 같은데? 새 신발이왜 여기 있는 거지?”

무슨 물건이든 제자리에 있을 때에 아름다운 것이라던 누군가의 말이 떠올랐다. 밥알이 밥그릇에 있지 않고, 옷에 붙었거나 볼에 붙어 있으면 추하지 않겠는가. 그렇듯이 저토록 예쁜 새 구두가 왜 산 중턱에 있는 걸까. 내 마음은 불에 덴 오징어처럼 오그라들었다.

“혹시 누가 여자 애를 강제로 끌고 간 거 아닐까요?”

“어디 이래서야 딸을 키우겠나.”

소희네가 온몸을 부르르 떨며 영일네를 지나쳐 앞서 걸었다. 나는 그 곳에 눈길을 주기조차 겁이 나서 소희네에게 바싹 붙었다. 세간에 오르내리는 흉악한 범죄가 떠올랐다. 강제추행하고 암매장을 했을지도 몰랐다. 등줄기에 얼음을 집어넣은 듯 온몸이 써늘해졌다. 우리는 이런저런 추리를 하면서 주홍빛 구두를 흘끔흘끔 뒤돌아보았다. 헐벗은 산소가 더 음산해 보였다.

세월의 휠터를 지나는 동안, 오래된 기억들이 희미해 질만도 하다. 그런데 가슴 속 한 귀퉁이에 엎드려 있던 기억이 충격적인 일을 만날 때마다 불거져 나와 한동안 가슴앓이를 시키곤 한다.

대체 저 신발의 주인은 누구일까. 몸은 이미 앙당그러졌다. 허둥대는 마음으로 비탈을 내려왔다.

영일네와 소희네는 그새 주홍구두를 잊은 걸까. 시집식구들 흉을 보는 소희네의 말에 영일네가 맞장구를 치고 있다.

"글쎄, 우리 아버님두 너무 웃기는 거 있지? 은행도 못 믿겠다며 돈을 신문지에 둘둘 말아서 가지고 있는 거야."

"어머머, 정말 이상하시네. 에미야, 이거 좀 알아서 관리해라. 그러면 소희엄마가 그 돈을 떼먹겠어? 아무튼 별종이다. 별종."

나는 그들의 잡다한 이야기를 건성 흘려들었다. 내 머릿속은 온통 주홍빛 신발에 대한 생각뿐이었다. 엘리베이터 앞에서 일행에게 모자를 벗어들고 인사를 하고는 집으로 숨어들었다.

수화기를 집어들었다. 경찰서에 신고를 해야만 할 것 같다. 하지만 함께 갔던 사람들의 의향도 궁금했다. 영일네에게 먼저 전화를 넣었다.

"저예요. 아무래도 그 구두가 심상치 않아서요. 파출소에 신고 할까봐요."

"이런! 신고하지마, 그 일이 이상하긴 하지만, 귀찮단 말이야. 사건현장으로 함께 올라가자고 할텐데, 석선생 혼자서 갈 거야? 난 지금 바뻐."

딸깍! 전화는 암팡진 소리를 내며 끊겼다. 영일네의 목소리가 동굴 속에서 나는 것처럼 우렁우렁하게 귀를 울렸다. 내일까지 기다려 볼까? 그 때까지 신발이 그대로 있으면 신고해야겠다.

옷을 훌훌 벗고 욕실로 뛰어 들어갔다. 하기야 나도 바빴다. 생리가 끝난 직후이므로 산부인과에 전화를 했었다. 병원 예약시간에 맞추려면 서둘러야 했다. 샤워기 꼭지를 머리 위에 대고 물을 틀었다. 그래 씻어 내자. 잊고 싶은 기억들이여.

*   *   *

산부인과 대기실에 앉아서 차례를 기다리고 있다. 임산부들은 부은 듯 했지만, 표정은 한없이 행복해 보였다. 한 번도 임신한 적이 없는 아랫배를 살며시 문질러 보았다.

"석경희 씨!"

간호사의 부름에 발딱 일어나 진찰실로 들어갔다. 의사는 고개를 숙인 채, 차트를 들여다보고 있다. 가만히 목례를 하자 의사는 잔잔한 웃음을 띠며 고개를 끄덕였다. 의사는 잘 생긴 얼굴에 여유 있는 미소가 번져 자상해 보였다. 만약 내가 데이트를 한다면 저런 타입이 좋겠다는 엉뚱한 상상을 하고 있었다.

"몸은 좀 어때요?"

나는 의사에게 속내를 들킨 것 같아 얼굴을 붉혔다.

"저어, 요즘 밥도 잘 먹고, 산에도 열심히 다녀요. 그래서인지 먼저 아프던 것도 팔십 퍼센트는 나은 거 같애요."

“하하하, 팔십 퍼센트요?”

나는 가지런한 의사의 앞니를 바라보며 또 얼굴이 붉어졌다.

의사는 의례적인 물음이 끝나자 간호사를 불렀다. 나는 신속하게 일어섰다. 의사나 간호사들은 옷을 벗으며 꾸무럭거리는 걸 참지 못하는 것 같다. 그 동안 병원을 들락거리며 눈치로 터득했다. 처녀막을 건들이지 않기 위해 의사는 항문을 통해 내진을 했지만 그것 역시 불쾌하긴 마찬가지였다.

“잠깐만, 의자에 앉아 보세요. 보호자 되는 사람을 만났으면 하는데요.”

가슴이 덜컥 내려앉았다. 의사의 얼굴 표정이 일시 정지된 것처럼 보였다.

“뭐가 잘못 됐군요.”

의사는 난처한 듯 미간을 찡그렸다. 손가락 끝이 파르르 떨려왔다. 나는 떨림을 멈추기 위해 양 손바닥을 마주 비볐다.

“전 혼자예요. 제게 다 말씀해 주세요.”

의사가 책상서랍에서 아이들 퍼즐놀이 같은 딱지 그림을 꺼내어 펼쳐 놓을 때까지도 나는 손가락을 멈추지 못했다. 매력적인 의사의 얼굴을 바라보아도 진정이 되지 않았다.

방광과 자궁, 난소들이 적나라하게 드러난 그림을 바로 보기가 민망스러웠다. 의사는 자궁의 한 쪽 부위에 볼펜으로 동그라미를 쳤다.

“혹이에요. 생리가 끝나고 없어지는 수도 있어서 기다려 본 건데, 혹이 그대로 있어요. 확실을 기하려면 씨티 촬영을 하는 게 좋겠어요.”

의사가 쥔 볼펜이 그림 속의 자궁 안에서 맴돌았다. 나는 의사의 손이 내 자궁 속을 마구 휘젓는 듯한 착각에 빠져들었다.
　간호사가 적어준 씨티 촬영 용지를 받아들고 아래층으로 내려갔다. 접수창구로 향하면서 다리가 후들거렸다. 약국 앞에 놓인 의자에 털썩 주저앉았다. 사람들의 모습이 물 속에 잠긴 것처럼 뿌옇게 흐려왔다. 지나간 날들이 뿌연 시야에 떠올랐다가는 사라졌다. 휴지를 꺼내 눈 주위를 꾹꾹 누르고 코를 풀었다. 그래도 자꾸만 눈물이 흘러내렸다.
　용지를 수납창구에 들이밀었다. 기계처럼 아무런 표정 없이 검사비를 또박또박 말하는 여직원의 입술을 향해 한 마디 해주고 싶었다.
　'이런 상황에 어떻게 그렇듯 침착하게 말할 수 있는 거지?'
　백을 뒤졌다. 수첩 사이에 끼워둔 비상금까지 톡톡 털어서 창구에 내밀었다. 자꾸 손끝이 떨려서 직원이 건네준 것을 떨어뜨리고 말았다. 다시 그걸 주워들고 의자에 앉았다. 영수증과 촬영할 때 참고사항이 적힌 종이를 읽고 또 읽었다. 이게 사실인가? 아프지도 않은데…. 아무런 느낌도 전달받을 수 없는 뱃속에서 꾸며지는 음모가 두려웠다. 의사의 말처럼 간단하지만은 않으리라는 것을 상식으로 알고 있었다. 심각한 문제를 설명하면서도 입가에 잔잔한 웃음기를 머금을 수 있는 의사에 대해 갑자기 적대감이 일었다.
　회전문을 밀고 밖으로 나왔다. 아니 나는 밖으로 나가지 못하고 둥근 뿔 모양의 공간에 갇혀 계속 돌고 있었다.
　"어머! 너 경희 아니니?"
　"누구더라…?"
　아는 척을 하는 여자의 얼굴이 낯이 익기는 한데 누구라고 뚜렷하게 잡히는 상이 없었다.

"혹시 ○○중학교 나왔나요?"

여자는 고개를 저으며 입을 빼뚜름히 다물고 웃었다. 비웃는 듯한 그 입매가 낯익었다.

"그럼 부천에 사셨나요?"

여자는 또 고개를 저었다. 나는 눈썹을 치켜올리며 가슴 위에서 두 손을 마주잡았다.

"어마, 그럼 우린 모르는 사인가 보네요."

여자는 대담하게 내 어깨를 툭 치며 까르르 웃었다.

"석경희! 넌 어쩜 하나도 안 변했니?"

여자의 덧니에 나는 그제야 그녀가 누구인지를 알았다.

"어머? 그럼 마은숙?"

은숙은 고개를 끄덕였다. 얼마나 많은 부분에 손을 댄 걸까. 은숙의 작았던 눈이 쌍꺼풀지고, 커졌다. 게다가 문신을 했는지 무대화장을 한 연극배우처럼 눈썹과 눈가의 라인이 뚜렷하게 그어져 있다. 코도 서양사람처럼 뾰족하게 높아졌다.

우리는 반가운 마음에 서로 얼싸안으며 가까운 커피숍으로 들어갔다. 탁자를 보고 마주 앉았다. 은숙의 얼굴은 박피를 여러 번 한 듯, 피부가 얇았다. 잔주름이 많아진 은숙의 얼굴은 예전의 모습이라고는 조금도 남아있지 않았다. 아무리 마흔을 내일모레 바라보는 나이지만….

"경희야. 너는 어쩜 그렇게 오랫동안 연락을 끊고 살 수 있니? 모두들 궁금해하더라."

은숙은 쌍꺼풀 진 눈을 흘겼다. 그녀의 눈두덩에 난 금이 매끈하지 않아 매우 어색했다. 백을 뒤적여 담배 한 대를 피워 물었다. 후욱 뿜어낸 담배연기가 은숙의 머리카락을 건들이며 천장으로 올라갔다. 은숙의 동그래진 눈동자가 내 입술에 고정되었다. 나는 한 손으로 흘러내린 머리카락을 쓸어 올리며 또 연기 한 모금을 빨았다.

"경희야. 이 동네에 오래 살았니?"

"응, 십 년 넘게 살았어, 너는?"

"나 이사온 지 몇 년 됐어."

"그런데 어쩜 한 번도 마주치지 않았니? 한 동네 살면서. 결혼은 했니? 애들도 있니?"

내 물음에 은숙의 얼굴이 갑자기 창백해졌다. 탈수시킨 세탁기 안의 빨래처럼 구겨졌다.

"줄줄이 딸만 셋이야. 시집 쪽으로 손이 귀해서 아들을 원해. 자궁 안을 긁어내는 짓 신물이 난다, 애. 난 늘 죄책감에 시달려. 난 벌써 다섯 명이나 내 뱃속의 딸아이를 죽였어."

"그럼 오늘도?"

"아니. 우리 큰애 때문에…."

은숙은 눈물을 흘렸다.

"나, 미쳐버릴 것 같애. 정말 속이 상해서…."

"무슨 일인데?"

"말 할 수가 없어. 가슴이 터질 것 같애."

은숙은 눈물이 아롱진 눈으로 나를 바라보았다. 화제를 돌리고 싶은 모양이었다.

"너는?"

"아직, 결혼 못했어."

“그런데, 산부인과는 무슨 일로?”

은숙의 우멍한 눈빛에 나는 천장을 향해 담배연기만 불어 날렸다.

“혹이 생겼단다.”

우리 두 사람은 말을 많이 하면서도 대화의 중력을 벗어나지 않으려는 듯 현재의 얘기만을 가지고 빙빙 돌리기만 하였다. 정권이나 덕수에 관해 궁금했지만, 나는 의식적으로 그들의 이름을 입에 올리지 않으려고 애썼다. 은숙도 거기에 대해서는 말이 없었다.

서로에게 궁금한 것이 많았는데, 우리는 어정쩡하게 헤어졌다. 주소와 전화번호만 나누어 가지고….

꼭 다시 만나자.

은숙의 손을 꼭 붙잡았다. 은숙이 슬며시 손을 잡아 빼며 손을 흔들었다.

*　　*　　*

한 쪽 벽에 나란히 붙어 있는 붉은 우체통에 크고 작은 우편물들이 혓바닥을 빼물고 있는 것처럼 늘어져 있다. 잠금 장치가 고장나 덜렁거리는 철판을 제치고 우편물을 꺼내 들었다. 정기 구독물인 잡지를 꺼내 드는데, 그림엽서가 발 밑으로 툭 떨어졌다.

낡은 벤치 위로 흩날리는 낙엽의 그림이 늦가을의 풍경이다. 그 스산한 분위기에 압도되어 발짝을 떼지 못했다. 엽서를 잡지 위에 포개어 들고 엘리베이터에 올랐다. 누구일까. 엽서의 뒷면이 궁금했지만, 나는 줄곧 딴청을 떨며 엽서를 뒤집지 못했다. 나는 늘 그랬다. 편지 한 통을 받게 되면, 집에 돌아와 모든 일을 다 하고 난 뒤, 편지봉투를 뜯었다. 기대 반, 불안감 반 때문이었다.

그 날 은숙과 다방에서 서로의 전화번호와 주소를 주고받았지만, 좀체로 전화통화를 하지 못했다. 그저 가끔씩 은숙이 살아 있다는 걸 알리는 정도의 안부만 전하고 있었다. 이십 년이라는 공백을 메울 대화거리를 찾아서 어색한 시간을 보내기가 싫기도 했고, 얼굴을 보면 떠오르는 기억들 속에서 허우적대기 싫었다.

거울을 들여다보았다. 짝눈인 작은 쪽 눈꺼풀 위에 테이프를 가늘게 잘라 붙여 보았다. 그 위에 눈 화장을 진하게 했다. 남들이 멀리서 보면 원래 쌍꺼풀진 눈으로 봐 줄 것이다. 나는 그 때 이후 남에게 보여지는 것에 신경을 쓰며 살아 왔다.

빙빙 겉돌기만 했던 은숙과의 대화…. 내 몸처럼 아꼈던 친구였는데….

담장 너머로 아스라이 넘어갔던 시선을 거두어 거울 속에 비친 얼굴을 들여다보았다. 부스스해진 머리카락 속에 손가락을 넣어 빗어 넘겼다. 거울 속을 들여다보며 얼굴을 쓸어 보았다. 손바닥에 까스스한 버즘의 감촉이 만져진다.

은숙은 자궁 안을 긁어내느라 신물이 난다지만, 나는 부러웠다. 자궁 안의 혹은 악성으로 판명되었다. 의사는 서둘러 수술날짜를 잡자고 했다. 한 번도 남자의 페니스가 닿아보지 못한 내 몸. 나는 억울했다. 의사는 자궁을 다 들어 내면 살 수 있다고 했다.

나는 다른 데 신경을 팔면서 은숙의 엽서 보기를 미뤄 두었다. 경순에게 전화를 걸어 무얼 하느냐고 물었다.

"이불 빨래 해. 이제 봄을 맞으려면 준비해야지. 세월이 너무 빨라. 누구 말처럼 내리막길이라 빨리 가는 걸까? 언니 몸은 좀 괜찮아?"

"으응, 많이 좋아진 거 같애. 끊자."

그러나 더 이상 딴청을 떨지 못하고 엽서를 뒤집어 보았다. 그림엽서를 든 팔에 소름이 돋았다. 봉함편지도 아닌데 은숙은 대담한 내용을 휘갈겨 써 놓았다.

[그를 죽이고 싶어. 너하고 함께 용유도에 가고 싶어.]

섬뜩했다.

거울 속, 버즘이 피어난 얼굴에서 눈을 뗴었다. 옷을 벗고 머리카락을 수건으로 감쌌다. 욕실로 들어가 목욕타올에 비누질을 했다. 때밀이수건으로 온몸을 세게 문질렀다. 채찍으로 온몸을 얻어맞은 것처럼 흰 살결 위에 붉은 줄이 죽죽 그어졌다.

다 잊은 일인데 이제 와서 어쩌자고 용유도를 입에 올리는 걸까. 여러 생각들이 욕실 안을 둥둥 떠다녔다. 태풍과, 밤새도록 내리던 비, 아우성치던 아이들….

나는 그 생각의 소용돌이에서 벗어나려고, 수건으로 머리카락의 물기를 필요 이상으로 탁탁 털었다.

나는 마음을 다잡고 수화기를 집어 들었다. 은숙의 목소리는 겨우 목구멍을 빠져 나오는 듯 가냘프다.

"거기 한 번 가보고 싶어. 그러고 나면, 어쩌면 살고 싶은 욕망이 생길지도 모르겠어. 집에서 멀리멀리 도망치고 싶어.

그런데 이 세 딸년들을 어떻게 한다니? 오늘 아침에도 별 일 아닌 걸 가지고 남편이 내 머리카락을 죄다 뜯어 놨어. 거울 속에 비친 내 모습을 보고 있노라면 정말 돌 것 같애.”

은숙의 목소리는 점점 커졌다. 은숙은 내가 수화기를 내려 놓을까 봐 겁을 내는 듯이 숨을 가쁘게 쉬며, 말끝을 재빨리 이어가고 있다.

“사실 머리 뜯긴 게 큰 문제는 아냐. 난 늘 그러고 사니까… 너도 덕수 알지? 그 애가 왜 자꾸 내 뒤를 쫓아다니는지 모르겠어. 꿈속까지 따라 붙는단 말야. 내가 잠꼬대를 한 모양이야. ‘덕수야. 나도 보고 싶었어’ 라고 했다나. 남편이 자고 있는 내 따귀를 때렸어. 그리고는 머리카락을… 이래도 내가 안 미치는 게 이상하지 않니?”

은숙의 목소리가 조금씩 잦아들더니 이내 전화가 툭 끊겼다. 머릿속이 정돈되지 않았다.

그 해 여름, 유난스레 사춘기를 탔던 나는 허무에 빠져 허우적거렸다. 그 시절의 집과 동네, 그리고 사람들이 현실 마냥 내 머릿속에서 살고 있었다.

소파에 길게 누워 창 밖의 가로수를 바라보았다. 벌거벗은 나뭇가지들이 보인다. 품고 있던 새순을 내보내기 위해 가지의 껍질이 툭툭 터지고 있다. 나무의 아픔이 내게로 전해진다. 내 마음의 살갗이 터지며 파묻혀 있던 기억들이 새순처럼 그 틈새로 비집고 나온다.

담배를 재떨이에 비벼 껐다. 은숙에게 다녀와야 할텐데 좀체로 밖에 나가고 싶지 않다.

3

어린 날의 삽화

열 살 때였다.

[오순절]

나는 담장 위로 기어올라가 안을 들여다보았다.

학교보다 작은 건물과 운동장, 놀이터가 보였다. 꿈의 동산 같은 그 곳으로 아이들이 보였다. 머리카락 하나 없이 빡빡 밀은 아이들이 미끄럼틀 위에서 나를 노려보았다.

―애들아, 너네들 거기 어떻게 들어갔니?

아이들은 나를 향해 눈을 째리며, 미끄럼을 타고 밑으로 사라져 버렸다.

나는 커다란 정문 틈에다 눈을 가까이 대고 안을 들여다보았다. 운동장에는 중학생들이 축구경기를 하고 있다. 외국인도 눈에 띄었다. 그들은 진짜 축구공으로 축구를 했다. 진짜 공을 차는 아이들을 거기서 처음 봤기 때문에 무척 신기했다. 우리 동네에서는 남자애들이 벼를 베어낸 논바닥에서 '해골'을 차고

28

다녔다. 나중에 알고 보니 그 환상적인 곳은 보육원이었다.

나는 한 반 친구인 명숙을 졸라 산밑에 자리한 보육원에 놀러간 적이 있었다. 보육원 애들은 교문 입구에서 모여 함께 출발했다. 내가 난민촌 아이들을 줄 세워 함께 거느리고 다녔던 것처럼, 보육원 아이들도 줄을 서서 갔다.

산길을 끼고 도는 길은 재미있었다. 고추잠자리가 날고, 고추의 마른 가지에 앉은 잠자리를 잡기 위해 아이들은 흩어졌다. 바위 위에 앉은 된장잠자리를 잡기 위해 나도 살금살금 다가갔다. 손가락을 뻗자, 잠자리는 포르르 날아가 버렸다. 아쉬워 바라보던 나는 너무 예쁜 빛깔에 깜짝 놀랐다. 바위 틈 사이에 빨갛게 단풍이 들어 수줍은 듯 숨어 있는 담쟁이덩굴이었다. 너무 아름다워서 나는 한동안 눈길을 돌리지 못했다.

산길을 다 돌아간 끝에 무밭이 나타났다. 아이들은 무청 아래로 파랗게 솟아오른 무를 쑥 뽑아서는 옷에 대고 쓱쓱 문질렀다. 이로 껍질을 벗겨 먹는 모습이 어찌나 맛있어 보이던지 나도 그들을 따라 했다. 남의 것을 몰래 훔쳐 먹는다는 불안감이었을까? 무는 더욱 꿀맛이었다.

이윽고 보육원에 도착했다. 명숙은 보모에게 나를 소개한 뒤, 자기 방으로 데리고 갔다. 방에는 책상과 책꽂이가 놓여 있었다. 가방을 벗어 놓고 놀이터로 갔다. 우리는 붉은 노을이 도봉산 만장봉 뒤로 번질 때까지 시간 가는 줄 모르고 놀았다.

보모가 명숙을 불렀다.

명숙에게 손을 흔들고 돌아오는 길이 까마득했다. 주변이 어둑신해지면서 외로움이 밀려들었다.

맘껏 놀 수 있는 마당과 자기 방을 가지고 있는 명숙이 부러웠다. 부모가 있으면서도 단칸방에 오밀조밀 몰려 앉은 다섯 식구를 떠올렸다. 나는 조그만 밥상을 한 구석에 놓고 앉아 숙제를 해야만 했다. 게다가 동네 사람들이라도 마실을 오면 그야말로 북새통이었다. 부모의 가난 앞에서 나는 차라리 고아가 되는 게 나을 뻔했다는 엉뚱한 생각을 하며 터덜터덜 집으로 향했다.

—크리스마스 때가 되면 미국에서 예쁜 옷을 보내온단다. 그리고 멋있는 파티가 있어.

신데렐라가 왕자님의 파티에 참석하고 싶어 안타까워했던 것처럼 나도 보육원 파티에 가고 싶었다.

나는 잠자리에 누워서 벽지를 문질렀다. 싸르륵싸르륵 시멘트 가루 떨어지는 소리를 타고 꿈길로 들어섰다.

벽지의 사방무늬가 입체적으로 변하더니 이윽고 손에 손을 잡고 춤을 추는 멋진 파티 장소로 변하였다. 손가락만한 사람들이 드레스를 입고 빙빙 돌면서 춤을 추었다. 녹색 드레스, 빨강 드레스, 검은 양복의 사람들이 춤을 추는 파티는 황홀했다.

*　*　*

내가 어린 시절 여자답지 못하고, 항상 자기방어를 하기 위해 팽이끈이며, 접는 칼을 넣고 다니는 데에는 그럴만한 충분한 이유가 있었다. 난민촌에는 하루가 멀다하고 백차가 들이닥쳤다. 어떤 때는 청년들을 줄줄이 포승줄에 묶어가기도 했고, 아이나 심지어 노인들을 잡아갈 때도 있었다. 우리 동네는 그야말로 이제야 그 뜻을 정확히 알게 된 '우범지역'이었던 것이다. 다른 동네 사람들은 난민촌 사람들을 모두 묶어 이상한 눈초리로 바라보았다. 미국소설에 자주 등장하는 흑인들의 할렘가 같은 곳이었으니까.

그 무렵 나는 코넌 도일의 셜록홈즈에 매료되어 있었다. 늘상 책가방 안에 팽이끈과 접는 칼을 넣고 다녔다. 만약의 사태에는 홈즈처럼 도둑을 잡을 생각이었다. 그러나 그런 일은 좀체로 일어나지 않았다.

초등학교 졸업을 앞둔 깊은 가을 날, 담임은 아이들에게 장래 희망에 대해 물었다.

—나이팅게일 같은 간호원이요.

—선생님이 되겠어요.

—현모양처가 되겠습니다.

아이들의 희망사항은 가지가지였다. 그러나 별로 특별한 것은 없었다. 내 차례가 되었다.

—저는 셜록홈즈 같은 탐정이 되겠습니다.

내 대답에 아이들이 웃음을 터뜨렸다.

—우리 나라에는 탐정이라는 직업이 없다. 너는 궁금한 것도 많고 용기도 있으니, 탐험가가 되는 것도 좋겠다.

탐정이 없다니…. 그토록 매력적인 직업이. 공부를 마치고 책가방을 챙겨 나올 때까지도 난 울적했다.

건물 현관 앞에 서자 눈이 부셨다. 실내화를 신발주머니에 집어 넣으며 눈에 띈 것은 은숙의 노란색 원피스였다. 교실에서는 몰랐는데, 원피스는 햇빛을 받아 번쩍였다. 그 화려하고

고급스런 옷을 보는 순간 나도 모르게 야릇한 감정이 스멀스
멀 기어 나왔다.

　가방에서 접는 칼을 꺼냈다.

　—야! 이 칼로 니 옷을 찢고 싶어.

　은숙이 내 손에 들린 자그마한 칼을 보며 비웃었다.

　—그어 봐! 못 해도 바보!

　은숙은 혀를 낼름 빼물고 약을 올렸다. 나는 칼을 잡아 뺐
다. 망설임과 유혹 사이에서 마음의 갈피를 잡지 못하고 서
있는데, 내 주변으로 아이들이 몰려들었다. 아이들이 몰려선
틈새로 햇빛이 칼날에 부딪혀 번득였다.

　나는 순간 잽싸게 달려들어 은숙의 가슴 쪽 옷자락을 움켜
쥐고 칼로 슬쩍 그었다. 움켜쥐었던 옷자락을 놓자, 은숙의 도
톰하게 젖망울이 생긴 가슴살이 하얗게 들여다보였다. 은숙의
얼굴이 핼쓱해졌다. 그리고는 하얗게 질린 얼굴로 주위를 둘
러보았다. 그 순간 지구가 정지라도 한 듯 고요해졌다. 나는
가슴속이 후련하면서도, 또 한편으로는 좀더 참고 있을 걸 하
는 후회가 들었다. 왜 맹목적인 일에서조차 가슴속의 응어리
는 요동을 치는지 모르겠다. 왜 항상 빈부의 차이에 대해 앙
심을 먹게 되는지 모르겠다. 칼을 접어 주머니에 넣고 나는
대담한 척 씨익 웃었다.

　—니가 자초한 일이야. 놀랄 것 없어.

　나는 만화가게에서 본 ‘주말의 명화’ 대사를 흉내내었다. 은
숙은 입을 반쯤 벌린 채 멍하니 내 얼굴을 바라보았다. 그리
고는 울음이 터져나오려는 걸 간신히 참고 섰는 듯, 입술을
비죽 비죽거렸다. 나는 에워싼 아이들을 밀치고 계단을 뛰어

내려갔다.

눈을 찌르는 햇빛이 얄미워 해를 노려보았다. 눈이 시렸다. 눈물이 주루룩 흘러내렸다. 교문을 빠져 나왔다. 난민주택으로 향하는 아이들이 우루루 몰려들어 내 가방과 신발주머니를 받아 들었다. 내 눈치를 보던 아이들은 우쭐우쭐 뒤를 따라왔다.

—경희야. 기분이 아주 이거야.

키가 나보다 한 뼘이나 더 큰 덕애가 흘러내린 코를 훌쩍 들이마시며 엄지손가락을 들어올렸다. 소눈을 닮은 그 애는 시커먼 얼굴에 뒤로 머리카락을 질끈 동여매고 있었다.

부모들의 생활수준은 고만고만했다. 그래도 공부를 잘하고, 옷매무새에서 도회지 티가 나며, 또박또박 따지고 짚어 나가는 말씨 탓일까, 아이들은 내 주위에 많이 모여들었다. 의기양양함도 아니고, 교만함도 아닌 슬픈 감정이 가슴속에 서서히 퍼져나갔다. 나는 눈물이 솟구칠 것 같아 눈을 부릅뜨고 걸었다. 아이들과 헤어져 혼자가 되자 눈물이 참을 수 없이 흘러내렸다. 내가 가난하기 때문에, 부자인 아이를 보면 괜히 화가 났다.

아이러니컬하게도 그 후로 은숙이 내게 가까이 다가왔다. 은숙은 말괄량이 같은 나를 두려워하면서도 호감을 갖는 눈치였다.

나는 단발머리에 노란 머리띠를 했다. 가슴에는 [반장]명찰을 달았다. 뒤로 아이들이 삼십 명 가량 따라왔다. 선생님들은 사 킬로미터가 넘는 하교 길에 아이들을 줄 세워 나에게 맡겼다.

난민주택에 사는 아이들의 대표가 된 것이다. 난 아이들을 이끌고 나오다가 엉뚱한 산길로 기어오르기도 했다. 아이들은 신이 나서 내 뒤를 따라 다녔다. 산 중턱의 테니스장에서 도로까지 연결되어 있는 하수도 노깡 안으로 들어가 기어 내려가기도 했다. 바지 무릎이 다 뚫어져 야단을 맞기 일쑤였다.

다리를 건너고 산길을 지나 도로포장이 된 큰길을 지나면 논과 밭 사이에 조금 넓은 논둑길이 있었다. 논둑길에서 보면 강둑 아래로 동네가 일렬로 도열해 있다. 갈림길에는 '바보상회'라는 조그만 구멍가게가 하나 있었다. 거기서 세 갈래 길로 나뉘었다. 지금으로 말하자면 로터리 같은 곳이었다. 논 중간에는 광고탑이 박혀 있고, 도랑 사이로 연보랏빛 들국화가 도랑 벽을 타고 비스듬하게 피어 우리들을 환영하고 있는 듯 했다.

*　　*　　*

구획정리가 되어 일렬로 들어선 단독주택들, 그 사이로 넓은 길이 있다.

우리 동네는 그 건물들 뒤에 숨어 있어 보이지 않았다. 미로처럼 좁은 골목들로 이루어져 있다. 막다른 골목인가 싶어 보면 길이 꺾어지고, 휘어지고, 또다시 이어지고….

잠이 오지 않아 숫자를 거꾸로 세고 있었다. 죽어라 달리는 듯한 발소리가 들려왔다. 그러더니 갑자기 우리 집 현관문 앞에서 발소리가 딱 멈추었다. 그리고 문을 황급하게 두드렸다. 우리는 모두 벌떡 일어났다. 아버지가 일어나 현관문 위에 난 조그만 구멍으로 밖을 내다보았다.

34

―죄송합니다. 저 좀 숨겨주세요.

아버지가 자물쇠를 따자, 문손잡이를 잡아당기며 시커먼 그림자가 뛰어들었다.

―엄마야!

내가 소리를 지르자, 군인이 내 입을 틀어막으며 군화를 신은 채 방으로 들어왔다. 나는 숨이 멎을 것 같았다. 골목에서 바로 현관문을 열면 부엌이고 방문을 열면 바로 방이었다. 식구들은 구석에 몰려 서서 어쩔 줄을 몰랐다. 군인은 앉으라고 손짓을 했다.

―저 나쁜 사람 아닙니다. 서 있으면 골목에서 보이니까, 좀 앉아주세요.

잠시 후 사이렌 소리가 나고, 헌병들의 둔탁한 군화발 소리를 들으며 우리 가족은 숨을 죽였다. 다닥다닥 벌집 같은 집들을 하나하나 다 수색하지는 못할 터였다. 그렇지만 재수 없게도 헌병이 문을 두드리면, 어떻게 태연한 얼굴을 할 것인가가 문제였다.

―무조건 모르겠다고 해라. 그런 사람 못 봤다고….

아버지는 우리에게 조용조용 일렀고, 우리 식구는 밤을 꼬박 새웠다.

새벽의 희뿌연 빛이 창문을 통해 들어왔다. 고개를 들고 밖을 내다보았다. 골목에는 인기척이 없었다. 헌병이 철수했는지 조용했다.

―도대체 무슨 일로 탈영을 했는가.

―네, 사실은 약혼자가 너무 보고 싶어서 밤에 몰래 빠져나왔어요. 살짝 보고 오려고 했는데, 가다말고 검문에 걸렸습

니다. 휴가증을 내는 척 하다가 무조건 튀었습니다.

　—허허허 그럴 때지. 얼마나 보고 싶었으면 그랬겠나.

　군인은 밤새도록 펜대를 만지작거리고 있었다. 그가 그것을 돌릴 때마다 말간 호스가 영롱한 빛을 내었다.

　—이거 너 가져라. 우리 애인 주려고 링겔호스를 꼬아 틈이 날 때마다 만들었는데…. 이거 이제는 너한테 선물해야겠다.

　—정말요?

　나는 펜대를 받아들고 빙빙 돌려보았다. 전등불빛을 받은 링겔줄이 영롱한 빛을 내었다. 약혼자에게 주기 위해 온갖 정성을 다 들였을 거라고 생각하니 가슴이 아팠다. 군인은 모자를 집어들었다.

　—정말 고맙습니다. 이제 부대로 돌아가 봐야겠습니다.

　—잘 생각했네. 내가 바래다주지 않아도 되겠는가.

　—네. 괜찮습니다.

　군인은 내 머리를 한 번 쓰다듬고는 문을 나섰다. 나는 얼마동안 그 군인을 생각하면서 펜대를 만지작거리곤 했었다.

*　*　*

　아버지는 유난히 만화책을 좋아했다. 텔레비전이 귀하던 시절이기도 했지만….

　만화를 보자기에 꾸려서 스무 권씩 갖다가 방에 풀어 놓으면 동네아이들이 전부 모여들었다. 담요 속에 발을 집어넣고 모두들 독서삼매경에 빠져들었다. 그 중에 친구처럼 섞여 아버지도 열심히 만화를 보았다.

36

—야, 쌍칼잽이 삼 권 누가 가지고 있냐?

만화를 보고 있는 아이들의 겉장을 일일이 들춰가며 3권을 찾던 아버지.

아버지는 반나절만 일을 하면 오후 내내 할 일이 없었다. 집에 일찍 돌아오지 않는 날은 동네 대폿집에서 시간을 보내는 수밖에 없었다.

어머니가 공장에서 돌아와 도끼눈을 뜨면, 천하를 주름잡던 축지법이나, 혼신을 다해 적을 물리치던 긴장과 기(氣)의 세계에서 아버지와 우리는 현실의 나락으로 곤두박질쳤다. 아버지는 대개 큰소리 한 번 못 치고 담요에 붙은 머리카락만 하릴없이 집어 뜯으며 앉아 있었다.

*　*　*

뽀옥!

기적소리가 난다. 베란다로 나가서 바라보았다. 돌을 캐서 나르는 기차는 가끔씩 아파트 앞을 통과했다.

우리 동네에서는 기차에 사람이 치어 많이도 죽었다. 동생을 찾으러 나갔다가 얼핏 본 시신의 모습 때문에 나는 몇 날 며칠을 뜬눈으로 새운 적이 있었다.

눈앞에 그 모습이 선하게 나타났기 때문이었다.

못으로 칼을 만들어 오겠다고 나간 남동생 영식이 돌아오지 않고 있었다. 못을 선로 위에 얹어놓고 기차가 지나가기를 기다리는데 혹시 무슨 일이 터진 거나 아닐까.

—기차사고다!

아이들은 호외를 외치듯이 동네를 한바퀴 돌았다. 나는 다리가 덜덜 떨렸다.

도로에서 동네로 들어오려면 기찻길을 지나야만 한다. 도로와 기찻길은 평행으로 되어 있어, 어느 길로 통과를 하더라도 기찻길을 꼭 만나게 되어 있다. 그런 구조 때문인지 그 곳에서는 한 해에 한 두 명씩 기차사고로 사망했다. 매년 여자와 남자가 번갈아 죽었다. 사고가 나면 동네 사람들이 모두 달려나가곤 했다.

나는 심장이 벌떡거려서 아무 소리도 들리지 않았다. 한달음에 건널목까지 내달렸다. 빙 둘러선 사람들 틈으로 가마니가 보였다. 나는 경찰이 들추는 가마니를 들여다보고서 구역질을 했다. 중년남자였다. 팔다리가 모두 절단된 채 몸뚱이만 남아 있었다. 가슴이 두근거렸다. 영식인 도대체 어디 갔을까.

나는 조마조마한 마음으로 주위를 두리번거렸다.

기가 막혔다. 영식은 가마니 바로 위에 서 있다가 어른들이 가마니를 들출 때마다 태연스레 들여다보고 있었다. 나는 영식의 등짝을 한 대 후려쳤다. 깜짝 놀라 돌아보는 영식의 이마 한 쪽에 커다란 혹이 보였다.

—너는 죽은 사람이 무섭지도 않니?

영식은 고개를 가로 저으며 씨익 웃었다.

다리를 버팅기며 따라오지 않으려는 영식의 팔을 비틀어서 겨우 끌어내었다.

—이건 웬 혹이야.

혹을 툭 건드리자 영식은 오만상을 찌푸렸다. 이마에 밤톨

만한 것이 툭 튀어나와 영식의 얼굴은 만화의 인물처럼 우스
꽝스러웠다.

　—기차에 탄 애가 혓바닥을 쏙 빼물고 약올리잖아. 그래서
기차에 돌을 던졌어.

　나는 동생을 노려보며 또 주먹을 들어 이마를 때리려다가
그만 두었다.

　—그런데 그 돌이 기차에 맞고 튕겨나오더니 내 머리에 맞
았단 말이야.

　—고것 참 쌤통이다. 엄마가 그런 짓 하지 말라고 했잖아.

　얼른 집에 가서 약이나 바를 것이지, 왜 거기서 얼쩡거리
니?

　—아저씨들이 그러는데, 이번에는 작년에 죽은 처녀귀신이
데려간 거래.

　귀신이 있단 말인가. 그렇게 생각을 하고 기찻길을 바라보
니 등뒤에 찬물을 끼얹은 듯 으시시한 기분이 들었다. 남들은
낭만이 깃든 어린 시절로 기찻길을 회상하겠지만, 내게 있어
기찻길은 어린 날부터 공포의 대상이었다.

*　　*　　*

　야구방망이를 든 패거리들이 신작로에서 싸움이 붙었다. 나
는 책가방을 든 채 싸움구경을 하고 서 있었다. 헐레벌떡 뛰
어온 혜란과 은숙이, 내 양팔을 붙잡아 좁은 골목으로 잡아끌
었다. 난 납치 당하듯 골목으로 끌려가며, 은숙을 보았다.

　—왜 그래?

―이 바보야. 뒷골목으로 돌아서 가. 얼른.

은숙이 골목 쪽으로 손가락질을 하였다.

―너는 왜 그렇게 눈치가 없니? 저기 패싸움이 왜 났는 줄 몰라서 그래? 너 때문에 저러는 거래.

―엉?

나는 낯모르는 애들이 왜 나 때문에 싸움이 났는지 의아했다.

―니가 학원에서 나가자마자 쟤네들이 야구방망이를 들고 학원으로 들이닥쳤어. 너를 찾더라구. 그래서 정권과 학원 애들이 뛰쳐나갔잖아. 너한테 무슨 해꼬지라도 할까봐. 나 모르게 무슨 일 벌이고 다니냐?

단짝인 은숙이 속상한 듯 눈살을 찌푸렸다. 자세히 보니 상대편 아이는 영기였다. 지난 여름방학 때, 할머니네 마루에 나른하게 엎드려서 영기에게 편지를 썼었다.

―너만을 사랑해. 지금 외딴 곳에 떨어져 있으니 너무 외로워. 방학이 끝나면 너를 만날 수 있을까.

석 장이나 되는 편지지에 적어보냈던 사연들이 잘 기억은 나지 않지만, 사랑을 고백했던 것 같다. 사실 내가 편지질을 한 애들은 한 둘이 아니었다. 실상 꼭 사랑한다는 것 보담은 '사랑'이라는 환상에 대한 열정이었다. 열 명에 가까운 남학생에게 답장을 받았다가 엄마에게 치도곤을 당한 적도 있었다. 하나같이 너처럼 나도 너만을 사랑한다는 내용의 답장….

갑자기 얼굴이 화끈 달아올랐다.

어쨌거나 나를 위해 남학생들이 패싸움을 벌였다는 사실이, 뿌듯했다. 나는 친구들에게 어깨를 으쓱 들어 보이며 당당하게 골목을 빠져나갔다.

*　　*　　*

남동생이 부랑아처럼 떠돌던 중학생 때, '밤하늘 와장창'이라는 써클을 만들었다. 동네를 배회하고 다니며 일을 저질렀다. 자기네가 무슨 깡패라도 되는 양, 레스토랑에 침입하여 유리창을 깨고 컵을 집어 던졌다. 포크를 휘둘러 사람을 찌르고…. 피야 몇 방울 나지도 않았지만, '폭력'이라는 죄목으로 잡혀 들어갔다.

줄줄이 굴비 두름처럼 엮여서 재판을 받을 때면, 어머니는 공장을 빠지고 따라다녀야 했다. 아버지는 경찰서로 검찰로 아는 사람들을 찾아다니며 구원을 청했다.

어쨌거나 동생 영식은 친구들과 함께 한 달여 고생하고 나왔다. 콩 독이 잔뜩 오른 영식의 몸뚱이는 좁쌀 같은 것들이 자잘하게 돋아있었다.

어머니는 그 후 공장에 갈 때마다 밥 한 솥, 국 한 솥을 해놓고 집을 나섰다. 밖으로 빨빨거리고 다니지 말고, 놀아도 집에서 놀라는 어머니 나름대로의 방편이었을 게다.

집에 돌아와 보면 친구들을 불러다 하루종일 그 많은 밥을 다 먹고, 발 고린내만 남겨 놓았다. 그래도 딴 데 가서 일을 저지르지는 않았다.

영식은 그 후로 정신을 차리긴 차려서 학교를 졸업하고 대학에도 갔다. 나는 그 일을 떠올릴 때마다 영식이 그렇게 될 수밖에 없었던 원인이 더불어 떠올랐다.

　루핑지붕은 슬레이트지붕으로 바뀌었다. 조금 살만한 집들은 텔레비전을 들여놓기 시작했다. 영식은 드문드문 안테나가 꽂힌 지붕을 부러움의 시선으로 바라보았다. 반갑게 오라는 사람도 없건만 아이들은 안면만 있는 집에도 쭈뼛쭈뼛거리며 잘도 들어섰다. 검정 고무신들이 그 집의 부엌바닥까지 널려 있었건만, 주인여자는 단칸방에 들어와 앉은 아이들 질서 잡기에 여념이 없었다.

　영식은 앞자리를 차지하려고 다투다가 일곱 살 짜리 계집애를 울린 일이 있었다. 영식이 팔을 휘두르다가 팔꿈치로 그 아이의 명치를 친 모양이었다. 계집아이는 한동안 숨도 못 쉬고 입술이 새파랗게 질렸다고 한다. 한참만에 '으앙!'하며 울음보를 터뜨리더니, 신발도 제대로 신지 못하고 집으로 돌아갔단다.

　그 일이 있고 난 며칠 뒤, 계집애의 엄마가 집에 찾아왔다. 등뒤에 아이를 업었는지 포대기를 하고, 점퍼를 푹 뒤집어씌운 채였다. 일곱 살이나 된 애를….

　—우리 은희를 영식이가 때렸대. 다들 보았다는데…. 은희가 매일 영식이 오빠가 때린데 아퍼, 아퍼 하면서 울었어. 지금 종합병원에 다녀오는 길이야.

　여자는 들쳐업은 아이를 추스렸다. 그 통에 포대기가 벗겨졌다. 아이는 창백한 얼굴로 자고 있었다.

　—하나밖에 없는 내 딸을 니 동생이 때려서 죽였어. 살려내!

　나는 정신이 아뜩해졌다. 죽었다니? 여자의 눈에서 파란 불꽃이 일었다. 여자는 바락바락 소리를 지르며 울었다.

집 앞으로 사람들이 개미떼처럼 몰려들었다. 좁은 골목은 발 디딜 틈 없이 꽉 찼다. 나는 눈앞이 노래졌다. 온몸이 와들와들 떨렸다. 어머니와 아버지가 빨리 와야 될텐데…. 발만 동동 굴렀다.

영식은 친구들과 수락산으로 놀러갔기 때문에 지금 상황에서는 차라리 다행이었다. 부모님보다 동생이 먼저 들어올까 봐 나는 조바심이 났다.

아버지가 연락을 받고 먼저 뛰어 왔다.

—죄송합니다. 죽을죄를 졌습니다.

아버지는 여자를 돌려보내고 나서, 뒷수습을 하기 위해 분주하게 다녔다. 정말 죽을죄를 지은 듯이 고개를 들지 못하는 아버지의 모습이 초라하기만 했다.

아버지는 장례를 위해 버스를 준비하고, 관을 맞추었다. 어머니와 나는 제기와 장례에 쓸 제물을 장만하느라 여러 차례 시장을 들락거렸다.

아버지는 사망신고를 하기 위해 아이가 진찰을 받았다는 종합병원으로 진단서를 떼러 갔다.

병원에 다녀온 아버지는 공동변소가 있는 큰 골목 어귀에서부터 갈지 자로 걸으며 악을 썼다.

—죽고 싶으면 나와. 이 연놈들 다 어디 갔어? 당장 나오지 못해.

어머니와 나는 술에 취해 인사불성이 된 아버지의 팔을 양쪽에서 부축하고, 집으로 끌고 오다시피 했다.

아버지의 눈자위가 붉었다.

—살다보니 별 일을 다 당하는구면. 병원에 들어가서 은희

를 진찰했다는 의사를 만났는데….

아버지는 머리를 조아리며 주춤주춤 의사에게 걸어갔단다.

—저어, 사망진단서를 떼러 왔는데요. 우리 아이가 은희를 때려서 죽었다는데 어찌된 상황입니까?

의사는 입을 벌린 채 멍하니 아버지의 얼굴을 바라보더란다.

—그 여자 정말 못쓰겠군요. 엄마 될 자격도 없는 여잡니다.

요즘 세상에 신장염으로 그 지경이 되도록 놔두는 엄마가 어딨습니까. 얼마나 아파서 보챘을 텐데, 이미 숨진 아이를 업구 왔더군요.

—우리 아이가 때려서 그렇다던데….

—애들이 그 정도로 죽는다면 살 애들이 없습니다.

아버지는 화가 머리끝까지 나더란다. 자기가 아이를 돌보지 못한 죄를, 남의 귀한 오 대 독자에게 뒤집어씌우다니 말이나 되느냐구. 아들에게 살인자 누명을 씌운 그들을 잡아다가 감옥에 당장 넣고 말리라고 아버지는 방바닥을 치며 통곡했다. 우리도 아버지를 붙들고 울었다.

그 허름한 집에 사글세로 들어와 피난민처럼 살던 그들 부부는 죽은 아이를 들쳐업고, 그 날 밤으로 야반도주했다. 제기로 사다 주었던 스테인리스 그릇세트, 그리고 제물로 주었던 음식 나부랑이까지 몽땅 싸 짊어지고 동네를 떠났다.

영식의 무죄는 밝혀졌건만 소문의 꼬리는 바람을 타고 동네 전체로 퍼져나갔다. 한창 크는 나이였던 영식은 주변에서 흘끔거리는 예사롭지 못한 눈총을 받으며 자라났다. 그러더니 커가면서 조금씩 비뚤어지고, 거칠어져 갔다.

모든 일에는 원인이 있게 마련이었다. 동생 영식이 그랬듯

44

이, 은숙도 그런 일을 저지를 수밖에 없었을 것이다.

영식은 어려서부터 거친 환경에서 자라 쉽게 정신을 놓아버리는 일은 없었다. 온실의 화초처럼 자란 은숙의 입장에서는 그런 커다란 충격에 나가떨어질 수밖에 없었을 게다. 그런 생각을 하다가 나는 움찔 떨었다.

용유도에서의 기억은 애당초 끊어버려야지. 더 이상 생각하다가는 나 자신도 어떤 일을 저지를지 몰랐다.

*　*　*

중학교 3학년 때였다. 조미료공장에서 허연 연기가 솟아올랐다. 연기는 하늘에서 넓게넓게 퍼져나갔다. 그러다가 어느새 형체도 없이 공중에서 분해되었다.

가스열차가 조미료 공장으로 들어가던 중 연결부위가 잘 맞지 않은 관계로 가스가 새어 나온 적이 있었다. 스피커에서는 비상사태를 외쳤다.

—지금 가스가 새어 나오고 있습니다. 주민들은 대피해주시기 바랍니다.

나는 동생들과 어떻게 해야 하나 가방을 들었다 놨다 하며 안절부절못하였다. 그 때 아버지가 수박 한 통과 얼음을 사들고 들어섰다.

—아버지, 가스가 샌대요. 빨리 대피해야지요.

아버지는 문을 안으로 걸어 잠궜다.

—죽어도 같이 죽고, 살아도 같이 살자.

아버지는 비장한 얼굴로 부엌칼을 꺼내왔다. 수박을 반으로 갈랐다. 수박의 붉은 속살을 보자, 비상사태인데도, 목구멍으로 침이 꼴딱 넘어갔다. 아버지는 바늘을 꺼내 얼음 위에 세우고, 망치로 두들겼다. 얼음이 쪼개졌다. 아버지의 너무나 태연한 모습에 나는 숨이 막혔다. 동생들은 설탕 뿌린 수박을 숟가락으로 훑어 먹느라 정신이 없었다.

나는 살고 싶었다. 식구가 다 죽어도 혼자서라도 살고 싶었다.

나는 책가방을 집어들고 벌떡 일어섰다. 이대로 죽을 수는 없었다. 공장에 간 어머니는 제대로 대피했는지…. 나는 허겁지겁 밖으로 뛰쳐나왔다.

살고자 하는 의욕을 상실한 아버지가 미웠다. 자식들을 데리고 악착같이 살 생각이 없는 아버지는 자격이 없다는 생각이 들었다. 아버지는 늘 체념이 빨랐다.

밖으로 나오니 많은 사람들이 나와서 우왕좌왕하고 있다.

—뿌우우!

잠시 후 경보가 풀렸다는 사이렌 소리가 났다.

얼마나 피해가 났는지, 미안하다는 방송도 없이 상황은 끝이 났다. 가스는 이미 사람들 몸 속에 스며들어 얼마나 많은 핵분열을 일으키고 있을 텐데…. 순진한 주민들 역시 겉으로 드러나는 증상이 없으니, 불평 한 마디 없었다. 그리고 주민들에게 아무런 보상도 없었다. 난민주택 사람들은 피해를 고스란히 당하면서도 누구를 탓할 생각은 하지도 않았고, 할 줄도 몰랐다. 아니, 피해를 당했다는 것조차 몰랐는지도 모르겠다.

나는 조미료공장 굴뚝에서 솟아오르는 연기조차 두렵다. 알게 모르게 몸 속으로 스며들어 우리를 갉아먹는 게 아닐까.

책을 안고 있는 가슴이 벌렁거렸다. 가스가 새 나왔을 때, 아버지의 안일한 대처에 대해 실망을 했었다.

이 동네로 이사 오고 나서 나는 여러 가지 아픔을 겪었다. 나는 어머니의 악착스런 성격을 닮았다고 생각했는데, 점점 염세적인 아버지의 성격을 닮아갔다.

* * *

둑 아래 물이 줄어 드러난 모래사장은 아이들이 놀기에 적당했다. 그래서 여기저기 모여 앉아 모닥불을 피우는 청년들도 있었다. 나도 친구들과 어울려서 가끔 개천 모래사장에 주저앉아 기타를 치며 노래를 부르곤 했었다. 은숙은 기타를 잘 쳤다. 그 때 유행하던 포크송과 팝송은 모르는 곡이 없었다.

얼마나 기타를 오래 쳤는지, 은숙의 손가락에는 굳은살이 박였다.

—야야, 되게 웃기는 계집애들이네.

몇몇 또래의 껄렁해 뵈는 청년들이 다가와서 집적거렸다.

은숙의 떨리는 손가락에 기타 줄이 음을 놓치고 불협화음을 냈다.

—야! 웃길 거 읍서. 노래하고 싶음 앉구. 걸리적 거릴려믄 꺼져.

내 말투가 거칠게 들렸는지 껄렁패들은 침을 옆으로 찍 뱉으며 슬금슬금 지나갔다. 친구들은 나에게 엄지손가락을 들어 보였다.

나는 그 당시 '사의 찬미'를 즐겨 불렀다. 왜 그리도 퇴폐적인 가사에 매료되었는지 모르겠다.

—이래도 한 세상, 저래도 한 세상, 돈도 명예도 사랑도 다 싫다.

내가 다 가질 수 없는 것이기 때문에, 다 싫다라는 그 표현에 공감을 했는지도 모르겠다. 그렇게 생각하면 찌푸리며 아등바등 살 필요가 없었다. 은숙은 건성 노래를 따라 했을지도 모르겠다. 내가 보기에 그녀에게는 불만요소가 없었으니까.

세상 비관을 일삼고 나서 집에 돌아오면 어머니는 아직도 돌아오지 않고, 동생들은 눈을 바로 뜨지 않고 짜증을 부렸다.

*　　*　　*

여고 1학년 때였다. 야근까지 마치고 돌아온 어머니는 밀려 있는 빨래를 함지박에 담아들고 세탁장으로 갔다. 사람들은 밤 열두 시가 넘도록 공동세탁장에서 빨래를 했다. 차례를 기다리다보면 새로 한 시가 넘었다. 가끔 빨래터에서는 싸움이 벌어졌다.

세탁장에는 함지박이 줄을 서 있다. 제일 먼저 온 사람이 빨래를 헹군 후, 다음 함지박에 부어주었다. 다음 사람이 자신의 빨래를 헹구고 나서, 그 다음 사람에게 허드렛물을 쏟아 부어 주는 것이 그 곳의 관례였다. 그런데 누군가 새치기를 하게 되면 난리가 나는 것이다.

나는 어머니를 기다리다가 지쳐 세탁장으로 나가곤 했다. 그 날도 용건이 있어서 세탁장으로 쪼르르 달려나간 것이다.

—경희 좀 시켜요. 말만한 계집애 뒀다 뭐 하려구? 저렇게

공주처럼 키워서 무슨 덕을 보겠다구.

덕애어머니가 나를 쳐다보며 어머니에게 잔소리를 했다.

—그냥 둬요. 집에 있을 때 일만 하고 시집가면, 시집을 가
서도 고생만 한다고 하대요. 우리 경희는 물 톡톡 털며 살게
하고 싶어요.

어머니는 자신의 몸보다도 나를 더 아끼는데, 나는 어머니
를 돕기는커녕 불평불만만 일삼고 있었다.

'엄마, 과외 못 시켜주겠으면 학원이라도 보내줘요. 난 연금
타는 옆집아저씨가 부럽단 말야. 엄마는 우리를 왜 낳은 거
야?'

옆집아저씨는 육이오 전쟁 때, 다리에 파편이 박혀 아직도
빼내지 못했단다. 그래서 아저씨는 다리를 절었다. 상이용사가
아버지인 옆집 애들이 부러웠다. 학기가 바뀔 때마다, 새 공책
을 쓰고, 새 책가방을 메고 학교에 가고, 학원에도 다니는 아
이들이 부러웠다.

가슴에서 뜨거운 것이 울컥 넘어 오려고 했다. 당신 몸은
고달프면서도 나에게 일 한 번 시키지 않던 어머니. 나는 아
뭇소리도 못하고, 어머니에게서 빨래함지박을 받아든 채 집으
로 향했다. 새벽 두 시였다.

*　　*　　*

학원에라도 보내달라고 졸라서 동네 바깥으로 떠돌던 나는
같은 학원에 다니던 정권과 덕수, 은숙과 곧잘 어울렸다. 은숙
은 공부를 잘하는 덕수와 가까웠다. 은숙은 덕수 같이 점잖은

애가 좋다고 했다. 나는 가슴속에서 뜨거운 피가 용솟음치는 남자가 좋았다. 운동도 잘하고, 유머감각도 있는 정권과 뜻이 잘 맞았다.

가끔 주간지에 나오는 미스터코리아를 보며 멋있다고 하면, 은숙은 징그럽다며 얼른 페이지를 넘겼다. 그러다 보니 자연스레 파트너가 정해진 셈이었다.

정권과 덕수는 고등학생치고는 제법 체격이 컸다. 정말 겁 없이 의정부 영화관에서 성인영화를 보곤 했다. 교외지도를 나온 교사에게 들키면 무조건 정학을 당하던 시절이었다. 동시상영 영화관에서 정권이 대뜸 내 손을 잡았다. 정권의 두툼한 손바닥은 떨고 있었다. 정권과 사랑의 싹이 움튼 것은 그때가 처음이었나 보다.

용유도에서의 사건만 없었다면 그 사랑의 싹은 자라서 떡잎이 되고, 지금쯤 큰 나무가 되었을지도 모른다.

어머니를 고름 짜듯 졸라서 간 주산학원이었다. 그런데 그해 여름, 탈출이라도 하듯 달려간 그 섬에 나는 영원히 갇히고 말았다. 나의 영혼은 지금까지도 그 용유도에 갇혀 있는 셈이었다.

때아닌 폭풍으로 인해 우리는 예정보다 이틀을 더 섬에 갇혀 있었다. 먹을 것은 떨어졌고, 더 이상 놀이에 집착할 수 없었다. 남학생들은 섬에 놀러온 대학생들과 축구를 하였다. 남학생들은 결사적으로 뛰었다. 넘어져 다리에서 피가 흘러도 벌떡 일어나 다시 뛰던 정권…. 라면 한 박스에 스무 명의 생존이 걸려 있었다. 결국 우리는 이겼고, 라면으로 끼니를 때울 수 있었다.

섬에는 세 구의 시신이 함께 갇혀 있었다. 파도를 타다가
파도에 먹혀버린 사내아이까지…. 그리고….

4

바퀴벌레

옆방에서 들리는 신음소리에, 나보다는 덜 고통스러울 거라고 생각했는데, 아침에 일어나 보니 죽었더라는 이야기가 떠오른다. 이제 와서 누구의 삶이 더 고통스러웠을까 저울에 달아볼 수는 없을 것이다. 그 동안 나의 삶을 감당하기도 벅찼기에 은숙의 삶까지 알고 싶지 않았다.

나는 혜란으로부터 은숙의 얘기를 전해 들었을 때, 가슴을 쥐어뜯는 듯이 아팠다.

* * *

은숙은 무릎 사이에 머리를 묻은 채 꼼짝할 수가 없었다. 해가 들지 않아 어둡고 습습한 좁은 방구석에 웅크리고 한참을 앉아 있었다. 머릿속 피부가 당기고 아파서 견딜 수 없다. 귀밑머리를 올려서 머리핀을 꽂았던 걸 뽑아 놓았다.

불안했다. 어디에다 의지할 곳이 없어서 한 달 전부터 가까운 교회에 나가고 있다. 같은 빌라에 살고 있는 정 집사는 새 식구가 된 은숙의 낯을 익힐 요량인지 하루에도 여러 차례씩 은숙의 집에 들락거렸다. 은숙은 남편에 대한 불만이나 안정이 되지 않는 속마음을 정 집사에게 다 털어놓았다. 정 집사는 고개를 푹 수그리더니 은숙의 등에 손을 얹었다. 기도를 하기 시작했다.

—우리는 빛의 자녀이므로 환한 곳을 좋아해야 합니다. 어두운 곳은 마귀가 득실거리죠. 자, 기도합시다. 사랑이 많으신 하나님 아버지, 여기 마은숙 성도님을 기억하시어 그의 마음을 위로해 주옵소서…. 예수의 피로 명하노니 마은숙 성도를 괴롭히는 악한 마귀는 물러갈지어다. 물러갈지어다….

은숙의 등어리에 얹힌 정 집사의 손가락에 힘이 주어질 때마다 열기가 등줄기를 타고 전해지는 듯 했다. 그 때만큼은 정말 두려울 게 없었다. 아무 것도 자신의 마음을 무너뜨리지 못할 것 같았다.

하지만 정 집사가 돌아가고 나면 은숙은 다시 환한 곳으로 나가기가 두려웠다. 작은 골방 구석에 불도 켜지 않은 채 기대앉았으면 마음이 가라앉고 모든 근심이 사라졌다.

개미만한 새끼 바퀴벌레가 비칠거리며 장롱 밑에서 기어 나왔다. 이제 막 알에서 빠져 나온 듯 했다. 은숙은 머리카락이 쭈뼛하게 당겨지는 느낌이 들었다. 용기를 내어 비척거리는 바퀴벌레를 손가락으로 눌렀다. 새끼 바퀴벌레는 형체도 없이 바스라져 이 세상에서 사라졌다. 팔뚝으로 소름이 주욱 돋아났다. 자신도 알 수 없는 잔인한 쾌감이 몸 속을 간질이며 돌아다녔다.

밖에서 아이들의 노랫소리와 콩콩 뛰는 발소리가 들려왔다. 이맘때의 몸과 마음은 심한 불균형에 시달렸다. 머리서부터 발끝까지 아프지 않은 곳이 한 군데도 없었다. 자신의 몸 속에 있는 뭔가가 요동을 치는 것 같았다.

식탁머리에 앉혀놓고 재촉을 해야만 밥을 먹는 아이들인데, 밥을 먹일 기운도 없다. 손끝, 발끝으로 기운이 스멀스멀 다 빠져나가고 빈 껍데기만 남은 듯한 기분이다. 머리가죽이 당기고 아파서 은숙은 한 쪽으로 몸을 돌아누워야만 했다.

며칠째 새벽 두 시가 넘어 귀가하는 남편에게 바가지를 긁은 것이 화근이었다. 한 번만 더 눈을 질끈 감고 참았더라면 지나갈 일을 괜시리 걸고 넘어져서 이 지경을 만들었는지 후회가 일었다. 하지만 은숙의 가슴속은 시퍼렇게 날이 서서 아무라도 붙들고 싸우고 싶었다.

—그냥 둬선 안돼. 한바탕 뒤집어엎으라구. 허구헌날 의심받고, 맞아 가며 왜 살아.

마음속에서 누군가의 목소리가 자꾸만 부추겼다.

눈이라도 잠시 붙일라치면 딸아이가 치한에게 당하는 끔찍한 영상이 눈앞에 펼쳐졌다. 은숙은 온몸이 부들부들 떨렸다.

친정어머니의 근심 어린 얼굴이 떠올랐다. 딸을 키우는 어려움이 얼마나 큰 지, 딸애들을 세상에 내보내기가 얼마나 끔찍한 지에 대해 생각하면 할수록 가슴이 미어졌다. 그런데 남편이란 사람은 은숙과 세 딸에 대해 아무런 관심도 없었다.

요즘 술집들이 심야영업 단속 기간이라 열두 시면 문을 닫을텐데, 새벽 두 시까지 어디서 무얼 하다 오는지 궁금했다.

술 먹으면 야수처럼 변하는 걸 뻔히 알면서도 자신도 모르게 잔소리를 하고 말았다.

—도대체 지금 몇 시야? 하루 이틀도 아니고, 딴 살림이라도 차렸어?

비틀거리며 들어서는 남편을 노려보며 은숙은 악을 썼다.

남편은 잠시 고개를 흔들더니 풀린 시선을 간신히 모아서는 은숙을 향해 싱긋이 웃었다.

—당신, 내가 무슨 짓을 해도 말 할 자격 없는 거 몰라?

남편은 걸핏하면 과거를 들춰내서 방패막이로 삼았다. 은숙은 가슴속에 묻어두었던 시간들이 들쑤석거려지는 아픔을 느꼈다.

남편은 어젯밤에도 은숙의 과거를 들춰내고는 슬그머니 방으로 들어가려고 했다. 은숙은 남편을 소파로 힘껏 밀치고는 몸을 돌렸다. 그런데 그 순간이었다.

—아악!

은숙은 머리 한 쪽이 베어져나가는 듯한 아픔을 견디지 못하고 고꾸라졌다. 얼마나 많이 움켜쥐었는지, 남편의 손에는 한 움큼의 머리카락이 들려 있었다.

남편은 소파에 그대로 쓰러져 코를 골았다. 은숙은 쪼그리고 앉아서 밤을 새웠다.

—자다가 그대로 죽어 버렸으면 좋겠어.

그 천연덕스런 얼굴을 들여다보며 속으로 저주를 퍼부었다.

달이 밝았다. 웬 남자가 집안을 들여다보고 있다. 얼굴이 안개 속의 물체처럼 정확하지는 않았지만 은숙은 그가 덕수 라는 걸 알았다. 얼룩무늬 교련복을 입고 있었다. 은숙은 그를 자세히 보기 위해 눈을 비볐다. 달도, 얼룩무늬 교련복도 사라진 맨숭한 알루미늄 샷시문이 보였다.

깜빡 잠이 든 건지, 환영을 본 건지 확실치 않았다. 은숙의 심장이 불규칙하게 뛰기 시작했다.

남편은 밤새 아무 일 없었던 것처럼 여느 때와 마찬가지로 깔끔한 차림에 금테안경을 번쩍이며 출근 준비를 서둘렀다. 전날 밤 그에게는 아무 일도 없었던 것 같다. 술이 참 편리하기도 하다.

은숙은 구두에 묻은 토사물을 닦아내고 구두약을 발랐다. 은숙은 침을 튀튀 뱉으며 구두를 닦고는 주먹으로 구두를 쥐어박았다. 남편이 다가왔다. 은숙은 깜짝 놀라 벌떡 일어섰다.

—여보? 당신 머리가 왜 그래?

남편은 은숙의 귀밑머리에 손을 대었다. 머리의 베어져나가는 듯한 통증이 되살아나며 온몸의 피가 거꾸로 솟구쳐 오를 것처럼 팽팽해졌다.

—시치미 떼지 마! 자신이 저지른 일을 그렇게 까맣게 잊을 수 있어?

그런 말들이 입안에서 튀어나오려고 아우성을 치는데 말문이 콱 막히고 눈물만 후두둑 떨어졌다.

남편은 안경알 속의 눈을 둥그렇게 뜨며 놀라는 척 했다.

—내가 그랬어? 그렇다면 정말 미안해. 술만 취하면 나도 왜 그러는지 모르겠어.

남편의 말꼬리가 조금 올라간다. 미안한 생각이 들긴 드는 모양이었다. 남편은 부드럽게 은숙의 어깨를 감싸안았다. 은숙은 남편의 팔 밑에서 자신의 어깨를 거칠게 빼냈다. 남편의 눈썹이 꿈틀거렸다. 갑자기 그의 모습이 아주 낯설게 느껴졌다.

―이 남자가 내 남편인가. 십 년간이나 살을 섞고 살아온 남자가 맞는가.

남편은 은숙의 어깨를 두어 번 가볍게 토닥거리고는 현관문을 빠져 나갔다. 은숙은 남편이 나간 뒤 곧바로 문을 잠궜다.

그리고는 화장대 앞에 앉았다. 머리카락이 한 움큼 빠져 나간 자리가 뻘겋게 살을 드러내고 있다.

남편은 술집의 어떤 마담은 어떻더라. 누구는 어떻더라 하면서, 은숙에게 노골적으로 유흥업소에서와 같은 서비스를 요구했다.

은숙은 당기는 머릿살의 아픔을 참으며 전화기를 집어들었다. 누구에게든 위로 받고 싶었다.

―여보세요?

―지금은

―경희니? 나….

―전화를 받을 수 없으니 삑 소리가 나면….

은숙은 수화기를 들고 삑 소리가 날 때까지 기다렸다. 은숙은 경희에게 간밤에 꾸었던 꿈 얘기를 털어놓고 싶었다. 덕수가 왜 자주 꿈에 보이는지…. 그리고 그 섬에 가고 싶다고 얘기하려고 했었다. 덕수의 원혼이 있다면 살풀이를 해주고 싶다는 얘기도…. 그러나 기계에 대고 주절주절 얘기하는 일에 익숙치 않았다. 은숙은 아무 말도 못하고 수화기를 내려놓았다.

그 섬으로 돌아가 시간을 다시 거꾸로 돌려놓고 싶었다. 그래서 그 순간의 엄청난 사건을 삭제해 버리고, 새롭게 살고 싶다. 술에 절은 남편의 정신처럼 악몽일랑 필름이 끊어져서 아예 없던 일로 되돌렸으면 싶다.

은숙은 뽑아 놓은 머리핀을 만지작거리며, 가발을 쓰고 망아지처럼 쏘다니던 여고시절을 떠올렸다. 그 때는 어른들의 세계가 궁금하고, 흥미로워 보이기까지 했다.

토요일, 학교가 파하는 오후의 그 나른한 시간들, 따뜻한 햇살 속에 풀어지던 봄날들이 그리워졌다. 가게아주머니는 지금쯤 할머니가 되었을 텐데….

구멍가게로 들어설 때마다 아주머니가 암호처럼 하는 인사말이 있었다.

—대학생 오시는가.

아주머니가 방 쪽으로 손가락질을 해대면 다른 친구가 와 있다는 신호였다. 은숙은 책가방을 문 앞에 놓고 노크를 했다. 갈색 남방의 단추를 마저 채우지도 못하고 허연 뱃살을 드러낸 친구가 문을 따 주었다. 은숙은 뒤를 살핀 뒤 방으로 들어가 문을 잠궜다. 익숙하게 다락문을 열고 책가방을 집어 넣었다. 그리고는 쇼핑백에 담겨진 물건을 꺼냈다. 쇼핑백에서 청바지와 남방을 꺼내 입었다. 그리고 긴 머리카락의 가발을 꺼내어 거울 앞에서 뒤집어썼다. 영락없는 여대생이었다. 얼굴이 노숙해 보여서 전혀 들킬 염려는 없었다. 두 사람은 거울을 들여다보며 립스틱을 바르고 눈썹을 그렸다. 핸드백을 들고 굽 높은 구두를 신었다.

아주머니에게 살짝 손을 들어 보이고는 밖으로 나왔다. 은숙은 경희와는 또 다른 비밀을 갖고 싶었다. 경희는 친구로서는 좋은데, 다분히 도덕적이고 또한 가난해서 이런 쪽으로는 데리고 다닐 수가 없었다. 은숙은 엄마에게, 또한 은행에 다니는 오빠에게 두루 용돈을 받아서 모아 두었다. 토요일만 되면 몸이 근질근질하였다. 은숙은 활발하지 못하고 늘 소극적이었지만, 기타를 칠 때와 춤을 출 때는 다른 사람처럼 변신을 하였다. 방에 틀어박혀 큰 거울 앞에서 요리조리 흔들어보던 고고의 실력을 테스트해 보고 싶어 미칠 지경이었다. 아버지에 오빠까지 은행원이고 보면 은숙 또한 은행에 취직하기란 쉬운 일이라고 생각했다. 일 학년이지만 주산은 이미 삼 학년 수준의 일 급을 따 놓았기 때문에 졸업 때까지 손 댈 필요도 없었다. 다른 학과목이야 시험 때 한 번 슬쩍 보면 되는 것이고…. 다행히 아이큐가 높아 수업시간에 정신만 차리면 상위권에는 들었다. 은숙은 친구가 별로 없었다. 하나 둘 있는 친구에게도 속을 드러내놓지 않았다. 경희는 어릴 적부터 친구고, 은숙은 경희를 친구 이상으로 좋아했다. 경희에게서는 중성적인 매력 같은 것이 느껴졌다. 여학생들에게는 흔히 있는 일이었다. 그 즈음에는 교련 시간에 우렁차게 구호를 붙이는 대대장에게 마음이 쏠리기도 했다.

청계천에서 버스를 내렸다. '팽고팽고'라는 간판을 쓱 한 번 올려다보았다. 뒤가 켕겼지만 얼른 계단을 올라갔다. 은숙은 출입구의 남자를 향해 고개를 약간 숙이며 웃었다. 신분증을 보자는 소리도 없이 남자는 턱을 옆으로 돌렸다. 은숙은 남자에게 눈을 찡긋해 보였다.

문을 열자 다른 세계가 열렸다. 때려부수는 듯한 드럼소리가

났다. 은숙은 그 소리만 들으면 가슴이 마구 쿵쾅거렸다. 춤에
대한 유혹은 정말 뿌리치기 힘들다. 다리가 구름 위를 걷는 것
처럼 가벼워졌다. 웨이터가 정해 주는 자리에 앉았다. 기본만
시키고는 술이 오기도 전에 무대로 나갔다. 시간이 이른 까닭
에 무대는 한산했다. 몸동작을 크게 할 수 있어 좋았지만 조금
쑥스러웠다. 팔다리를 흔들흔들거리면서 준비운동을 했다. 거
울 앞에서 전축을 틀어 놓고 매일이다시피 연습했던 팝송이
흘러나왔다. 은숙은 리듬에 맞춰 실력발휘를 하느라 이마에 끈
끈하게 땀이 배어 나왔다. 좌석에서 남자들이 휘파람을 불어댔
다. 몸은 가벼웠고 스케이팅을 하듯 발끝이 잘 미끄러져 주었
다. 친구도 맞은 편에 서서 곧잘 엉덩이를 흔들었다. 머리가
몽롱해졌다. 이 맛에 나이트클럽 출입을 하게 되었다.

　음악이 끊겼다. 블루스 타임이어서 축축 늘어진 곡이 연주
되었다. 자리로 돌아와 맥주를 컵에 따라 벌컥벌컥 들이켰다.
타 들어가던 목의 갈증이 말끔히 해소되었다. 뱃속까지 시원
해졌다. 웬 남자가 좌석 앞에 와서 손을 내밀었다. 은숙은 기
겁을 하며 손을 흔들었다. 그러자 남자는 친구에게 다시 정중
하게 손을 내밀었다. 친구는 웃으며 남자의 손을 잡고 일어섰
다. 그런 면에서는 은숙보다 친구가 한 수 위였다.

　친구는 불루스를 아주 잘 추었다. 남자에게 착 안겨서 미끄
러지듯 스텝을 밟는 것을 보면 가히 예술이라고 할 수 있었
다. 은숙은 혼자서 추는 춤을 즐겼다. 끈끈하게 누구에게 매달
리는 건 영 질색이었다. 그런데 친구는 퇴폐적인 분위기를 풍
겼다. 게다가 연방 담배에 불을 붙이는 통에 은숙은 목구멍이
칼칼해서 미칠 지경이었다. 손가락 사이에서 연기를 내고 있

는 긴 담배는 매력적으로 보이기도 했지만, 은숙은 담배만큼은 가까이 하고 싶지 않았다. 앞니가 거무스름하게 변색되는 것도 싫었고, 첫째는 입에서 냄새나는 게 끔찍했다.

그렇게 두 시간 정도 춤을 추면 은숙은 대개 그 곳을 빠져나왔다. 친구를 남겨둔 채….

학교 근처 가게로 돌아와 입술을 지우고 교복으로 갈아입었다.

—그 친구는 열두 시나 되어야 올 거야.

아주머니는 툴툴대었다. 아주머니에게 보관료를 건네준 뒤, 책가방을 찾아들고 밖으로 나왔다. 시계를 보았다. 열 시 오 분 전이다.

은숙은 부리나케 학원 앞으로 달려가서 골목에 숨었다. 두런두런 여자애들의 웅성거리는 소리가 들렸다. 은숙은 경희가 저만치 오자 얼른 손을 흔들었다.

—은숙아, 내일 모레 시험이라 도서관에 애들이 너무 많더라. 한참 줄서서 들어간 거 있지. 넌 또 어디 갔다 오니? 토요일마다 가는 데가 어디야?

—비밀이야.

경희는 입을 비죽이 내밀었다. 경희는 아직도 주산이 사 급이었다. 노력을 하는 것도 같은데 성적은 오르지 않았다. 실업계가 적성에 맞지 않는 모양이었다. 중학교 때는 전교에서 일이 등을 하던 애가 고등학교에 들어오면서 완전히 밑바닥이었다. 인문계 고등학교에 갔다면 상위권은 맡아 놓았을 텐데, 안타까웠다.

은숙은 드럼을 치던 남자, 노래를 부르던 남자의 얼굴이 떠올랐다. 버스를 타고 집에 오는 동안, 그리고 잠자리에 들어서까지 그들의 얼굴은 줄곧 코앞에 달라붙었다. 그런 사람들과 키스하는 기분은 어떨까? 키스란 얼마나 달콤하고 아득한 기분일까라는 상상을 하며 도톰한 입술을 거울에 대었다. 그 때는 틈만 나면 거울을 들여다보았다.

은숙은 화장대 거울을 들여다보았다. 열 일곱 살 그 시절을 뛰어넘어 이제 지칠 대로 지친 여인이 거울 속에 들어 있는 게 마술 같았다.

나름대로 비밀을 만들어 가며 스릴 있는 학창시절을 보냈었다. 그런데 이제 그녀에게 인생은 짐일 뿐이었다.

은숙은 남편의 말대로 귀밑머리를 쓸어 올렸다. 상처를 머리카락으로 살짝 덮은 뒤, 머리핀을 꽂았다. 상처를 감쪽같이 가리는 데는 성공했지만, 마음의 상처가 입을 쩍 벌렸다. 눈물이 볼을 타고 주르륵 흘러내렸다.

은숙은 손위 올케에게 전화를 걸었다.

"어머! 웬 일이에요. 아가씨? 아침부터…. 나 지금 막 나가려던 참인데, 별 일 없죠?"

올케의 낭랑한 목소리에 그만 할 말을 잃었다. 별 일이 있으면 절대로 안 된다는 듯 그녀의 말투는 냉정했다.

"으응, 그냥…."

"나, 지금 운전학원에 가는 길이라 바쁘거든요. 내일 시험이에요. 어머니 바꿔 줄께요."

올케의 목소리에는 조급함과 함께 은숙을 떨쳐버리려는 듯한 강한 의도가 묻어 있다. 올케의 반들거리는 눈빛이 떠올랐다. 올케는 항상 즐거웠다. 우울한 은숙의 가정사 따위엔 관심이 없었다. 전화를 받으면 대부분 '또 무슨 일이야? 나도 부부 싸움 한 번 해 봤으면 소원이 없겠다'며 쾌활한 목소리를 보내 오곤 했었다. 자상한 오빠 덕분에 행복은 올케 혼자서 차지하고 살다시피 했다. 아들 하나 낳고 단산을 했지만 누구 하나 잔소리를 못할 정도로 위세가 당당했다. 그까짓 아들이 무어라고….

주말이면 오빠와 올케는 테니스장으로 볼링장으로, 그도 아니면 장미축제, 튜울립 축제, 단풍놀이를 하기 위해 공원으로, 산으로 바다로 잘도 누비고 다녔다. 올케가 바삐 살고 있는 세상 뒤에서 은숙은 언제나 어둠 속 바퀴벌레 같은 존재가 됨을 깨닫게 된다. 그렇게 불행하다고 느끼지 않다가도 올케와 마주하면 상대적인 불행감에 곤혹스러울 때가 한 두 번이 아니었다.

"전화 바꿨다. 왜? 또 싸웠냐? 니네들 좀 조용히 살 수 없니? 너한테서 전화만 오면 가슴이 철렁 내려앉는다. 이것아."

어머니는 은숙의 말을 막기 위해 미리 사설부터 늘어놓는다. 은숙은 그저 궁금해서 안부 전화했을 뿐이라며 얼버무리고 전화를 끊었다. 도대체 통로가 없다. 아무도 은숙의 고민을 들으려고도 하지 않았다.

'내가 아들만 낳았더라도….'

살아야겠다는 의욕이 나질 않는다. 온몸이 땅 속으로 잦아 들어가는 것만 같다.

남들은 찌개 끓이고 맛난 반찬을 만들며 퇴근하는 남편을 기다리느라 부산한 시간이다. 맞은편 집 여자는 엷은 화장을 하고, 날개옷 같은 홈웨어를 잘잘 끌고 문밖에까지 나와 서성거린다. '남편 길들이기'라는 모 여사의 강의를 듣고 와서 당장 실행에 옮기는 중이란다. 잘 가꾸고 있어 봤자 남편 코빼기도 보기 힘든데 화장에 날개옷이라니…. 어째 그 집도 성공할 것 같지 않다. 아니 은숙은 그녀가 실패하기를 은근히 바래본다.

방문이 삐걱 열렸다. 낮잠을 자던 큰딸 민영이 어기적거리며 나왔다.

"엄마, 배고파, 밥 줘."

은숙은 일어서며 민영을 노려보았다.

"밥은 무슨 밥! 굶어. 아주 다 굶어 죽자."

은숙은 말끝에 매달리는 눈물방울을 앞치마로 문지르며 주방으로 갔다.

"엄마! 나 이젠 다 나았어. 아프지 않아."

딸애는 덩달아 눈물이 그렁한 얼굴로 치마꼬리에 매달린다. 앞으로 아이의 인생에 이번 일이 얼마나 큰 상처가 될까. 생각할수록 살 의욕이 나질 않았다. 머릿속을 무거운 돌덩이로 짓누르는 것처럼 견디기 힘들다.

라면을 끓였다. 고무줄 뛰기를 하느라 땀 범벅이 된 두 아이가 쪼르르 식탁 앞으로 달려왔다. 아이들은 제비새끼 마냥 쪽쪽 대며 라면 발을 빨아올렸다. 텔레비전 앞에 모여 앉은 세 딸은 조금씩 말이 줄었다. 아이들의 속눈썹 끝에 매달린 졸음이 보인다. 텔레비전 앞에 아이들은 그대로 쓰러져 잠이 들었다. 아이들이 새삼 징그럽게 느껴졌다. 사내아이가 셋이면 든든하다고 하던데….

남편의 비틀린 심사가 이해되기도 했다. 형제가 둘 뿐인데, 큰집에도 딸만 둘이었다. 대가 끊어질 위기인 셈이다.

—요즘 세상에는요. 삼대독자도 딸 하나만 낳고 단산을 해요. 달나라 별나라에 가는 세상에 고모부는 너무 고리타분해요. 정말.

올케의 당당한 얼굴이 눈앞을 스친다. 은숙은 딸아이들을 예쁘게 키워 왔다. 딸 부잣집 딸들이라 역시 예쁘다며 동네사람들은 입을 모았다. 하지만 은숙은 입에 발린 소리들을 하는 것 같았다. 그들이 돌아서서 쯧쯧 혀를 차는 것만 같았다.

아이들을 안아다 자리에 뉘고 이불을 덮어 주었다. 며칠 머리를 감기지 않아, 머리카락에서 옥수수 쉰내가 난다.

시침과 분침이 열둘에 머물러 포개지도록 남편은 돌아오지 않았다. 식욕이 없어 하루종일 굶었더니 기운이 없었다. 은숙은 장롱을 열고 투피스를 꺼냈다. 화사한 환타 색 옷을 들여다보다가 돌연 옷을 벗기 시작했다.

—미스홍은 말이야, 고 쏙 들어가는 보조개가 매력이 있단 말이야. 김마담은 말이야. 역시 이 빵빵한 엉덩이가 죽여주지.

은숙은 남편의 잠꼬대를 떠올리며 얼굴에 가볍게 분칠을 해나갔다. 머리카락이 뭉텅 빠진 부분을 보며 싸하니 가슴이 아파 온다. 은숙은 남편이 가르쳐 준 대로 귀밑머리를 끌어다 머리핀을 꽂았다. 투피스로 갈아입고 현관문을 가만히 빠져나왔다. 문은 잠그지 않았다. 아주 잠깐 내려갔다 오리라 생각했기 때문이었다.

언덕 아래는 아주 낯선 곳이 되었다. 매일 오르내리는 곳이 건만, 이런 모습을 본 것은 처음이었다. 항상 음산한 그늘을 만들고 있던 크고 작은 호텔들, 나이트 클럽, 스탠드바의 허름하던 간판들이 마술에 걸린 것 마냥 휘황찬란한 빛을 내며 움직이고 있었다.

은숙은 휘청거리는 걸음으로 업소를 차례로 뒤지기 시작했다. 어둠침침한 조명등 아래, 꼭 끼고 앉은 남녀를 하나하나 더듬어 살폈다. 심장박동 소리가 자신의 귀에도 들리는 듯 했다. 그 들 중의 한 사람이 남편일 것만 같았다. 사람들이 흘낏 쳐다보았다. 종업원들의 마뜩찮은 시선에 점점 주눅이 들었다.

결국 마지막 남은 스탠드바에 주저앉았다.

시계를 보니 새로 한 시가 넘었다.

“아가씨! 나 맥주하고 담배 한 갑만 갖다 줄래요?”

은숙은 열 일곱 살 때 용유도에서 담배를 한 개비 피워본 후로 여태 입에 담배를 대지 않았다. 입에다 담배를 두 개비씩 피워 물었던 이상한 여자의 마음을 이제야 헤아릴 것도 같았다. 뭔가 되는 일이 없어서 그러고 있었겠지. 그 때는 되게 폼 잡는다면서 눈도 바로 뜨지 않았었다.

“담배 피울 줄도 모르면서 웬 일이세요?”

연기에 밭은기침을 하자 여자가 맞은편에 와 앉으면서 측은한 눈빛을 보내 온다. 은숙은 낯모르는 사람에게 모든 걸 다 털어놓고 나면 속이 후련할 것 같았다. 술에 취하고 담배연기에 취해 보고 싶었다. 아니 마약에라도 취해 보고 싶은 심정이었다. 은숙은 쏟아지는 눈물을 양 손바닥으로 눌렀다.

“저어, 미스양이라고 불러주세요.”

미스양은 휴지를 뽑아내 은숙에게 쥐어 주었다. 그녀는 갸름한 얼굴에 눈만 왕방울만 했다. 그녀는 맞장구를 쳐가며 참을성 있게 은숙의 넋두리를 다 들어주었다. 남편의 폭력과 바람, 징그러운 세 딸, 매력이라고는 다 달아나 버린 자신의 혐오스런 몸뚱이, 그리고 절망에 대해서…. 한참 울면서 속을 다 들어내고 나니 가슴속이 후련해졌다.

"미스양은 애인 있어요?"

은숙은 퉁퉁 부은 눈으로 미스양을 향해 배시시 웃었다. 미스양도 덩달아 시원스레 큰 눈에 미소를 담았다.

"네, 조금 후에 절 데리러 온댔어요."

"좋을 때군요. 세상이 참 험해요. 빨리 결혼하세요. 서로 무슨 일을 당할지 모르잖아요."

백팔십 센티미터는 됨직한 키에 호리호리한 체격의 남자가 출입구에 나타났다. 한 손을 들어 보이며 걸어오는 남자를 향해 미스양이 팔을 번쩍 들었다.

미스양은 은숙에게 애인을 인사 시켰다.

"미스터김이라고 합니더."

남자의 투박한 듯한 경상도 사투리에 믿음이 갔다.

"이 언니가 우울하신 것 같은데, 우리 이 언니 집까지 모셔다 드리고 가요."

미스양이 은숙의 팔에 자신의 팔을 끼면서 살갑게 굴었다. 은숙은 흥겨웠다.

비탈길을 오르며 은숙은 콧노래까지 흥얼거릴 정도로 취했다. 높은 구두 때문에 발이 삐끗 했다. 미스터김은 은숙의 다른 쪽 팔에 팔짱을 끼어서 은숙을 부축했다. 미스터김의 팔꿈치가 젖가슴에 닿자 온몸이 경직되었다. 은숙은 얼른 팔을 빼려고 했지만, 몸이 말을 듣지 않았다.

빌라가 어둠 속에서 잔뜩 웅크리고 있는 괴물 같았다. 문손잡이를 살짝 비틀었다. 분명히 잠그지 않고 나갔는데, 문이 꿈쩍도 하지 않았다. 은숙은 겁이 더럭 났다. 남편이 돌아와 문을 잠근 모양이었다. 머리의 뜯긴 상처가 채 아물기도 전이었다. 또 어떤 난동을 부릴지 알 수 없었다. 신데렐라의 드레스가 누더기로 변할 것 같은 순간이었다.

뒤를 돌아다보니 두 사람이 그 때까지 은숙의 뒤통수에 시선을 꽂은 채 서 있었다. 은숙은 난처한 표정을 지었다.

"내려 가입시더. 재워드릴 방은 있습니더."

미스터김이 다닌다는 술집의 방을 하나 내 주었다. 두 사람은 집이 가깝다며 돌아갔다. 미스터김이 밖에서 문을 잠궜다.

이런저런 걱정으로 술이 확 깼다. 이혼을 생각해 보았다. 구타하는 남편과의 이혼은 쉬울 터였다. 그런데 그 동안 왜 이혼을 생각지 않았는지 모를 일이었다. 자식 때문에? 여성들의 대부분이 그 이유 때문에 쉽게 갈라서지 못한다고 했다. 자신도 별반 다를 게 없었다.

밤새 뒤척이다가 새벽녘이 되어서야 살풋이 잠이 들었다. 은숙은 가슴을 짓누르는 묵지룩함에 눈을 떴다. 웬 남자의 머리가 자신의 젖가슴 위에 얹혀져 있다. 머리카락에서 향긋한 냄새가 난다. 몸을 벌떡 일으킬 수가 없었다. 언젠가 이런 상황에 놓였던 생각이 머릿속에 떠올랐다.

잠결에 숨이 막히는 듯 해서 눈을 떠보니 남편이었다. 남편은 잠이 오지 않을 때, 은숙의 몸을 한바탕 헤집어 놓고서야 코를 골곤 했었다. 남편은 은숙의 젖가슴을 움켜쥐며 뜨거운 입김을 귓가에 불어넣었다.

—미스강, 사랑해.

은숙은 눈을 번쩍 떴다. 남편은 은숙과 눈이 마주치자 후다닥 미끄러져 내려가더니 이내 코를 골았다. 어이가 없기도 하고 분해서 몸이 덜덜 떨렸다. 은숙은 그 날 밤새도록 잠을 이루지 못했다.

그 때의 배신감이 하필 지금 떠오를 게 뭐람. 남자는 은숙의 얼굴과 손, 그리고 다리를 살살 쓸었다. 그의 손길에 온몸의 솜털이 꼿꼿하게 일어섰다. 은숙은 다리를 오므렸다.

"아이구, 죽지는 않았네."

미스터김은 상체를 일으켰다. 은숙도 곧바로 몸을 벌떡 일으켜 세웠다. 굳은 표정으로 미스터김의 얼굴을 보았다. 남자는 양 손바닥을 마주 비비며 열적게 웃었다.

"아이구, 지는 초상 치는 줄 알고 놀랐습니더."

은숙은 허벅지까지 기어올라간 치맛자락을 끌어내렸다. 미스터김은 은숙이 일어나는 걸 거들었다. 미스터김의 가쁜 숨결이 느껴졌다. 은숙은 부지불식간에 무슨 일인가 터질 것 같았다.

벽시계가 열두 시를 가리키고 있다. 남편의 치올라간 눈썹이 떠올랐다. 은숙은 미스터김에게 고맙다는 인사도 변변히 못하고 도망치듯 출구로 빠져 나왔다.

언덕을 향해 올라가는 다리가 휘청거렸다.

현관문을 열자 앞이 캄캄했다. 은숙은 늘 집안이 어두침침해서 마음이 우울한 건가 생각해 보았다. 전등스위치를 누르려는데, 누군가가 손목을 낚아챘다.

"너 도대체 어떻게 된 거니? 민영아빠가 여기저기 전화하고, 저 아래 호텔, 여관을 샅샅이 뒤진 모양이던데…."

친정어머니는 고무장갑을 바닥에 팽개치며 악을 썼다. 아이들은 무엇인가 눈치가 다르다 싶은지 방문을 빠끔히 열고 말끄러미 바라만 볼 뿐, 뛰어와 안기지 않았다.

킬킬거리는 웃음이 목구멍을 타고 올라왔다. 은숙은 은숙대로, 남편은 또 그 대로 저 아래 마술 상자 같은 동네를 돌고 돌았단 말인가. 서로가 서로를 의심하면서…. 그렇담 지금 은숙은 남편에게 되잡힌 셈이었다.

'아무 일 없었는데 꿀릴 게 뭐 있어?'

마음속에서는 큰 소리를 칠 것 같았지만, 시간이 흐를수록 자신감이 없었다. 미스터김과 사이에 무슨 일이 있었던 것도 같다. 은숙은 이를 앙다물었지만 다리에 기운이 쪽 빠지며 자리에 주저앉고 말았다.

"너한테 또 처녀귀신이 씌운 게야. 아이구. 이를 어쩌나."

어머니는 은숙을 부축해서 방으로 데려다주었다.

"남들은 참고 잘 들 사는 구면, 어째 너는 사는 게 이리 힘이 들어. 잠시도 내가 마음을 놓을 수가 없어."

말할 때마다 어머니의 가지런한 틀니가 들썩들썩 움직였다. 어머니는 오이지처럼 쪼그라진 얼굴에 틀니만이 반짝거렸다.

후줄근하게 풀어져 누웠으려니 갑자기 장롱에 박힌 자개가 움찔거리며 가쁜 숨을 몰아쉬는 것처럼 보였다. 그리고는 괴물 같은 형상으로 자신을 덮치려는 것 같았다. 친정 어머니 말대로 옛날 병이 도로 도지는 것 같아 초조하였다. 눈을 감왔다. 눈을 감아도 괴물은 여전히 눈앞으로 달려오고 있었다. 은숙은 벌떡 일어나 손사래를 치며 주방으로 나왔다.

아이들이 모여 앉아 라면을 먹고 있다. 먹는 것을 풍족하게 사다주는데도 아이들은 먹는 것만 보면 다투었다. 참새 떼 마냥 쪽쪽 소리나게 빨아들이는 아이들은 서로 다른 그릇의 라면에 탐욕스런 시선을 두었다. 입 주위에는 둥그렇게 라면 국물을 바르고, 막내는 라면가닥까지 하나 붙이고 있다.

"애들 먹을 걸 좀 챙겨줘라. 원 사흘은 굶은 것 같구나."

"엄마, 오늘 여기 좀 계세요. 오 서방 들어올 때 까지만요."

"싫다. 여기 있으면 머리가 지끈지끈 아파."

어머니는 말이 끝나기도 전에 푸르르 일어나 나갔다. 몇 정거장 되지 않은 곳에 살고 있어 툭하면 불러대는 어머니였다. 투덜거리면서도 부를 때마다 달려와 주는 어머니가 고마웠다.

저녁때, 퇴근 해 돌아온 남편은 양복저고리를 벗기도 전에 은숙을 구석으로 몰아세웠다.

"저, 사실은 당신을 찾으려고 나갔었어."

"뭐야?"

남편은 다가와 은숙의 양쪽 귀를 잡았다. 이글거리는 눈 위로 눈썹이 꿈틀거리는 가 싶더니 이내 앞이 보이지 않았다. 뒤통수로 둔탁한 통증이 일었다. 남편은 두 번 세 번, 수도 없이 은숙의 머리를 벽에다 짓찧었다.

"발뺌할 생각 말아! 내가 여관, 호텔, 여인숙까지 샅샅이 뒤졌어. 여자 혼자 들어 온 사람은 없다고 하더라. 결론은 뻔한 거 아냐?"

망치로 뒤통수를 얻어맞는 것 같다. 정신을 차릴 수가 없다. 이러다 정말 죽을 수도 있겠다는 생각이 들었다. 은숙은 입술을 꼭 깨물었다. 눈물이 볼을 타고 흘러내렸다.

"죄를 시인하니까 이번 한 번만 용서해 주지. 그런데 그 행운의 주인공은 도대체 어떤 놈이지?"

은숙의 머리에 미스터김의 모습이 그려졌다. 그를 끌어들인다면 일은 점점 꼬이게 될 것이다. 선선한 척 말하는 남편이지만, 남편의 성격을 모르는 바 아니었다.

남편은 이 일을 마음 한켠에 접어 두었다가 필요할 때마다 꺼내 휘두를 수 있는 무기로 삼을 것이다. 신혼여행지에서의 고백이 평생을 옭아매고 있는 것처럼….

남편은 그날 밤 은숙의 몸에 드리운 남자의 그림자를 거두려는 듯, 꼼꼼히 그녀의 몸을 탐했다. 그러나 여느 때와 마찬가지로 은숙의 몸은 나무토막처럼 단단해졌다. 눈을 질끈 감은 채 이 더러운 수사가 빨리 끝나기만을 기다렸다. 마침내 남편은 코를 골았다.

다음 날 아침, 은숙은 헐거운 잠옷차림으로 누워 있었다. 잠이 든 것도, 깨인 상태도 아니었다.

남편은 혼자서 아침식사를 간단하게 해결하고 출근했다. 아이들은 입은 옷 그대로 쪼르르 유치원 차에 올랐다. 은숙은 창문 밖으로 손을 흔들어주고는 다시 드러누웠다. 온몸을 가누기조차 힘들었다. 눈꺼풀이 무겁게 내리덮였다.

은숙은 원피스자락을 휘날리며 뛰고 있었다. 그 때가 열 살 무렵이었다. 동네에 약장수가 들어와서 구경을 가는 길이었다.

은숙은 그 때 아주 짧은 원피스를 입고 있었다.

가설 무대 앞에는 벌써 많은 사람들이 자리를 잡고 앉아 있었다. 은숙과 경희는 어디에 앉을까 두리번거리며 자리를 찾고 있었다.

이미 연극은 시작되고 있었다.

"이리 와라. 내 안아주마."

중년남자가 은숙을 달랑 들어 안았다. 경희에게는 옆자리를 내어 주었다. 경희는 입을 비죽 내밀었고, 은숙은 싫다는 말도 못하고 낯을 찡그린 채 가만히 있었다. 넓은 원피스 자락이 양반다리를 하고 앉아 있는 남자의 무릎까지 가리웠다.

연극은 한참 무르익고 있었다.

"수일씨!"

심순애가 검은 교복 차림인 이수일의 바짓가랑이를 붙잡고 늘어졌다. 수일의 바지가 훌렁 벗겨지자, 구경꾼들이 박수를 치며 까르르 넘어갔다.

그 순간이었다. 그 어수선한 틈을 타서 은숙을 안고 있던 중년 남자의 손가락이 은숙의 은밀한 곳을 더듬었다. 아래쪽에서는 주먹 같은 것이 자꾸 엉덩이를 치받고 있었다. 은숙은 연극을 봐야 되나 일어나야 되나 망설였다. 은숙은 내내 아래쪽에 신경이 모아져서 아무 것도 눈에 들어오지 않았다.

─아야.

기어코 남자의 손가락이 은숙의 깊은 속살을 헤집고 들어왔다. 그 때 마침 무대에 골몰해 있던 경희가 은숙을 돌아보았다.

은숙은 오만상을 찌푸렸다. 머리카락 밑으로 진땀이 흘렀다.

“은숙아! 가자.”

경희가 발딱 일어섰다.

“왜? 재미있는데 더 보고 가잖구.”

남자는 슬그머니 손가락을 빼며, 태연스럽게 경희를 향해 대꾸했다. 경희는 남자의 눈을 말끄러미 쏘아보았다. 아직도 남자의 한 쪽 팔은 문어 다리처럼 은숙의 허리를 꼭 죄고 있었다.

“가자니까 뭐하니?”

경희는 표독을 떨며 은숙의 팔을 낚아챘다. 문어의 흡반처럼 들러붙어 있던 남자의 팔이 스르르 풀렸다. 은숙은 벌떡 일어났다. 경희와 함께 어스름을 향해 뛰면서 은숙은 숨죽여 울었다.

꿈이었다. 은숙은 침대 위에서 몸을 뒤척였다. 매사에 경희처럼 똑 떨어지지 못한 자신이 못마땅했다. 은숙은 가끔 어린 시절의 일들이 생생하게 꿈으로 재현되곤 했다. 그런 것들이 하나하나 마음속에 생채기로 남아 있었던 모양이었다.

은숙은 눈물을 훔치며 잠에서 깨어났다.

‘띵동 띵동!’

웬 남자가 문을 열고 들어왔다. 문을 잠그지 않았던가 생각을 모아보았다. 남자는 그녀의 방을 바라보고 섰다가 성큼성큼 거실로 올라섰다. 가슴이 쿵쾅거렸다. 그러나 침대 위에서 꼼짝을 할 수가 없다. 이제 남자는 은숙의 방 앞에까지 왔다. 빼꼼이 고개를 들이민 사람의 얼굴을 올려다보았다. 그는 다름 아닌 미스터김이었다. 은숙은 가슴이 철렁 내려앉으며 팔다리가 덜덜 떨렸다.

은숙은 머리카락을 쓸어 올리며 일어섰다. 헐렁한 잠옷 속에 속옷을 입지 않았다는 데에 생각이 미쳤다.

"잠깐만요. 나 옷 좀 갈아입고…."

은숙이 방문을 닫으려 하자, 미스터김이 히죽이 웃었다.

"괜찮심더. 더 매력적입니더."

은숙은 팔다리가 경직되어 꼼짝할 수가 없었다. 고개를 흔들어 보았다. 머리가 약간 어지러웠다. 엄마 말마따나 또 옛날처럼 되는 게 아닐까. 헛것이 보이는 게 분명했다. 미스터 김이 집에 찾아올 리 없었다. 꿈의 연장인지도 모른다.

은숙은 방문을 잠그고, 옷을 벗었다. 화장대 거울에 비친 알몸을 바라보다 말고 미스터김이 달려들어 강간이라도 하면 어쩌나 두려웠다. 은숙은 거들에 올인원까지 챙겨 입었다. 완전 중무장을 했다. 그 위에 원피스를 입었다. 미스터김은 식탁의자에 앉아 있었다.

"몸은 괜찮습니꺼?"

미스터김은 너스레를 떨며 스스럼없이 은숙의 손을 잡았다. 은숙은 화들짝 놀라 손을 잡아 뺐다.

"나가세요. 집에 오시면 안돼요. 우리 애아빠가 알면 둘다 맞아 죽어요."

"어제 재워 드렸는데, 점심 쪼까 주시믄 안되겠습니꺼."

은숙은 당황스러웠다. 머릿속으로 많은 생각들이 지나갔다. 남편에게 당한 폭력들이 공포로 다가왔다. 손가락이 떨려서 접시를 식탁 위에 놓을 때마다 달그락 소리를 내었다. 미스터김은 젓가락을 들고 이것저것 탐스럽게 집어먹었다. 그가 식사하는 동안이 길게 느껴졌다.

물을 마시고 일어서길래 은숙도 따라 일어섰다. 미스터김은 전화기 앞에 서서 그 시원스런 눈매로 은숙을 말끄러미 바라보았다. 금방이라도 달려들어 은숙의 몸뚱이를 침대에 집어던질지도 몰랐다. 은숙은 저도 모르게 또다시 온몸이 딱딱하게 굳었다. 예전에 있었던 그 악몽이 다시 되살아났다.

"누님. 전화해도 괜찮겠지요? 번호 좀 적으려구요."

안돼. 안돼. 그 말이 목구멍을 타넘지 못한다. 미스터김은 대답도 기다리지 않고, 수첩을 꺼냈고, 은숙은 더듬거리며 번호를 불러주었다.

그는 구두뒤축을 구겨 신고 현관문 앞에 서서 손을 내밀었다. 은숙은 미스터김의 손을 마주 잡을 수 없었다. 그의 손을 잡았다가는 강제로 당할 것 같았다. 미스터김은 웃으면서 멋적은 듯 손바닥을 비볐다. 그리고는 뒤돌아 섰다.

미스터김이 철문을 쾅 소리나게 닫았을 때에야 은숙은 한숨을 내쉬며 주저앉았다. 맑은 피부와 호리낭창한 몸매로 보아 그는 아직 젊었다. 자신보다 십 년은 아래인 것 같았다. 그런데도 두려웠다. 한편으로 미스터김은 자신이 만들어낸 허상인지도 모른다는 생각도 들었다.

그 때였다. 허상이 아니라는 걸 증명이라도 하듯 문이 벌컥 열렸다. 미스터김의 그림자가 은숙의 작은 몸을 덮쳤다.

"죄송합니다. 제가 볼펜을 들고 나왔더군요."

은숙은 볼펜을 받아 들었다. 미스터김이 나가자마자 은숙은 깊은숨을 토하며 침대에 몸을 눕혔다.

남자를 만나는 게 두려웠다. 세상의 모든 남자가 사람으로 보이질 않고, 짐승으로 보였다. 어느 순간에 자신을 덮칠지도 모른다는 강박관념 때문에, 남자를 바로 보지 못했다. 은숙은 남편과도 한 방에서 자지 않은지 꽤 되었다. 남편은 늘 섹스에 굶주린 사람처럼 은숙에게 덤벼들었다. 게다가 바람을 피우고, 은숙에게 뒤집어씌우기 일쑤였다. 은숙은 그럴 때마다 자신이 바퀴벌레라도 된 것처럼 쓸모 없게 느껴졌다. 점점 모든 일에 의욕을 잃어 갔다.

*　　*　　*

　은숙의 고통스런 애기를 전해 듣고 가슴이 미어진다. 아직도 이십 년 전의 일이 그림자처럼 그녀의 삶 속에 깔려 있었다.

5
검은 섬

이십 년 전 내 나이 열일곱 살이었다. 머릿속에 영상처럼 떠오르는 광경이 있다.

부엌 한켠에 물이 반쯤 찬 고무 통이 놓여 있다. 숨을 흑흑 느끼며 찬 물 속에 쪼그리고 앉았다. 등을 타고 내리던 땀방울이 쏙 들어갔다. 고개를 들어 백열등을 올려다보았다. 검은 바탕에 흰 점박이가 박힌 굵은 전선이 천장을 뚫고 구불구불 하게 내려와 있다. 뱀처럼 꿈틀대는 전깃줄 아래로 알전구가 매달려 있다. 알전구 속의 필라멘트는 그 옆에 있는 누런 끈 끈이테이프를 비추고 있다. 파리 떼가 바늘 하나 꽂을 틈 없 이 빽빽하게 붙어 있다. 어떤 파리는 다리 한 짝만 붙어 대롱 거리고 있다. 우리 동네를 보는 듯 하다. 나지막한 지붕, 천막 만큼이나 작은 집들. 좁은 골목마다 쏟아져 나오는 아이들. 길 바닥에 아무렇게나 싸 놓은 똥 덩어리.

도리질을 치며 가랑이 사이로 고인 물을 바가지로 퍼서 부지런히 어깨에 끼얹었다.

　새 옷으로 갈아입고, 긴 머리카락을 틀어 올렸다. 거울을 보니, 어른 같았다. 목욕을 끝낸 고무 통 가장자리로 시커먼 때가 둘러처져 있다. 이 때가 제일 싫다. 낑낑대며 고무 통을 문 밖 하수도까지 들고 나왔다. 물을 버리고 수세미로 고무 통을 닦고 나니 새로 갈아입은 옷은 또다시 땀으로 축축하게 젖었다. 서둘러 백열등의 스위치를 돌렸다. 캄캄하니까 조금은 시원한 느낌이 들었다. 너저분한 살림살이가 보이지 않아서 좋았다. 모기장을 들추고 더듬거리며 방의 한 구석, 곧 나의 잠자리로 갔다. 웃옷을 어깻죽지까지 말아 올리고 가만히 누웠다. 비닐 장판에 등이 쩍쩍 소리를 내며 들러붙었다. 모기들이 그악스럽게 귓가에서 날개를 떨었다. 잠이 깜빡 들었는데 벽지 안에서 싸륵싸륵 시멘트가 부스러져 내렸다. 모두들 코를 골며 달게 잠을 자고 있는데, 내 귀는 밤의 여러 가지 소리에 민감해서 꿈나라로 돌아갈 수가 없었다. 잠이 깜빡 들었다. 이번에는 어머니가 부스럭거리며 일어났다. 동생들을 깨워 일으켰다. 벌써 새벽이 온 건가. 어머니는 요강을 들고 쉬쉬, 하며 남동생의 고추를 잡아 흔들었다. 나는 몸을 뒤척거리다가 벌떡 일어나 앉았다. 여동생마저 오줌을 누이고 나서 어머니도 시원스레 배설을 하였다. 차례로 정돈해 뉘였던 동생들의 팔과 다리가 벌어지면서 어머니가 누웠던 공간이 메워졌다. 어머니는 아버지 옆에 자고 있는 남동생을 안고는 몸을 옆으로 들이밀어 누웠다. 가만가만 엉덩이를 휘둘러 자리를 넓히고 난 뒤, 남동생을 바로 뉘였다.

　아버지는 마른기침을 하며 돌아누웠다. 애 조심해욧. 어머니가 소리를 질렀다. 잠결에 무의식적으로 하는 행동들인지, 모두들 웅얼웅얼 거리며 자고 있다. 무서웠다. 문을 활딱 열어놓은 곳이 바로 골목이었다. 조심조심 지나가는 행인들의 발자국 소리가 들렸다. 마음만 먹으면 누구라도 방으로 들어올 수 있는 허술한 잠자리였다. 누워서 골목을 내다보았다. 또 한 남자가 지나갔다.

날이 밝느라 방 안 풍경이 어슴푸레하게 보이기 시작했다. 제일 먼저 벽의 중간에 있는 선반이 보였다. 그 위로 라디오, 약통, 화장품바구니 따위가 눈에 들어왔다. 도배할 때, 선반까지 도배지로 발라서 선반은 방의 일부처럼 자연스럽다. 방에서 제일 큰 가구인 네 단 짜리 서랍장도 윤곽을 드러내었다. 그 서랍장에는 위에서부터 차례대로 옷을 넣어두고 있다. 그리고 겉옷은 아랫목 쪽으로 주욱 못을 치고 걸었다. 어머니가 결혼 때 해 왔다는 옷 덮개가 아름답다. 흰 옥스퍼드 천에 아플리케로 자수를 놓은 풍경화가 병풍처럼 옷들을 길게 덮고 있다. 아버지의 얼룩무늬 군복은 언제나 잘 다려져 벽에 걸려 있었다. 서랍장 위로 첩첩이 쌓인 이불과 요는 찬바람이 나야 제 구실을 할 것이다. 방의 한 가운데를 가로지르는 빨랫줄, 거기에 수건과 빨래들이 널려 있어 키가 큰 뒤로는 가끔 늘어진 빨랫줄에 목이 걸리곤 했다.

겨울에는 방의 건조함을 조금이라도 막아보려는 궁여지책으로 긴 기저귀 하나를 빨랫줄에 넌 다음, 물 양동이 속에 그것을 늘어뜨렸다. 그것은 나름대로 방안의 습도조절을 하였다. 아랫목은 엉덩이를 대고 있을 수 없을 지경으로 뜨거웠다. 장판지가 군밤처럼 시커멓게 그을렸다. 하지만 방안 공기는 차가웠다. 고개를 쳐들기만 해도 코끝이 새빨갛게 얼 정도로 외풍이 셌다. 창문은 액자만 하게 겨우 뚫려 있어 방문을 열고 들어서면 잠시동안은 사물을 분간하기 어려울 지경으로 컴컴했다.

"펄럭 펄럭"

고개를 들고 천장을 올려다보았다. 천장 가운데 쪽으로 휘뿌윰한 새벽빛이 들어왔다. 천장을 팔절지만큼 도려내고, 루핑지붕을 그 만큼 뜯어낸 아버지는 거기에 말간 비닐을 붙여 놓았다. 아버지의 기발한 아이디어로 말미암아 바람이 불 때마다 비닐이 한 뼘씩 뛰었다 내리며 펄럭, 깃발소리를 내곤 했다.

코가 시리던 겨울을 생각하니, 잠시 무더위를 잊을 수 있었다. 서울이면서도 군사지역인지라 개발이 되지 않은 우리 동네는 삼 층 이상의 건물이 없었다. 다른 동네에는 십여 층이나 되는 아파트가 척척 들어서는데 말이다. 개천의 둑 위에 오르면 돌멩이를 간간이 지질러 놓은 검은 루핑지붕이 내려다 보였다. 그 긴긴 행렬의 동네가 사 킬로미터쯤 납작하게 엎드려 있었다. 동네의 오른 쪽 끝에는 염색공장이 있고, 왼쪽 끝으로 조미료 공장이 있었다. 공장들은 동네에 비해 우뚝하게 높이 솟아 있었고, 웅장했다. 양 쪽 공장들이 우리 동네를 내려다보며 깔보는 것만 같았다. 조미료 공장의 굴뚝이 동네에서는 제일 높은 곳이라 그 곳을 중심으로 구역을 설명하곤 했었다. 우리 집은 조미료 공장에서 북쪽으로 일 킬로미터 떨어진 곳에 위치해 있었다.

나는 아침에 눈을 뜨자마자 바빴다. 동생들을 차례로 깨워야 했기 때문이다. 입가에 허연 침 자국이 있는 동생들을 한쪽 구석으로 몰아놓고, 이불을 개어 서랍장 위에 얹었다. 이 무더위에는 얇은 이불과 베개만 얹으면 되었지만, 겨울에는 이불 개키는 일이 여간 귀찮은 게 아니었다. 병든 병아리 같은 얼굴로 입을 쩍쩍 벌리고 하품을 해대는 동생들의 궁둥이를 방비로 툭툭 때렸다. 이리저리 쫓겨다니는 동생들은 아직도 눈을 번쩍 뜨지 못했다. 사람이 자고 나면 왜 떨어지는 게 많은지 모르겠다던 어머니의 말이 맞는 것 같았다. 저녁에 걸레로 말끔히 훔친 뒤 잠을 잤는데도, 아침에 쓸면 또 무엇인가가 쓰레받기에 담겼다. 나는 쓰레기통에 탁탁 소리나게 빗자루를 털었다. 이 집 저 집에서 부산하게 움직이는 소리들이 부실한 벽을 타고 다 들려왔다.

"경희야! 서둘러라."

나는 양동이를 들고 골목 어귀로 뛰었다. 아무도 없었다. 일등으로 나와봐야 뾰족하게 좋은 일은 없었다. 그런데도 왠지 마음이 급했다. 앞에 누군가 있다는 게 불안해서였다. 공동으로 쓰는 물통에서 물을 한 바가지 퍼서 펌프에 부었다. 펌프질을 하노라면 허리가 제멋대로 춤을 추었다. 헛바람이 한참 나온 뒤에 시뻘건 녹물이 솟았다. 쏟아지는 물을 몇 차례 흘려보내고 나서 말간 물을 받았다. 뒤를 돌아다보니 몇 사람이 줄을 서 있다. 정권이 눈꼽을 떼며 웃었다. 나는 혀를 낼름 내밀었다.

양동이를 두 손으로 붙잡고 잘 걸으려고 애썼지만 엉덩이가 흔들리면서 물이 찔름찔름 넘쳤다.

아버지는 일찌감치 얼룩무늬 군복으로 갈아입고 군화 끈을 묶었다. 아버지는 남들처럼 하루종일 일을 하지 않았다. 그런 만큼 월급도 다른 사람의 반 정도밖에 되지 않아 우리 집은 늘 쪼들렸다. 그래도 이 동네에서는 유지에 속했다. 아무튼 아버지는 동네의 크고 작은 일에 늘 초대되었고, 어깨에 힘을 주고 상석에 앉았다. 특히 운동회 때, 교장선생님과 함께 앉은 아버지가 보이면 어깨가 으쓱해지곤 했었다. 바싹 치켜 깎은 스포츠머리 때문에 아버지는 어머니 보다 훨씬 젊어 보였다. 잠자리도 불편한 단칸방에서 전전긍긍할 망정 골목을 나서는 아버지의 헛기침소리는 우렁찼다.

아버지는 군대에 있을 때, 대위였다. 육이오 전쟁 때 공을 세웠기 때문에 우리 집 서랍장 속에는 훈장이 두 개나 있다. 가끔 화랑훈장을 꺼내 들고 전쟁 때의 무용담을 들려주는 아버지의 모습은 진지했다.

내가 초등학교 일 학년 때 전학을 왔으니까 이 곳에 온 지도 십 년이 다 되었다. 가족이 춘천에서 어떻게 이 곳까지 흘러 들어오게 되었는지는 잘 모르겠다. 아버지가 제대를 했고, 퇴직금을 몽땅 사기 당했다고 한다. 그러다 보니 갑자기 형편이 기울어져서 우리는 가난하게 되었다는 것 밖에는 몰랐다. 그리고 어머니도 벌어야 우리들 공부를 시킬 수 있다는 사실도 어렴풋이 알았다. 고등학생이면서도 어머니가 돈 벌러 나가는 게 싫었다. 학교에서 돌아오면 어머니가 반갑게 맞아주기를 바랬다.

교복을 가지런히 차려 입고 골목길을 나섰다. 큰 골목으로 빠져나가는 사람들의 발길이 분주하다. 초등학교 동창생들이 입을 비죽이 내밀고 엉덩이를 흔들며 나를 앞질러 지나갔다.
 "야, 영애야!"
 영애는 고개를 휙 돌려 내 교복을 한 번 쓰윽 훑어보았다.
고개를 외로 꼰 채, 아무 말 없이 빠른 걸음으로 내닫는 영애
를 볼 때마다 가슴이 아프다. 굳이 달려가 따라잡지는 않는다.
그런데 이상하게 영애만 보면 가슴 한 구석에 미안한 마음이
들었다.
 동네에서 고등학교에 진학한 여자 애들은 몇 명 되지 않았
다. 동네 아낙들은 내가 있거나 말거나 어머니에게 눈치를 주
었다.
 "그까짓 계집애를 공부 시켜서 무슨 호강을 보려구 그러우.
시집가고 나면 그만 인 걸. 있는 동안 남동생 치닥거리라도
시키지 않구."
 영애를 비롯한 친구들은 동네의 외곽에 위치한 라면공장,
염색공장, 조미료공장 등으로 출근했다. 그들은 대부분 오빠나
남동생의 공부를 위해 학업을 포기하고, 돈을 벌어야 했다.
 외갓집은 부자였다. 외할아버지는 춘천에서 사법서사를 운
영하고 있었다. 이번 등록금도 외조부가 대 주었다. 나는 중학
교 때 공부를 잘했다. 천 명이 넘는 학생들을 전부 제치고 전
교에서 이 등을 했었다. 그런데 그것도 일, 이 학년 때까지의
얘기다. 삼 학년이 되면서부터 조금씩 마음이 빙퉁그러지기
시작했다. 가난 때문에 진로를 바꿔야 했기 때문이다.
 ─우리 형편에 상업학교도 과분하지. 어떡하니? 니가 동생
들 뒷바라지를 해야지.
 어머니가 나를 설득하는 동안, 아버지는 돌아앉아서 눈가를

문질렀다.

　─내가 이렇게 되지만 않았어도 우리 경희 고생시키지 않았을 텐데….

　아버지가 동료에게 사기를 당하지만 않았어도…. 아니 그보다 더 거슬러 올라가서, 군대가 아버지를 강제로 퇴역시키지만 않았어도, 우리는 훨씬 생활이 나았을 것이다. 연금이 나올 수 있는 기한에서 몇 달을 남겨둔 채, 상부에서는 퇴역할 것을 종용했다고 한다. 평생 연금을 탈 수 있는 기회를 잃은 아버지는 백방으로 알아보았으나, 이미 상부에서 조작한 일이라 돌이킬 수 없었다고 한다. 퇴직금만 달랑 받아든 아버지는 먼저 제대한 전우가 사업에 끼워 줄 테니 퇴직금을 맡겨보라는 말만 믿고 그에게 주었다. 그리고 나서 그 친구는 영원히 사라져버렸다.

　춘천의 외갓집에서 한 일 년 살았던 것 같다. 아버지와 어머니는 외삼촌과 외숙모에게 늘 미안해 했다. 외삼촌은 체격도 크고 목소리도 컸다. 그런 외삼촌 앞에서 아버지는 늘 웃으면서 머리를 조아리곤 했었다. 내가 초등학교 1학년 1학기를 마치자, 아버지는 가족들을 이끌고 서울로 왔다.

　변두리를 돌다가 여기까지 흘러 들어왔다. 이 난민주택은 수재민이나 화재민들을 위해 임시거처로 지어졌기에 엉성하기 짝이 없었다. 옆집에서 일어나는 일들을 알려고 해서 알아지는 게 아니었다. 코고는 소리라든가, 방귀 뀌는 소리까지 들릴 지경이었다. 그러니 내 집 네 집이 없었다. 몇 년 살다가 생활이 넉넉해지면 나가려고 했는데, 십 년 째 가난을 면하지 못하고 있다. 그런 내막을 알면서도 나는 부모의 무능함에 짜증이 일었다. 자식 공부도 책임지지 못할 양이면 자식은 무엇하러 줄줄이 낳았담. 도대체 아버지는 그 나이 되도록 무얼 했담. 내 마음 속은 증오로 가득했다. 내 마음의 악마를 모르는 아주머니들은 나만 보면 등을 두드렸다.

—중학교도 가기 힘든 동네에서 고등학교 보내기가 좀 힘든가. 부모님 고마운 줄 알아야 한다.

나는 그런 소리를 들을 때마다 '당연한 걸 가지고 뭐가 고맙다는 거야' 라는 말이 혓바닥 아래서 들썩거렸다.

나는 어릴 적부터 '너는 너밖에 모르니?' 라는 말을 들으며 자라왔다. 맏딸, 첫애, 큰애. 친척들이나 동네 사람들이나 모두들 내 이름을 불렀다. 그리고 우리 부모님 역시, 경희 엄마, 경희 아빠였다. 남동생과 여동생은 그게 늘 불만이었다. 그러다 보니, 동생들을 배려하기보다는 내 생각에 빠져 살기 일쑤였다.

나는 어렸을 적부터 문학에 관심이 많았다. 동화책을 읽기 위해 초등학생 때부터 단짝친구인 은숙네 문지방이 닳도록 드나들었다. 은숙네 들러 책을 읽기도 하고 집에 빌려와서 밤새워 읽기도 했다. 은숙네는 우리와는 차원이 다른 단독주택이었다. 우리 집의 열 배는 되는 집에서 살았다. 그런데도 은숙은 공부가 싫다며 부득불 내 꽁무니를 좇아 상업학교에 원서를 넣었고, 내가 보기에 은숙은 즐거운 학교생활을 하고 있었다. 문학과는 전혀 다른 계산적인 세계에 들어선 나는 모든 것이 혼란스러웠고, 시답잖아 보였다. 그래서인지 교복조차 마음에 들지 않았다. 나는 교복치마의 박아놓은 주름을 면도날로 뜯고, 허릿단은 안으로 접어서 치마가 무릎 위로 올라오도록 입었다. 교복윗도리는 허리가 잘록하게 들어가도록 줄여 입었다. 머리 위로 '도마핀'을 치켜 꼽았다가도 교문만 나서면 귀 뒤로 실핀을 꽂고, 치마도 짧게 걷어 올렸다.

"경희야, 같이 가자."

은숙의 수수깡처럼 기인 몸매가 휘청거리며 달려왔다.

"버스 아직 안 지나갔지? 어휴, 오늘이 마지막이네. 시원섭섭하다. 얘."

"시원에서 섭섭은 빼라."

방학식날이다. 은숙과 나는 나란히 기찻길을 넘어갔다. 또래의 여학생들이 새초롬한 표정으로 서 있다. 공장 애들에 비해 나는 얼마나 잘났는가라고 뽐내는 듯한 인상이다. 여학생들의 교복을 훔쳐보고는 이내 내 블라우스를 내려다보았다.

블라우스를 맞췄을 때는 푸른빛이 돌 정도로 흰색이었다. 은숙이나 다른 아이들은 여태 그대로인데 내 옷만 유독 누렇게 변색이 되었다. 물에 잉크를 몇 방울 떨어뜨려 헹궈 보고, 실내화에는 백묵을 북북 문질러서 말려보지만, 그 때 뿐이었다. 골목을 빠져 나올 때까지만 해도 걸음걸이가 당당했었다. 버스 정류장에서, 그리고 학교 근처에서 자꾸 다른 아이들의 뽀얀 교복을 힐끗거리게 된다.

수업분위기는 워낙 산만한데다 다른 생각까지 하고 앉았으니 들어오는 선생님에게 지적 당하기 일쑤였다.

방학식을 마치자마자 미련 없이 훌훌 털고 교문을 나섰다. 버스 안에서도 재잘대는 여학생들 틈바구니에 끼어 내내 창 밖만 내다보고 서 있었다.

버스에서 내려 한 손에 책가방을 힘주어 들고 다른 손에 손수건을 꼬옥 쥔 채, 정면만을 응시하며 발걸음을 떼어놓았다. 뒤에서 휘파람을 불거나, 말을 걸려고 하는 이유는 여자에게 허점이 보이기 때문이라며 지도주임은 안경알 속의 눈을 빛냈다. 그러나 단정하게 걷는데도 이틀에 한 번 꼴로 남학생들이 좇아왔다.

은숙의 집이 있는 새로 지은 양옥 동네를 지나 공동변소에 이르면, 나도 모르게 한숨이 새어나오며 다리의 긴장이 풀렸다. 꼭 동화에 나오는 '이상한 나라의 앨리스'가 된 기분이 들었다. 공동변소를 경계로 새로운 세상이 열리는….

머리 나쁜 사람이 지은 게 분명했다. 한 귀퉁이도 아니고 골목으로 들어가는 입구에 장승처럼 버티고 있는 공동변소는 집에 돌아오는 길을 불쾌하게 만들었다. 사람들은 많은데 변소가 몇 채 안 돼 변소 앞에는 언제나 한두 사람쯤 줄을 서고 있게 마련이었다. 아침나절에는 대여섯 명씩 줄을 섰고, 신문을 펴 들고 느긋하게 서 있는 사람들도 있었다. 어느 때엔 엉덩이를 내려놓을 자리 없이 오물이 그득 차 올랐다. 발 받침대까지 기어올라온 구더기들…. 세수를 하고도 크레졸 냄새와 분뇨냄새가 온몸에 오랫동안 배어 있을 때 나를 너무나 처참하게 만들었다.

그럴 때마다 춘천 외가가 떠올랐다. 외가에는 너른 마당이 있었다. 춘천에서는 벌써부터 수도가 있었다. 대야에 물을 받으면 뽀얗게 되었다가 다시 말개지는 게 재미있었다. 마당에는 무궁화나무도 있고, 마당 네 귀퉁이에는 몸을 배배 꼬고 있는 포도나무가 있다. 포도의 푸른 잎사귀가 하늘을 덮고, 아래로 축축 늘어진 굵은 포도송이들. 그 아래로 긴 평상이 놓여 있었다. 거기서 그림을 그리거나, 누워서 포도 잎 사이로 언뜻언뜻 보이는 파란 하늘을 눈부신 듯 올려다보곤 했었다. 할머니는 벤치 위에 올라가 가위로 포도송이를 끊어내, 그 중 탐스런 송이를 내게 주었다. 포도를 많이 먹으려고 씨째 꿀꺽꿀꺽 삼켰었다. 먹고 남은 포도들은 독에 가득 채워서 포도주를 만들었다. 평상 위 바구니 안에는 복숭아, 자두, 참외, 찰옥수수 따위의 풍성한 먹거리가 담겨 있었다. 무궁화나무 아래에 꽃잎이 돌돌 말린 꽃이 송이송이 떨어져 있다. 무궁화 꽃을 썰어 국수를 만들며 소꿉장난을 했었다. 화장실 입구에는 커다란 캔버스가 세워져 있다. 흰 파도가 밀려든 백사장, 모래톱에 걸린 나룻배가 근사하게 그려져 있었다. 외삼촌과 외사촌오빠들은 모두 그림을 잘 그렸다. 마당 한 쪽에 놓여 있던 이젤과 화판들이 그리웠다.

난 나 자신을 동화 속에 나오는 공주라고 생각했다. 궁궐에서 쫓겨난 공주라서 잠시 이 곳 어둡고 허름한 삶을 살고 있다고…. 그러면 그 삶도 쉽게 받아들일 수 있었다. 공동변소를 지나치면 바로 공동우물과 세탁장이 나온다. 그 큰 골목 양옆으로는 두 사람이 엇갈려 지나가기도 좁은 골목길이 갈빗대처럼 놓여 있다. 집이라고도 할 수 없는 방들의 나열이었다. 방 하나, 부엌 하나인 가구가 열 가구씩 묶여 있다. 마치 하모니카 같은 구조였다.

세탁장에 모여선 아낙네들 중 한 사람이 목청을 돋우었다.

"저 공장 때문에 물이 변하는 거 아녀? 물맛도 예전처럼 달지 않고, 이상한 냄새도 나잖아. 양동이 밑바닥을 좀 보라구. 시뻘건 녹 찌개미가 가라앉았더라구."

교복을 내려다보았다. 속옷을 아무리 푹푹 삶아도 누렇다며 어머니가 툴툴거렸었다. 외가에 갔을 때, 하얗게 널린 빨래들을 보며 어머니는 빨래를 깨끗이 못한다고 생각했었다. 나는 고개를 갸웃거렸다. 사람들은 그렇게 투덜거릴 뿐 공장을 향해 입을 열지 않았다.

그 우람한 몸집의 공장들을 상대로 말을 꺼낼 용기도 없었겠지만, 또 다른 이유는 동네의 많은 사람들이 그 공장에서 일 했기 때문이었다.

우리 동네 열 가구를 합쳐봐야 은숙네 한 가구가 사는 단독주택보다도 작았다. 땅 밑으로 푹 가라앉은 동네 구조와 분위기 때문인지, 아이들조차 우중충해 보였다. 그 비좁은 골목에 이 집 저 집에서 내놓은 화덕에서는 연탄냄새가 진동했다. 조무래기들이 화덕 앞에 쪼그리고 앉아 있다. 탄내가 코를 찌르는데도 국자에다가 설탕을 녹여서 소다를 치고 있다. 코끝에 들러붙는 달짝지근한 냄새보다, 코를 확 쏘는 강한 연탄내에 어지럼증이 앞섰다.

"어! 어!"

비척거리며 달려오던 꼬마가 갑자기 화덕을 안고 넘어갔다. 순식간에 일어난 일이라 나는 어찌 할 바를 몰랐다. 아이를 일으켜 세웠다. 아이의 허벅지가 벌겋게 부어 올랐다. 빽빽 악을 쓰는데도 아무도 나오지 않자, 아이는 내 손을 뿌리치고 바닥에 드러누웠다. 흙바닥에 온몸을 뒹굴며 우는 아이의 얼굴은 온통 쭈그러져 있었다. 어린것의 온몸에서는 불만이, 짜증이 발산되고 있었다. 나는 말끄러미 아이를 내려다보았다. 삶이란 참 고통스럽다. 그제서야 여자들의 머리통이 밖으로 내밀어졌다. 한 여자가 맨발로 달려나왔다. 그녀의 뒤꽁무니를 따라 뜨개실이 늘어져 있다. 부업을 하느라고 애에게서 잠깐 눈을 뗀 모양이었다. 나는 애엄마의 헝크러진 머리카락을 올려다보며 걸음을 옮겼다. 정말 이 동네가 싫다. 나는 저렇게는 살지 말아야지. 나는 속으로 다짐했다. 우리 집 골목에도 내놓은 화덕이 즐비하다. 화덕에 아이들이 오글오글하다. 나는 아이들의 머리통을 쿡쿡 쥐어박았다. 아이들은 머리를 긁적이며 고개를 들고 웃었다. 막내동생인 영식이 일어나서 쪼르르 달려와 안긴다. 반갑다고 들러붙는 막내를 데리고 집으로 들어가 문을 닫았다. 어머니가 공장에 간 사이 동생은 옆집 할머니에게 밥을 얻어먹는지 어쩌는지…. 둑 비탈에서 저 혼자 자란 호박덩이마냥 온몸이 상처투성이였다.

옷을 갈아입는 동안 영식은 내내 내 눈치를 살폈다. 어떻게 하면 따라붙을까 연구하는 눈초리였다.

"큰누나! 나랑 집에서 놀아. 나가지마. 응!"

어머니를 생각하면 집에서 동생들을 돌봐야겠지만, 이팔청춘 펄펄 끓는 피를 집에서 가만히 식히고 있자면 미칠 노릇이었다.

"잠깐만, 누나 변소 좀 다녀 올께. 애들하고 놀고 있어."

동생을 따돌리기 위해 일부러 종이를 구겨 쥐며, 슬리퍼를 끌고 나왔다. 방학식을 했으니 실컷 놀고 싶었다. 상업학교라고 해서 가난한 아이들이 온다고 하지만, 나보다 더 가난한 친구는 없는 듯 했다. 비교하지 않고 살려고 해도 자꾸 상대적으로 위축이 되었다.

내가 학원에 다니게 된 동기도 마찬가지였다. 사실 혼자서도 공부를 얼마든지 할 수 있었다. 그러나 다른 친구들이 측은한 눈빛을 보내는 것 같아 싫었다. 어머니가 고생하는 것쯤 대수롭지 않다는 내 이기심이 싫지만, 나도 내 마음이 내 뜻대로 되질 않는다. 이제 방학을 했으니 그런 중압감에서 해방이었다. 여기는 생활정도가 다 어슷비슷했다. 그래서인지 이늪 같은 동네가 마음을 편안하게 가라앉혀 주었다.

짧은 여름밤도 내게는 엄청나게 길게 느껴졌다. 집에 돌아오지 않고 '구 년 과부네' 술집에서나 큰소리를 치고 있을 아버지. 야근까지 하고 열 한 시나 되어 돌아오는 어머니, 찡찡대며 놀아달라고 다리를 붙잡고 늘어지는 동생들. 나는 집에 들어가기 싫어서 늘 어슬렁거리며 동네를 배회했다. 다 큰 계집애가 쏘다닌다고 눈을 부라리며 야단칠 어른도 없었다.

둑으로 난 계단을 숨가쁘게 뛰어 올라갔다. 너른 개천을 내려다보면 비로소 숨통이 트였다. 슬리퍼를 질질 끌며 둑길을 걸었다. 바람에 치맛자락이 펄럭였다. 둑길 바닥에는 똥 덩어리가 여기저기 나뒹굴었다. 엉덩이를 까고 앉은 아이 주위로 쉬파리들이 윙윙 소리를 내며 맴돌고 있다. 덕수의 얼굴이 떠올랐다. 덕수를 만날지도 모른다는 예감이 들었다. 그리고는 덕수를 간절히 생각했다. 덕수가 내 텔레파시를 받는다면 이 길을 걷는 동안 만나게 될 일이었다.

"어머! 덕수야!"

둑 아래로 거짓말처럼 검정 반 팔 티셔츠에 얼룩무늬 교련 복 바지를 입은 덕수가 걸어오는 것이 보였다. 덕수가 고개를 들어 둑 위를 올려다보았다. 나와 눈이 마주치자 덕수는 둑으로 난 계단을 몇 칸씩 건너뛰어서 올라왔다. 두근거리는 가슴을 지긋이 눌렀다. 내 간절한 생각이 그대로 통한 것에 전율을 느꼈다.

"경희야, 어디 가니?"

"응, 그냥 답답해서 나왔어."

덕수는 정권과는 또 다른 매력이 있었다. 얌전하고 공부도 잘 하는 모범생이었다. 운동으로 단련된 정권의 야성적인 면이 좋기도 했지만, 덕수처럼 수심이 가득한 남자애도 괜찮았다. 세상의 온갖 고민은 다 자신이 떠 안은 듯한 표정. 덕수는 늘 철학자 같은 얼굴을 하고 있었다.

"경희야, 너는 이 동네에 애정이 있니? 오래오래 살고 싶어?"

나는 고개를 가로 저었다. 덕수는 그 특유의 철학자 같은 표정을 지었다.

"내가 열 살 때 이 동네에 이사 왔거든… 영등포에 살았는데, 집에 불이 났어. 이사 와서 친구들도 많이 사귀고, 그런 대로 여기도 살만 했지. 엄마도 공장에 일 다니느라 잔소리 안 하니까 내 맘대로 쏘다닐 수 있어 좋았어. 그런데, 어느 날, 우리 옆 집 누나가 우물에 빠져 죽었어. 옆집 식구들은 하루종일 울고불고 난리였지.

그런데 저녁때쯤 되니까 슬슬 걱정이 되더라. 밥을 어떻게 해 먹을 건가. 우물이 저 지경이 되었으니…

그런데 사람들은 모두들 우물가에 모여, 아무 일 없었던 듯이 우물에 두레박을 내려 우물물을 긷는 거야. 쌀도 씻고… 우리 집도 마찬가지였지. 그 날 저녁밥을 굶었지. 사실 어른들이라고 다른 뾰족한 방법이 있었겠어? 그 때 나는 결심했어. 여기를 탈출하고 말 거야. 난 꼭 성공해서 이 동네를 탈출할 거야."

덕수의 눈빛이 그렇게 이글이글 타오른다는 걸 나는 처음 알았다.

"그래, 나도 그렇게 생각해. 내가 이런 말하면 어떻게 볼지 모르겠지만, 난 공동변소 때문에 못 살겠어. 참, 정권이는 왜 그러니? 시뻘겋게 달군 연탄집게를 가지고 변소로 들어가더라. 저녁 때 보니까 칸막이에 구멍이 두 개 뻥 뚫린 거 있지?"

"푸하하"

"걔는 뭐 볼 게 있다고 그런 짓을 하는지 몰라."

"경희야 너 변소 아래도 잘 살펴라. 그 놈 손거울 가지고도 장난친다더라."

"뭐야?"

"남자답고 좋지 뭘 그러냐."

"어머, 어머 얘는?"

"학원에서 이번 여름에 근사한 계획이 있다던데, 알구 있니?"

내가 고개를 가로젓자, 덕수는 사뭇 달뜬 표정으로 어깨를 올렸다가 내렸다.

"그럼 이따가 학원에서 보자. 미리 말해주면 재미없으니까,

그 때까지 참아 주라. 은숙이도 올 거지?"

덕수는 다시 계단을 빠른 속도로 달려 내려갔다. 뭔지는 알 수 없으나, 가슴이 울렁거렸다. 가슴속에서 마구 소리를 지르고 싶은 충동이 일었다.

야호!

돌멩이 하나를 집어 개천을 향해 힘껏 던졌다. 중학교 삼학년 때 체력장 연습을 톡톡히 하던 곳이다. '수류탄 던지기'라는 종목이었다. 그런 종목 자체가 얼마나 씁쓸한 것인지…. 돌멩이가 포물선을 그리며 떨어져 내렸다.

은숙의 집을 향해 걸었다. 올 여름 방학동안 은숙네 책장에 꽂혀있는 셰익스피어 전집을 몽땅 읽어 치울 작정이다. 생각만 해도 가슴이 뿌듯했다.

은숙네는 대문부터가 달랐다. 파란 나무대문은 언제나 페인트가 반짝거릴 정도로 잘 발라져 있었다. 비질이 잘된 마당에는 복실이가 제 집 앞에 한가롭게 엎드려 있다. 담장 밑으로 나무도 몇 그루 서 있다. 변소는 문 옆에 붙어 있고, 하얀 사기로 입혀진 변기는 언제나 깔끔했다. 몽당빗자루가 있고, 좀약이 매달려 있어서 구린내가 희석되었다.

"경희 오는구나."

뒤꼍에서 나온 은숙의 어머니는 이가 다 빠져서 웃을 때 입이 시커먼 동굴 속 같다. 쪽을 틀어 붙인 머리 모양 때문에 꼭 할머니 같은 느낌이 들었다. 사실 할머니가 아닌 것도 아니었다. 은숙의 큰언니가 시집을 가서 애를 낳았고, 오빠도 약혼을 해 둔 형편이라 머지않아 친손주도 볼 것이다. 은숙은 밤낮 그것을 못마땅해했다.

—너는 좋겠다. 엄마가 젊어서. 난 애들이 너네 할머니 왔다고 놀릴 때마다 창피해서 숨어버리고 싶어.

—그래도 난 너희 엄마가 좋더라. 언제나 집에 계시잖아. 맛있는 것도 만들어주시고.

"은숙아! 경희 왔다."

은숙어머니는 들어가라며 내 어깨를 토닥거렸다.

"엄마! 또 틀니 빼놨어요? 어휴 정말 창피하게."

은숙어머니는 입을 가리고 호호 웃으며 부리나케 뒤껼으로 돌아갔다. 뒤껼으로 돌아가면 부엌이 있다. 부엌은 마루에서도 문을 열고 들어갈 수 있고, 뒤뜰에서도 들어갈 수 있는 구조였다. 외갓집과 비슷했다. 어릴 때는 숨바꼭질을 하느라 부엌으로, 광으로 구석구석 가보지 않은 곳이 없다.

은숙의 방은 별채였다. 세를 주기 위해 부엌과 방을 따로 만들었다는데, 작년부터 은숙이 쓰고 있다. 은숙의 방에서 책을 읽다가 저녁에 집에 돌아가려고 하면 발길이 떨어지지 않았다.

"어서 와."

은숙은 새빨간 입술연지를 바르고 거울을 들여다보는 중이었다.

"야! 우리 엄마가 봤으면 너, 쥐 잡아 먹었느냐고 하겠다."

내 말에 은숙은 배를 움켜쥐고 방바닥을 떼구르르 굴렀다.

은숙의 웃는 모습을 보았다면 어머니는 또 '닭똥이 굴러가도 우스울 때지' 하고 한 마디 했을 것이다. 그러면 은숙은 그걸 상상하며 또 웃을 테고….

은숙의 손에서 입술연지를 빼앗아 그려보았다. 제법 숙녀

96

티가 난다. 우리는 영화배우 남정임이나 문희가 된 것처럼 눈을 깜박거리며 거울을 들여다보았다.

"참, 아까 오다가 덕수 만났는데, 학원에서 뭐 좋은 계획이 있다고 하더라."

은숙은 휴지로 입술을 지우며 궁금한 듯 고개를 갸웃거린다.

"그래! 그게 뭘까. 그러지 않아도 몸이 근질근질하던 참인데…."

슬며시 웃으며 은숙을 쳐다본다. 은숙은 눈치를 챘는지 몸을 한껏 오므린다.

"어디가? 요기?"

나는 은숙의 겨드랑이에 손을 넣었다. 은숙은 까무러칠 듯이 웃어제낀다. 우리는 서로 간지럼을 태우며 방바닥을 뒹굴었다.

*　　*　　*

드디어 그 날이 왔다. 덕수가 좋은 계획이라고 말했던 건, 여행 계획이었다. 나는 묵직한 배낭을 둘러메고 둑 위로 난 계단을 천천히 올라갔다. 둑 중턱에도 공동변소가 있다. 전봇대에 매달린 등에서 창백한 빛을 뿜어내고 있다. 빛을 향해 몰려온 날파리들이 등 주위를 빠르게 맴돌고 있다. 변소 쪽으로 눈을 돌리지 않으려고 애썼지만 나도 모르게 고개가 옆으로 돌아갔다. 열린 문틈으로 엉거주춤하게 앉은 노인이 눈을 부릅뜨고 이 쪽을 올려다보았다. 나는 기겁을 해서 계단을 빠르게 뛰어올라갔다.

둑 위에는 사람들이 걸리적거릴 정도로 많다. 밤기운이 내리고 있다. 짓누르는 듯한 여름밤의 열기를 견디다 못해 뛰쳐나온 사람들이었다. 돗자리를 깔고 누운 사람들이 발에 걸린다. '새집동네'에 불이 들어오기 시작했다. 루핑 지붕의 행렬이 '새집동네'의 그림자처럼 시커멓게 깔려 있다. 초록 숲 속에 자리했던 난민촌은 이제 깔끔하게 지어진 '새집동네'를 겉도는 검은 섬이 되었다. 새집동네가 생긴다고 좋아라하며 큰길을 닦던 생각이 났다.

동사무소에서 방송을 하였다.

—한 집에 한 명씩 나와서 길 닦는 일에 참가하시기 바랍니다.

나는 대야를 들고 골목을 빠져 나왔다. 사람들을 따라간 자리는 논이 있던 곳이다. 논은 온데간데없고 흙길이 훤하게 뚫려 있었다. 다른 이들과 마찬가지로 쭈그리고 앉아 대야에 돌멩이를 주워 담았다. 직사광선을 그대로 받고 앉아서 몇 시간 작업을 했는지 모르겠다. 아주머니들은 머리에 수건을 써서 그런지 태연하게 앉아 돌을 주웠다. 얼굴이 화끈거리고 머리가 마구 쑤셨다. 햇살에 포위 당한 창백한 거리를 휘휘 둘러보다가 까까머리의 정권과 눈이 마주쳤다. 정권은 부끄럼도 없이 내 앞으로 다가왔다. 그리고는 내 대야에 돌을 주워 담더니 길가로 가져가 와르르 쏟아 부었다. 대야를 들고 낑낑매며 걸음을 떼기도 힘들었던 나는 가뿐하게 들고 가는 정권이 믿음직스러웠다.

—이제 그만 하란다. 가자.

정권은 여전히 어깨를 건들거리며 앞장섰다.

—너무 힘들어서 쓰러질 것 같더라. 머리가 뜨끈뜨끈한 거 있지.

—어디 좀 보자.

정권은 내 머리 위에 손을 얹었다. 나는 화들짝 놀라서 뒤를 돌아다보았다. 아는 사람이라도 보면 어쩌려고 네거리에서 대담하게 행동하는지 모르겠다. 나는 정권을 향해 눈을 흘기고는 빠른 걸음으로 내달렸다.

—그래도 우리 동네에 이렇게 큰 길이 나니까 얼마나 좋냐?

정권은 긴 다리를 경중거리며 따라왔다.

동네에 목욕탕이 생기고 슈퍼가 생겼을 때, 주민들은 환호성을 질렀다. 새집동네로 들락거리는 횟수가 잦아질수록 골목 안에 있던 구멍가게가 구질구질해 보이고, 골목에 나와있는 화덕이며 너절한 문짝 따위가 눈에 거슬렸다.

그러다가 어느 순간 없는 것이 없는 새집동네로 들락거릴수록 나 자신이 초라해지는 느낌이 들었다. 건물들이 난민촌을 에워쌌고, 큰길에서 동네가 보이지 않게끔 되어버렸다. 중심이 되었던 난민촌이 이제는 절대로 밖에서 보여서는 안 되는 치부가 되었다. 동네로 통하는 쥐구멍 만한 골목길 하나가 유일한 통로가 되었다. 새로 이사온 듯한 말쑥한 아이들이 그 길로 우연히 들어 왔다가 길을 잃고 당황하는 꼴을 보면서 안스럽기보다는 악마 같은 통쾌함이 마음에 피어오르곤 했었다.

이런저런 생각을 하다말고 나는 조미료공장 쪽으로 시선을 돌렸다. 예전에는 그렇게 우람한 몸집의 조미료공장이 이제는 낡고 초라해 보였다. 사람의 눈이 참 간사하다던 아버지의 말이 떠올랐다.

내부가 훤히 들여다보일 지경으로 휘황하게 밝히고 섰는 상가 건물 때문에, 난민주택의 불빛은 곤충의 그것처럼 보잘것 없어 보였다.

별로 넣은 것도 없는데 여행가방은 어깨를 짓눌렀다. 하지만 가슴 한 귀퉁이에서 시원한 바람이 불고 있어 무거움도, 등줄기에 쩔꺽 붙은 티셔츠의 감촉도 짜증스럽지 않았다. 기타를 든 은숙이 둑 아래에서 손을 흔들었다. 이 동네를 떠나는 게 얼마나 신나는 일인지 모르겠다. 아주 영원히 떠나버린다고 해도 아무런 아쉬움이 없을 것 같았다.

"경희야!"

은숙이 계단을 뛰어올라왔다. 양쪽으로 비죽이 나온 송곳니 때문에 그녀는 심술궂게 웃는 것 같았다.

"야야, 정말 기분 째진다. 아니 뜯어지는데."

나는 건들거리며 은숙의 어깨를 툭툭 쳤다. 나는 은숙의 방에서 있었던 기억이 되살아났다. 서로 간지럼을 태우면서 깔깔댔던 일.

긴 둑을 걸으면서 내내 이어지고 있는 검은 루핑지붕을 내려다보았다. 은숙은 아마도 내 처지를 이해하지 못할 게다. 은숙은 부잣집 막내딸이었지만, 잘난 체를 하지는 않았다. 그러나 은숙이 무심코 던지는 한 마디일지언정 내게는 자존심이 상할 때가 많았다. 혹시 내가 가난하다고 업신여기는 건 아닐까하는 의구심이 일 때가 많았다.

이번 여행이 주는 느낌은 독특했다. 은숙처럼 기분이 좋다는 그저 단순한 감정만 있는 게 아니었다. 복합적인 마음이 뒤엉켜서 더 큰 의미를 부여하고 있었다. 나는 단순한 은숙이 부러울 때가 많았다.

불 꺼진 창이 많아서, 학원의 불빛이 도드라져 보였다.

학원의 간유리문에 빛을 받은 동그라미가 환상적이다. 그 문은 앨리스가 통과했던 것처럼 '이상한 나라'의 입구인 셈이다.

문을 열자 와자한 소리들이 딸려 나왔다. 남학생들은 책상 위에 걸터앉아 어깨를 들썩이며 목소리를 높이고 있다. 덕수는 고개를 숙이고 기타 줄을 고르고 있다. 정권이 벌떡 일어나며 거수경례를 붙였다. 까까머리에 사복을 입은 남자애들의 모습이 우스꽝스러웠다. 나는 어머니가 사 준 초록색 체크무늬 바지를 입었다. 바지가 꽉 끼어 자꾸 엉덩이 쪽에 신경이 쓰였다. 커다란 여행 가방들이 한 쪽에 쌓여 있다. 배낭을 벗어 책상 위에 놓았다. 은숙어머니가 학원 앞까지 나왔다. 앞니가 다 빠진 합죽한 입술을 옴쭉거리며 은숙을 불렀다. 은숙은 인상을 쓰며 칠판 쪽으로 몸을 돌렸다. 할머니 같은 어머니가 창피스런 모양이다.

"하루에 다녀올 수 있는 거리도 아닌데, 안 가면 안되겠니?"

유리문 안으로 들어서지도 못하고 은숙의 어머니는 내게 조용히 물었다.

"걱정하지 마세요. 이제 저희들도 다 컸잖아요. 바깥세상 구경할 때도 됐다구요. 선생님도 가시는데요. 뭘."

은숙어머니는 시커먼 잇몸을 드러내며 혀를 찼다.

"그래, 경희가 똑똑허니까 은숙이 좀 잘 돌봐라. 애는 헛똑똑이여. 겁도 많구."

그제서야 은숙이 배시시 웃으며 어머니의 등을 떠밀었다.

"빨리 가 엄마. 컴컴해."

"잘 다녀오겠습니다. 어머니!"

정권의 너스레에 은숙어머니가 눈을 동그랗게 뜨고 돌아보았다. 정권은 씨익 웃으며 까까머리를 긁적였다.

잠시 후, 미닫이문이 요란스레 열렸다. 우람한 체격의 인자어머니가 학원의 문지방을 넘어서자마자 인자의 여행보따리를 나꿔챘다.

"이리 나오지 못해. 이것아. 말만한 계집애가 어딜 간다구 한 밤중에 보따리를 싸 갖고 나가냐, 나가길!"

여드름이 온 얼굴을 덮고 있는 인자가 내 등뒤로 숨었다. 책상 위에 걸터앉아 있던 남학생들도 허벌떡 일어났다. 인자는 어머니에게 보따리를 빼앗기고도 내 티셔츠를 잡고 빙빙 돌면서 끝까지 버텼다. 그러나 인자는 우악스런 어머니의 손아귀에 목덜미를 채여 결국 질질 끌려가고 말았다.

인자의 통곡소리가 멀어지고, 어둠이 두 사람의 모습을 삼켜버리자, 나는 벌떡 일어섰다.

"어휴, 되게 몰상식하네. 야야, 우리는 이 다음에 어른이 되면 자식들에게 멋진 엄마가 되자. 여행도 보내주고, 영화도 보여주고, 공부해라 잔소리도 하지 말자. 지가 하고 싶은 대로 하라고 참견하지 말자."

나는 책상을 주먹으로 때려가며 열변을 토했다. 모두들 발을 구르며 박수를 쳤다. 나는 인자가 잡아당겨 한 쪽이 늘어진 티셔츠를 툭툭 털어서 바로 잡았다.

우리 집에서도 선선히 허락을 해 준 것은 아니었다. 바로 밑의 여동생이 어찌나 트집을 잡는지 설득하느라 진땀을 흘렸다.

"흥, 그래, 니 일이니까 니가 알아서 해."

팩 돌아앉는 여동생 경순. 감자, 김치 따위 반찬거리를 담아 주고, 뭘 입고 갈 거냐며 꼬깃한 돈을 꺼내들고 시장에 가서 옷 한 벌을 사 준 어머니, 저도 따라 가겠다며 발버둥을 치는 남동생 영식. 그런 와중에 아무 말 없이 떠나 보내준 아버지가 사뭇 고마웠다.

초록과 흰색이 어우러진 체크무늬 바지, 검은 색 바탕에 주홍색 줄이 세로로 두 줄 들어간 티셔츠는 예뻤다. 바다와 너무 잘 어울릴 것 같다며 은숙은 칭찬을 했다. 은숙언니에게서 비키니수영복을 빌렸다. 모자, 슬리퍼, 속옷, 일기장, 비닐공, 바늘과 실, 자질구레한 준비물들이 가방에 가득 들어차 있다. 나는 배낭 안에 그런 준비물들과 함께 부풀어 터질 듯한 설레임도 담았다. 그리고 바지주머니에는 성냥과 재크나이프도 챙겼다.

도봉산과 수락산으로 둘러쳐지고, 한 쪽이 둑으로 막혀 있는 우리 동네. 납작하게 엎드려 있는 난민촌에서 자란 우리는 바다라는 광활한 이름만으로도 가슴이 벅찼다. 그것도 '섬'이라는 낯선 존재에 대한 궁금증과 설레임으로 상상의 나래를 타고 이미 그 섬을 여러 번 맴돌았다.

나는 어려서부터 작가가 되고 싶었다. 현실을 피해 언제나 낭만적인 감상에 젖기 일쑤였다. 현실을 각색해내기를 잘해서, 세월이 흐른 뒤에 보면 어디까지가 사실이고, 어디서부터가 나의 상상력이었는지 구별하기 어려웠다.

유리문 위의 벽시계가 새벽 두 시를 가리키고 있다. 이 시간에 잠들지 않고 깨어 있다는 사실만으로도 나는 얼마나 황홀한지 모르겠다. 일기장을 꺼내었다. 숨막히는 적막감을 글로 표현하고 싶은데 잘 되지 않았다. 여름밤에 홀로 앉아 글을 쓰는 심경을 적었다. 어깨에 잔뜩 힘을 주며 떠들던 남학생들은 하나, 둘 책상에 코를 박고 잠이 들었다. 나는 하품을 하며 두리번거렸다. 뭔가 장난거리를 찾았다. 살그머니 일어나 정권의 얼굴을 들여다보았다. 침을 길게 흘리고, 뭐가 그리 좋은지 싱긋이 웃는 정권의 얼굴은 개구쟁이처럼 천진스러워 보였다. 웃음을 참느라 입을 틀어막으며 헉헉거리고 있는데, 유리문이 드르륵 열렸다. 시원한 바람과 함께 커다란 가방을 어깨에 멘 허선생이 들어섰다. 처녀인 허선생은 퉁퉁한 체격이 꼭 아줌마 같다.

"자아, 다 일어나라. 출발이다. 기상! 기상!"

허선생의 걸걸한 목소리에 엎드려 잠들었던 아이들이 푸시시 일어나며 입가에 흐른 침을 손등으로 닦는다. 정권은 벌겋게 충혈된 눈으로 주위를 휘둘러보았다. 아이들은 여행은 가기도 전인데, 긴 여로에서 돌아온 듯 지친 모습들이다. 허 선생은 교실 구석구석을 훑어본 후 자물통을 채웠다.

풀 포기가 선뜻하게 종아리를 스쳤다. 컴컴한 길 위로 남학생들이 들고 있는 손전등의 불빛만이 장난스럽게 움직였다. 빛줄기가 길을 벗어나 하늘 위로 여러 가닥 엉켜들 때마다 여학생들은 외마디 소리를 지르고, 남학생들은 숨이 넘어가게 웃었다. 다시 빛줄기가 땅으로 얌전하게 내려와 길 위를 비추면 여학생들의 애깃소리가 들렸다. 열 다섯 명의 발소리가 군인들의 행군만큼이나 큰 소리로 땅을 울렸다. 새벽 안개 속에 가로수들이 거인의 모습을 하고 서 있다. 우리는 뿌연 안개 속으로 발을 들여놓았다. 눈동자 안으로 안개가 서린 듯 몽롱한 잠 기운이 눈꺼풀을 내리덮었다.

두 줄기의 헤드라이트 빛이 안개를 뚫고 다가오는 게 보인다.

"얏호."

고요히 퍼져있던 몽롱함이 헤드라이트 불빛에 파르르 떨며 흩어져 갔다. 버스는 일차선 도로를 질주했다. 포플러 잎사귀가 차창에 부딪치며 푸드득 날개짓을 했다.

차가 종로5가에 도착했을 때는 이미 날이 훤히 밝았다. 오가는 행인이 드문드문 보였다.

거기서 버스를 갈아탔다. 차멀미가 나기 시작했다. 메슥거리는 속을 달래기 위해 앞 의자를 붙잡고 고개를 묻었다.

"괜찮아? 기차를 타면 괜찮을 텐데… 배가 고파서 그런 걸까?"

정권이 내 팔을 잡아 흔들었다. 정말 배가 고팠다. 마음이 들떠서 둥둥거리느라 저녁밥도 굶었던 것이다. 서울역에 도착하면 크림빵이라도 먹어야 할 모양이다. 그런 생각을 하자 더 멀미가 났다.

"너, 얼굴이 노랗다. 그래 갖구 배를 어떻게 탈려구 그래? 배멀미는 더 심하다는데…"

정권은 그 커다란 몸집을 주체 못하고 꺼부정하게 서서 내 곁을 떠나지 않았다.

"저리 가. 딴 애들이 이상한 눈으로 보잖아."

정권은 내가 야멸차게 밀쳐도 히죽이 웃고 그대로 서 있다.

"쟤네들도 우리 사이 다 아는데 뭘."

"뭐야? 우리 사이가 무슨 사인데?"

"그렇구 그런 사이!"

정권의 말에 나는 발끈 했다. 순결을 도둑이라도 맞은 듯 눈앞이 캄캄했다. 메스껍던 기운이 어디로 달아났는지 모르게 흥분이 되었다.

"너 자꾸 그런 소리 할 거야? 저리 안 가!"

"야, 내가 니 멀미 고쳐준 것 같은데? 노랗던 얼굴이 빨개 졌잖아."

뒤에서 와하하 하는 남자애들의 웃음소리가 터져 나왔다. 느물거리는 정권을 노려보다가 나는 얼굴을 감싸쥐었다. 얼굴 이 뜨겁게 달아올랐기 때문이다.

"서울역이다. 모두들 내려라."

허선생은 우리를 향해 소리 지른 뒤, 가방을 어깨에 메고 먼저 내렸다. 우리들은 서울역 역사로 들어갈 생각은 않고, 서 울역의 광장을 휘둘러보았다. 너무 넓었다. 세상 밖으로 나와 보길 정말 잘했다는 생각이 들었다.

"갑자기 인자가 불쌍해지는데…."

은숙이 웃으면서 종알거렸다.

"그러길래 부모를 잘 만나야 한다니까."

아이들은 내 말에 맞장구를 치며 깔깔거렸다. 나는 마음속 에 서울역과 넓은 광장을 담았다.

서울역 역사 안으로 들어갔다. 모두들 높은 천장을 올려다 보느라 고개를 꺾었다. 둥근 돔이 멋있다. 사람들의 말소리가 웅웅 울렸다.

열차는 서서히 인천을 향해 달리기 시작했다. 은숙과 덕수의 기타 반주에 맞춰 우리는 손바닥을 치며 유행가를 불렀다. 나는 식빵을 뜯어먹으며 흥얼거렸다. 우리는 고등학생, 교복과 교모와 배지, 그런 테두리에서 벗어났다. 우리는 모두 익명이 된 것이다. 사람들의 곱지 않은 시선이 우리에게 붙박였지만, 아랑곳하지 않았다. 십여 명밖에 되지는 않았지만 집단이라는 울타리가 우리를 대범하게 만들었다.

"좀 조용히 합시다."

대학생으로 보이는 청년이 책을 덮으며, 우리 일행을 향해 주의를 주었다. 우리는 약간 주춤했다. 정권이 그 청년을 한 번 흘끗 노려보더니 은숙을 향해 기타를 튕기라고 손짓을 했다. 은숙은 기타를 잡고 이 사람 저 사람 눈치를 살폈다. 덕수가 먼저 기타 줄을 튕겼다. 은숙은 덕수에게 화답하듯 '따다 당' 튕기며 슬며시 웃었다. 은숙과 덕수는 어디서 그런 용기가 났는지 빠른 템포로 기타를 쳐댔다.

"바람부는 날이면 언덕에 올라 넓은 들을 바라보며…."

우리는 대학생에게 앙갚음이라도 하려는 듯 더 크게 노래를 부르기 시작했다. 대학생은 이 쪽을 잠깐 노려보더니 슬그머니 일어나 다른 칸으로 가 버렸다.

노래의 내용은 어쨌든 간에 리듬이 빨라서 좋았다.

"랄라라 라라라라랄라 랄라 라라라라 예예예예!"

후렴구에 가서는 신이 들린 듯이 어깨를 들썩이기도 했다. 가사가 끝나면 곧잘 아이들을 훑어보며 신명나게 에브리바디! 를 외치는 정권이 멋지게 보였다. 주변 사람들을 의식하지 않

고 고성방가를 한다는 게 이렇게 속을 후련하게 할 줄은 몰랐
다. 모두 쾌활하게 후렴구를 외쳤다. 한 번씩 이 쪽을 쳐다볼
뿐 잔소리하는 사람들은 이제 없었다.

정권은 기차 안에 앉아서 할 수 있는 여러 가지 게임을 많
이 알고 있었다. 가만히 생각해 보면 유치한 놀이였는데, 모두
들 그런 놀이에 빠져들었다. 허선생은 우리와 휩쓸리지 않고
저만치 떨어진 좌석에 앉아 창 밖만 내다보고 있었다. 다른
사람들이 눈총을 주든 말든 상관하지 않았다. 우리 보호자가
아닌 척 하는 건지는 모르겠지만, 그렇게 있는 듯 없는 듯한
허선생을 다들 좋아하였다.

허선생은 차를 갈아 탈 때만 인원 체크를 했다. 그녀는 퉁
퉁한 체격에 목소리조차 허스키여서 처녀인데도 불구하고 애
가 하나쯤 딸린 아주머니로 보였다.

'이십 오만 육천 이백 이십 원이요, 삼만 칠천 오백 원이요'

가락을 붙여서 주판알을 튕길 때의 허선생은 꼭 신들린 사
람 같았다. 어디에 있든지 그녀는 잘 어울린다. 생선가게 앞에
서 있으면 거기 주인 같고, 음식점 앞에 서 있으면 그 집 아
주머니 같다.

우리는 동인천역에 도착했다. 갈아 탄 버스에서 비릿하고
짭쪼롬한 냄새가 났다.

"야, 이게 바로 바다 냄새구나."

정권이 차창을 열고 코를 벌름거렸다.

연안부두에 내리자 바다가 보였다. 큰 배가 여러 척 저 멀
리 파란 물위에 떠 있다. 빨리 배에 오르고 싶었다. 마음은 조
급한데 한 사람 한 사람 이름과 주소를 적게 했다. 형식적인

절차겠지만 왠지 기분이 이상했다. 배를 타고 떠난 사람과 다시 배로 돌아오는 사람을 일일이 확인한다는 것은 무얼 의미하는 걸까. 사고로 돌아오지 못할 수도 있다는 의미도 포함되는 게 아닌가.

배를 탄 시각은 아침 여덟 시였다. 이마와 등으로 땀이 솟아나기 시작했다. 우리는 짐을 배 밑 여객실에 부려놓고 모두 갑판 위로 올라갔다.

푸른 바다 위에 떠 있다는 사실이 믿기지 않았다. 조그만 소리에도 울음이 터질 것처럼 가슴이 부풀어올랐다. 시선을 아래로 내리깔던 나는 깜짝 놀랐다. 배가 떠있는 바로 아래로는 흙탕물이었다. 배가 부웅 소리를 내며 출발하자 가슴이 철렁 내려앉았다. 어쩌면 이 배를 타고 다시는 돌아오지 못할지도 모른다는 방정맞은 생각이 들었다. 오줌이 나올 것처럼 방광이 꽉 차는 느낌도 들었다.

갈매기가 배 뒤에서 훨훨 날개짓을 하며 따라왔다. 스크루에 의해 갈라지는 바닷길을 떼지어 따라오는 갈매기를 향해 들고 있던 라면땅을 한 줌 집어던졌다. 갈매기는 배 뒤를 바짝 따라붙으며 먹이를 물고 하늘로 솟구쳤다가 다시 내려앉는 동작을 반복했다.

배를 따라 오던 갈매기도 멀어지고 연안부두로부터도 꽤 멀리 왔다. 여기저기 크고 작은 섬들이 바다 위에 둥둥 떠 있다. 배는 천천히 나아갔다.

"이대로 바다 위에 떠서 한없이 흘러갔으면 좋겠다."

은숙은 눈을 아련히 뜨고 망망대해를 바라보았다.

둑 위에 올라서서 내려다보던 난민주택이 겹쳐졌다. 검은 루핑지붕이 깨끗한 건물들 사이에 섞여 외롭게 떠 있는 섬처럼 보였다. 나는 우리 동네를 일기장에 '검은 섬'이라고 이름 지었다.

"저기 저 섬이다."

허선생의 목소리에 아이들은 우루루 한 곳으로 몰려갔다. 배가 기우뚱하게 기우는 듯 하자, 여자 애들은 비명을 질렀다.

"저기가 바로 용유도다."

섬 전체가 한 눈에 보이던 작은 섬은 다가갈수록 점점 커지더니 마침내 한 번에 다 볼 수 없을 정도로 커져버렸다. 아이들의 환호성 소리보다 더 크게 어떤 소리가 들렸다.

"통통통!"

폭폭 연기를 뿜으며 배 옆으로 바싹 다가오는 것은 작은 배였다. 통통 배로 발을 옮겨 딛는 여학생들마다, 작은 배가 출렁거리는데 놀라 괴성을 질렀다. 나는 아이들의 소리에 겁이 나서 절절 매며 정권의 몸에 의지하다시피 해서 옮겨 탔다. 그렇게 해서 나는 생전 처음 섬을 밟았다.

6
정신병동

은숙이 처음 정신병원에 실려갔을 때의 얘기다. 혜란은 이 야기를 전해주며, 내내 고개를 가로 저었다.

* * *

앞에 앉은 여자가 무엇인가를 먹고 있다. 자세히 보려고 아무리 눈을 크게 떠도 부옇게 안개가 서려 있어 볼 수가 없었다. 은숙은 눈을 비비고 나서 다시 눈을 부릅떴지만 마찬가지였다.

차츰 여러 대의 침대가 보이기 시작했다. 은숙은 팔을 뻗어 옆 침대의 통통한 중년여자를 잡아 흔들었다. 여자가 갑자기 손목을 낚아채어 미는 바람에 은숙은 눈을 번쩍 뜨고 일어나 앉았다. 사물이 똑똑히 보이기 시작했다. 돌아누운 옆 침대 여자에게 몸을 기울이고 큰소리로 물었다. 자신의 목소리가 높은 산에 올랐을 때처럼 귀에 먹먹하게 들렸다.

"여기가 어디예요?"

여자는 이마에 자글자글 주름을 잡고는 시큰둥한 표정으로 은숙을 노려볼 뿐 말이 없었다.

"이제야 정신이 돌아왔나 보네. 여기? 병원이야."

건너편에서 누군가가 대답했다.

온몸이 성한 구석 없이 쑤시긴 해도 병원에까지 올 필요는 없었다. 그리고 병원에 실려온 기억이 나질 않았다. 가슴이 덜컥 내려앉았다. 예전의 몹쓸 병이 도진 건 아닐까. 은숙은 병실을 휘둘러보았다. 침대가 여덟 개나 있다.

곱게 화장을 한 여자 둘이 문 옆의 의자에 앉아서 은숙을 향해 손가락질하고 있다. 게다가 작달막한 노파가 경보를 하듯 빠르게 엉덩이를 실룩거리며 들어왔다. 그녀의 손에는 치솔과 틀니가 들려 있다.

"큰일 났어. 조여사가 우릴 다 죽여버리겠대. 아마 미쳤나 봐."

틀니를 뺀 노파의 입술은 심술궂게 옴죽거렸다. 바로 뒤에 따라와 서 있던 여자가 험악하게 인상을 쓰며 노파의 어깨를 잡아챘다.

"스트레스 해소 좀 했다. 왜? 그런 말하면 다 미친 거냐?"

싸울 의사는 없었던 모양인지, 조여사는 시퉁스럽게 한 마디 뱉고는 자기 침대 속으로 다이빙하듯 미끄러져 들어갔다. 침대를 두 주먹으로 두드리며 물장구치는 시늉을 한다. 은숙은 조여사의 이상한 행동에 시선을 집중했다.

"썅! 나쁜 놈들, 다 죽여버리겠어."

조여사는 눈물을 펑펑 쏟아냈다.

"저 봐! 다 죽인 대잖아."

노파는 고개를 설레설레 저으며 자기 침대로 갔다. 은숙은 저도 모르게 코끝이 찌르르해졌다. 다른 여자들은 무엇이 재미있는지 소리내어 웃었다.

유리창은 모눈종이로 썬팅을 한 것처럼 촘촘한 쇠창살로 막혀 있다. 은숙은 눈에 익은 쇠창살과 침대, 그리고 부자연스럽지만 친근한 얼굴 표정을 하고 있는 사람들을 휘휘 둘러보았다. 마음에 잔잔한 물결과도 같은 안정이 찾아드는 걸 느꼈다.

'섬'을 노래한 어느 시인의 싯귀가 떠올랐다.

—이젠 방황할 필요 없어. 나는 외로움의 마침표. 완성된 슬픔이니까 - .

그래 여기가 바로 나의 마침표야. 은숙은 시트로 몸을 감싸며 가만히 누웠다.

조금씩 조금씩 기억들이 되살아났다. 얼굴들이 부조처럼 차례로 도드라지기 시작했다. 비디오테잎을 되감기 할 때처럼 기억들이 머릿속에서 거꾸로 돌았다.

그 날, 정집사와 목사, 권사가 현관문으로 들어섰다. 그들은 은숙을 붙잡고 세 시간이나 엎드려 기도를 했었다. 그래도 은숙의 심장은 불안으로 터져 버릴 것 같았다.

'마귀야, 물러가라!'

그들은 소리소리치며, 마귀를 향해 선포했고, 알아들을 수도 없는 천국 방언으로 공중을 향해 소리쳤다. 은숙의 눈에는 아무 것도 보이지 않았고, 그들이 야단치고 있는 마귀라는 것에

대해 슬며시 의심도 들었다. 있지도, 보이지도 않는 걸 가지고
사기치는 게 아닌가 하는….

　며칠 째 잠을 자지도 못했고, 먹지도 못했다. 혓바닥이 깔깔
했다. 머릿속은 몽롱하기만 했다.

　그들이 기도에 빠져 있을 때, 밖에서 누군가 은숙을 불렀다.
부드러운 남자의 목소리였는데 귀에 익은 억양이었다.

　은숙은 신발도 신지 않은 채 남자가 부르는 곳을 향해 달리
기 시작했다. 그러면서도 계속 목소리의 주인공은 볼 수 없었
다. 어찌된 일인지 늘어져 있던 육신이 날아오를 듯 가벼워졌
다. 맘껏 달렸다. 갑자기 차에 치어 죽어버리고 싶다는 절망이
충동적으로 일었다.

　─살아서 무슨 좋은 꼴을 보려고.

　은숙은 차도로 슬금슬금 걸어 들어갔다. 그런데 이상한 일
이었다. 차들은 한결같이 기어오고 있었다. 저렇게 느린 차에
는 치어도 죽지 않을 것 같았다.

　또 다른 목소리가 마음을 온통 사로잡았다.

　─힘겹더라도 아이들을 위해서 살아야지. 죽는다고 모든 문
제가 해결되는 건 아니지.

　은숙은 타이르는 듯한 목소리에 인도로 올라섰다. 올라서서
도로를 바라보니 눈알이 핑핑 돌 지경으로 차들이 빠르게 내
달렸다.

　검은 신사복을 입은 남자가 승용차 도어를 열며 타라고 손
을 내밀었다. 탈까도 생각했지만, 망설여졌다. 고개를 가로젓
자, 차는 미련 없이 부르릉 소리를 내며 떠나갔다. 그렇지만
뒷차들이 연방 자동차 문을 열고 대기했다. 은숙은 저 차들이

저승으로 가는 차편일지도 모른다는 생각이 들었다. 귀신에 홀린 것이거나, 마귀의 유혹인지도 모른다는 두려움이 들었다.

은숙은 달렸다. 달리면서 얼마 전, 전철역에서 보았던 정신 나간 여자를 떠올렸다. 여자는 커다란 여행용 가방 두 개를 들고는 서울역 방향을 물었다. 반대쪽으로 건너가서 타라고 가르쳐 주었는데도 불구하고 여자는 보는 사람마다 붙들고 물었다. 이상하다싶어 은숙은 팔을 들었다.

—이봐요. 저 쪽으로 건너가라구요.

여자는 은숙의 검지손가락을 말끄러미 바라볼 뿐이었다. 이상하다싶은지 사람들이 여자를 돌아보았다.

—사람 처음 봐요. 왜 자꾸 나를 쳐다보나. 나를 쫓아다니지 말아욧.

여자의 눈은 불안한 듯 사방을 휘둘러보았다. 청소하는 노인이 자루를 들고 지나가며 전철역에 있는 쓰레기통을 비울 때마다 여자는 앞으로 주춤주춤 도망쳤다. 옆으로 살짝 비껴서 주면 될텐데, 여자는 불안스러워 보이는 눈망울로 영감을 흘끔거리며 몸을 부르르 떨기까지 했다.

—따라오지 말아요. 왜 나를 자꾸 따라오는 거예욧.

은숙은 미친 여자를 떠올리며 겁이 났다. 자신도 미쳐가고 있는 것만 같았다.

정거장에 사람이 많이 모여 서 있다. 큰 딸애와 남편이 그 사람들 가운데에 서 있다. 남편과 딸애에게 그들은 삿대질을 하며 침을 뱉었다. 은숙은 그 사람들의 한 가운데로 뛰어 들었다.

'할렐루야, 마귀는 떠나라 !'

웅성거리며 모여 섰던 사람들이 풍선처럼 터지더니 사라져 버렸다. 몇몇 여자 애들이 킥킥거리는 소리가 들렸다. 은숙은 그들을 향해 인상을 썼고, 여자 애들은 슬금슬금 뒷걸음질을 쳤다.

으슥한 벤치에 남녀가 끌어안고 앉아 있다. 은숙이 다가가자 남자가 웃으며 손짓을 했다. 자세히 보니 아는 얼굴들이다. 미스양과 미스터김이었다.

—이리 와요. 무엇이 그리 심각해요. 재미있게 살자구요.

그들은 손을 흔들었다. 머리를 마구 흔들어 털며 은숙은 생각의 함정에서 빠져 나오려고 애썼다. 마귀가 사람의 탈을 쓰고 자신을 유혹하고 있다는 사실을 깨달았다. 고개를 휙 돌리고 되돌아섰다. 그러자 이게 웬일인가. 그들의 모습이 눈앞에서 사라졌다. 그리고는 가슴속의 응어리가 쑥 빠져나가는 듯하더니 속이 시원해졌다. 쑤시고 아파 성한 구석이라고는 없던 몸뚱이가 한 군데도 아프지 않았다.

—하나님이 나를 지켜주시는구나.

은숙은 성령 충만함이란 이런 게로구나 생각하며 마냥 기뻤다. 그런데 저만치 덕수가 검은 티에 얼룩무늬 교련복 바지를 입고 수줍은 듯 다가왔다. 곁에 오더니 은숙의 어깨를 부드럽게 감싸안았다.

—덕수야, 네가 웬일이니? 너는 죽었잖아.

은숙은 어깨를 빼내었다. 그러자 이번에는 은숙의 젖가슴에 손을 대었다. 한 손으로는 젖가슴을, 다른 한 손으로는 아랫도리를 주무르기 시작했다.

—저 숲으로 들어가자. 아무도 없는 데로….

그의 뜨거운 손길에 은숙은 다리가 후들거렸다.

—왜 그래, 덕수야. 너도 그들과 한 패야? 넌 아니잖아.

그래도 덕수는 실실 웃으며 은숙의 젖가슴을 터뜨릴 듯이 꼭 쥐었다.

—아파!

사람들의 웃음소리가 들렸다.

—어머나! 세상에! 저런 나쁜 놈이 있나.

어딘가에서 귀에 익은 정집사의 호통소리가 들렸다. 덕수가 휘청거리며 도망쳤다.

—덕수야!

은숙은 덕수에게 할 말이 있었다. 그런데 입이 떨어지지 않았다. 눈앞에 간유리를 끼운 듯이 뿌옇게 보였다.

—마은숙 씨! 어머 이게 웬일이야. 나 알아보겠어요? 나, 정집사예요. 저런 파렴치한 인간이 있을까? 새파랗게 어린것이. 큰 일 당할 뻔했어요.

정집사 내외가 봉고차에 은숙을 태웠다. 덕수가 저만치서 뒷머리를 긁으며 쑥스러운 듯 바라보고 서 있었다.

—마은숙 씨, 코는 어디서 깨졌어요? 어머나! 무릎에서 피가 흐르네.

—쯧쯧쯧!

두 사람은 은숙의 상처를 보며 혀를 찼다.

자꾸 턱이 떨어져 내렸다. 손가락 하나가 그녀의 턱을 치켜올렸다. 손가락의 주인공은 동물원의 호랑이처럼 식식거리며 밭은 숨을 내쉬었다.

—어떤 놈이야? 여태 어디서 노닥거리다 오는 거냐구?

남편의 목소리가 우물 안의 공명음처럼 우렁우렁하게 울렸다.

—아니, 이 사람이 정신이 있는 건가? 얘는 지금 제 정신이 아니라니까.

남편은 치켜들었던 손가락을 쑥 잡아 빼었다. 그 바람에 은숙의 턱이 툭 떨어졌다. 은숙은 그대로 방바닥만 내려다보고 있다.

—장모님이 몰라서 그렇지. 괜히 저러는 거라구요.

은숙은 고개를 숙인 채, 방을 휭하니 나가는 남편을 곁눈질로 보았다. 온몸의 털이 올올이 일어섰다. 오빠의 편안한 얼굴이 떠올랐다. 오빠는 얼마나 자상하고, 사랑이 가득한 눈으로 올케를 보는지 모른다.

갑자기 안방 여기저기에 걸려있는 예수사진들이 움직인다. 비웃음기를 머금고 예수는 은숙을 내려다보았다. 벽면마다 붙여놓은 성서의 구절들이 서서히 포위해 들어왔다. 은숙은 이불을 뒤집어쓰고 달달 떨었다.

—과거는 현재의 일부분이지. 잊는다고 해서 잊어지는 게 아니야. 가슴속에 찰싹 엎드려 있다가 기회만 주어지면 살짝살짝 고개를 내미는 거야.

커피숍에서 만난 경희가 담배를 비벼 끄며 그런 소리를 했었다. 은숙은 기도하기 위해 이불 속에서 무릎을 꿇었다.

—일일구에 연락해요. 아무래도 안 되겠어.

오빠의 목소리가 들렸던 것도 같았다.

—애애앵 애애앵.

　앰뷸런스의 숨 넘어가는 소리가 귓바퀴를 울리며 거리를 질주했다. 몸이 그 소리 위에 얹힌 듯 온몸에서 소리가 났다.

＊　＊　＊

　그래, 거기까지가 기억의 전부였다. 정신병원에 언제 들어왔는지, 들어와서 어떻게 지냈는지는 머릿속에서 지워져 있다.
　바로 앞 침대에서는 예쁘장한 아가씨가 식판을 벌여놓은 채 졸고 있다. 문 옆 의자에 앉아있던 화장한 여인들이 웃으며 소리쳤다.
　"저 친구는 아직도 꿈속을 헤매고 있군. 은숙 씨는 정신 차린 거 같은데…."
　그들은 은숙을 향해 손가락질을 했다. 유니폼을 입은 건장한 남자가 들어오더니 앞 침대에 털퍼덕 주질러 앉았다.
　"성악을 전공하셨다구요? 어제 노래를 아주 잘 하던데요?"
　남자는 식판을 바로 놓아주며 아가씨의 얼굴을 쳐다보았다. 아가씨는 갑자기 애기처럼 입을 비죽거리더니 울음을 터뜨렸다.
　"정말 해괴한 환자네. 그렇지?"
　퉁퉁한 여자가 은숙에게 동조를 구했다. 은숙은 부인을 바라보며 고개를 끄덕여주었다.
　"저, 아줌마. 제가 여기 언제 들어왔는지 아세요?"
　"아, 머리맡에 날짜가 적혀 있잖아. 꼭 2주일 됐네."
　은숙은 머리맡의 날짜를 보기 위해 고개를 돌렸다. 글씨가 보이지 않았다.

"날짜가 없는데요. 난 그 동안 뭘 했나요?"

부인은 고개를 가로젓고는 벌렁 드러누웠다. 은숙은 또 부인을 잡아 흔들었다. 부인은 은숙과 말하기 싫은지, 죽은 척했다.

"먹구 자구, 먹구 자구 했지 뭐. 히히히."

문 옆 의자에 앉은 화장한 여자 중의 하나가 손가락질을 하며 소리를 질렀다. 앞 침대의 성악가는 다시 졸기 시작했다. 은숙은 일어나 문 쪽으로 걸어갔다. 여자들은 또 킬킬대며 손가락질을 했다. 너무 가까이 손가락을 들었기 때문에 거의 은숙의 몸을 찌를 지경이었다.

"뭘 잡고 걷는 거야? 누가 지켜주고 있는 거야? 꼭 하늘에서 보이지 않는 줄이라도 내려와 그걸 잡은 꼴이잖아."

"앞이 제대로 보이지 않아서 그래요."

짙은 안개가 낀 것 마냥 모든 것이 희미했다.

"나도 들어와서 계속 저렇게 졸고 있었나요? 도무지 기억이 안 나요."

그녀들은 갑자기 웃음을 터뜨렸다.

"이봐! 은숙씨. 자기가 예수님이라며? 아무튼 우리 병실에서 제일 웃기는 환자야."

사람들이 수런거리기 시작하더니 모두의 시선이 은숙에게로 향했다. 온몸을 보이지 않는 바늘로 찌르는 것 같은 시선이다. 잘 보이지는 않지만, 그런 느낌이 온몸으로 느껴졌다.

"처음 들어왔을 때, 갑자기 병실 사람들과 하나하나 눈을 맞추더라. 그리고는 병원에서 간식으로 준 빵과 사과, 과자들을 펼쳐놓고, 기도를 하더구만. '나는 예수니 지금부터 성찬식을 거행하겠노라' 이러는 거야. 모두들 깔깔대고 웃느라고 정신이 없었지. 그런데 간식봉지를 다른 사람들 침대 위에 휙휙 뿌려대는 거야. 그런 다음에 '너의 과거 죄를 모두 사하노라.' 이러겠지. 정말 미친 거 같았어. 그러자 저 사람들이 들어와서 양팔을 붙잡아 침대에 눕히고 약을 먹였지."

은숙은 화장한 여자의 빨간 입술을 바라보다가 문득 섬에서의 담배 두 개비의 여인이 떠올랐다. 그리고 그 악몽도 되살아났다. 은숙은 고개를 저었다. 여기가 정신병원이라면 저 여자도 정신병자일텐데, 저들의 말도 다 믿을 수는 없었다.

감독이 은숙을 불렀다. 은숙은 감독을 따라 문 밖으로 나왔다. 감독이 철문의 자물쇠를 땄다. 문밖에 간호사가 네 명 서서 차트를 정리하거나 전화를 받고 있었다. 간호사 하나가 은숙을 보더니, 차트 하나를 들고 나왔다. 작은 사무실로 들어가며 은숙에게 손짓을 했다. 거대한 철문이 또 있다. 저것은 분명히 밖에서는 열 수 있으나 안에서는 마음대로 열 수 없는 특수장치로 되어 있을 것이다. 그리고 그 문만이 밖으로 통하는 유일한 곳이다. 온몸에 오싹 한기가 들었다.

젊은 의사가 안경알 속의 눈을 빛내며 입가에 세 겹 주름을 잡았다.

"기분이 어때요?"

은숙은 의사에게 자초지종을 듣고 싶었다. 매달리고 싶은 심정이 들었다.

"의사선생님이시죠? 전 정신이 말짱해요. 여기가 정신병원이라는 것도 알아요. 저는 위가 나쁘고, 간도 나쁘고, 심장도 약해요. 그렇지만 정신만은 말짱하다구요."

"그래요? 사실은 그 동안 우리가 가족들의 요청에 따라 정밀검사를 했어요. 머리를 심하게 부딪혔을지도 모른다고 해서 씨티촬영까지 했어요. 그러나 아무 곳에도 이상이 없어요. 위도, 간도, 심장도 말짱해요. 다만 신경이 날카로워져 있기 때문에 안정이 필요한 것뿐입니다."

은숙은 팔목과 허리를 만져보았다. 그리고 배도 쓸어보았다. 의사를 보며 고개를 가로 저었다.

"아니에요. 전 너무 아파요. 이렇게 온몸을 철사줄로 꽁꽁 동여맨 것처럼 아픈데, 모든 것이 정상이란 말이에요?"

은숙은 아무래도 새파란 인턴이 오진을 하고 있다는 생각이 들었다.

"저, 과장님은 안 계세요?"

"제가 과장이에요. 전 번에는 어머니 얘길 했으니, 이번에는 아버지에 대한 얘기를 해 보세요."

"제가 어머니 얘기를 했다구요?"

의사는 고개를 끄덕였다. 은숙은 입술을 꼭 깨물었다. 가족에 대한 비리를 파헤쳐서 악용할 목적일 것이 분명했다. 은숙이 묵비권을 행사하자 의사는 간호사를 불렀다. 입원실로 돌아오면서 은숙은 아버지의 얼굴을 떠올렸다.

사실 아버지에 대해서는 할 말이 많았다. 은행에 착실히 다니던 아버지는, 은숙이 용유도에 다녀온 후 직장을 그만 두었다. 은숙으로 인해 가정은 늘 불화의 연속이었다. 아버지는 술로 시간을 보냈다. 술주정에다 걸핏하면 어머니에게 손찌검을 해 가뜩이나 할머니 같던 어머니는 늘 까부러져 있었다. 골목

어귀에서 혀 꼬부라진 소리로 고래고래 노래를 부르는 아버지의 목소리가 들리기 시작하면 식구들은 가슴을 두근거리며 마루에 서서 대기했다. 은숙은 떨리는 가슴을 누르면서 골목 밖으로 나가 아버지를 끌고 들어왔다. 아버지는 '우리 막내둥이'라고 부르며 은숙의 머리를 거칠게 쓰다듬고는 못이기는 체 끌려 들어왔다. 그 때부터 은숙의 가슴은 불규칙하게 뛰었다. 그런 날이면 먹었던 밥이 여지없이 체했고, 얼굴은 거무스레하게 변색됐다. 여러 정황으로 볼 때 심장이고, 위, 간이 성할 리가 없었다.

은숙은 침대에 누워 창 쪽을 바라보았다. 창문은 온통 체크 무늬였다. 촘촘한 철창이 덧씌워져 있는 창문이었다. 창 옆으로 누운 여자가 아침부터 신경에 거슬렸다. 돌아누운 뒷모습이 너무나 낯이 익었다. 은숙이 바라보고 있는 시선을 느낀 걸까. 여자가 몸을 뒤척이며 돌아누웠다. 고개를 비쭉 내밀고 이 쪽을 바라보는 여자의 커다란 눈망울과 마주쳤다. 은숙은 갑자기 심장이 멎는 것 같았다.

세상에! 저 여자는 스탠드바에 있던 미스양이었다. 왕방울만한 눈망울을 뒤룩거리며 미스양이 일어나 앉았다. 은숙은 슬그머니 이불 속으로 고개를 들이밀었다. 눈만 내놓고 누워 있는데, 출입구 쪽으로 감독이 들어오는 것이 보였다. 새로 온 감독의 얼굴을 올려다보던 은숙은 이불을 푹 뒤집어썼다. 그는 다름 아닌 미스양의 애인 미스터김이었다. 안경을 끼고 약간 분장을 했지만, 은숙은 그를 알아볼 수 있었다. 미스터김과 미스양이 자신을 죽이기 위해 계획적으로 잠입한 것 같았다.

얼마 전의 일들을 떠올리면 뱀에게 몸을 칭칭 감긴 듯 기분이 나빴다.

미스터김은 은숙의 집에 들러 식사를 하고, 전화번호를 적어갔다. 미스터김이 돌아간 뒤로 한동안 연락이 없었다. 은숙의 이성은 다행이라고 말했다. 하지만 본능은 그의 전화를 기다렸다. 전화벨이 울릴 때마다 두 가지 생각이 반반씩 섞였다.

다른 사람의 목소리에 안도감과 아쉬움이 교차했다.

며칠이 지나 문제의 전화가 왔다.

—여보세요. 저 미스양인데 기억하시죠?

은숙은 미스양의 전화에 괜시리 죄를 지은 사람처럼 가슴을 졸였다. 아니나다를까 그녀의 음성은 까랑까랑했다.

—아주머니. 남의 새파란 애인 가로챈 기분이 어때요? 미스터김이 내내 당신 생각만 한단 말이에요. 이미 육체적 관계도 있었다면서요? 내가 당신 남편 불러내서 다 불어버릴 꺼야.

미스양의 고조된 목소리에 갑자기 정전이라도 된 것처럼 눈앞이 캄캄했다. 은숙은 수화기를 놓고 비좁은 거실을 대여섯 걸음 옮기고, 또 돌아서서 걸었다. 그 날 아무 일도 없었고, 미스터김이 전화번호를 적었던 기억도 났다. 그리고 볼펜을 돌려주기 위해 다시 들렀고….

좀체로 머릿속에 어떤 생각을 담을 수도 없었다. 그러기를 여러 차례 반복하던 끝에 은숙은 수화기를 집어들었다.

—어째 니가 요즘은 조용하더라.

—오빠, 난 정말 아무 짓도 안 했어. 무서워. 오빠.

은숙은 미스터김에 관한 얘기를 오빠에게 털어놓으면서 이가 딱딱 마주쳤다.

—알았어. 내가 알아서 해결할 테니까 아무 걱정 말어. 어머

124

니더러 그리 가시라고 할께.

은숙은 전화를 끊은 뒤 신경안정제를 먹었다. 그 때, 스탠드
바에서의 느낌이 상상이 아니고 현실이었을까? 정말 미스터김
과 깊은 관계를 맺었던 건 아닐까하는 아리송한 마음까지 들
었다.

저녁 때, 미스양의 스탠드바에서 돌아온 오빠의 얼굴이 벌
겋게 상기되어 있었다.

—야! 그것들 순전히 그런 식으로 사기치는 모양이더라. 다
시 한 번 그런 전화했다가는 경찰서로 끌고 가겠다고 으름장
을 놓았지. 그랬더니 그런 게 아니라며 슬금슬금 꼬리를 감추
더라구. 미스양인가 뭔가 순 백여우 같더라구. 너도 그래. 좀
조신하게 하구 살어.

미안하고 고맙다는 말이 목구멍 안에서 꿈틀거렸다. 남편
몰래 오빠와 상의하고 처리했던 그 일이 시간이 갈수록 갈
고리가 되어 가슴을 후벼댔다. 용유도에서의 일, 게다가 미스
터김의 문제까지 덮씌워져 과거는 눈앞에서 삼각파도를 쳐
댔다.

그래, 바로 그 일이 원인이었다. 의사는 골똘히 생각하는 일
을 피해야 한다고 했다. 편집증이 있어 깊이 생각을 하게 되
면 엉뚱한 상상력으로 비약이 되며, 생각의 함정 속에 빠져
헤어나지 못하게 된단다.

말짱하게 나았다고 생각했는데, 그것도 다른 병처럼 도지는
걸까. 소름이 돋은 팔을 문지르며 침대에서 일어났다. 미스터
김과의 일들이 떠올라 밤새 잠을 이룰 수가 없었다. 간호사가

준 약을 서랍에 감추어 두고 먹지 않았다. 신경안정제가 분명한 그 약을 계속 먹어 멍텅구리가 되고 싶지는 않았다. 잠이 오지 않았다. 한 알을 먹을까 하는 유혹이 일었지만, 참았다.

이상한 신음소리가 들려온다. 한 사람이 아닌 여러 사람의 신음소리다. 이게 웬일인가. 병실의 여자들이 모두 사타구니에 이불을 끼고는 진땀을 흘리고 있다. 눈으로 볼 수 없어 이불을 뒤집어쓰고 귀를 막았지만, 그들의 음란한 신음소리는 계속 귓속을 파고들었다.

은숙은 섬에서 그들에게 찢겨나가던 속옷을 생각했다. 그리고 끈끈하게 달라붙던 남자들의 그것을 떠올렸다. 가슴에서 뜨거운 불덩이가 치밀어 올랐다.

―이봐요. 마은숙 씨 당신도 해 봐요. 자위하는 재미도 없으면 어떻게 산담?

은숙은 이불을 조금 내리고 소리가 나는 쪽을 바라보았다. 미스양과 미스터김이 한 덩어리가 되어 알몸으로 씨름을 하고 있었다. 은숙은 미스터김을 차지하고 싶었다. 은숙은 미스양의 침대로 살금살금 발소리를 죽이고 다가갔다. 미스양의 새빨간 입술이 음산하게 미스터김의 어깨를 물고 있다.

―이 마귀들아 모두 없어져라. 예수의 피로 명하노니 싹 없어져라.

은숙은 미스양을 향해 힘껏 베개를 집어던졌다. 질투심이 이글거리는 눈으로 미스양을 노려보았다. 미스양과 미스터김의 이불을 향해 달려들었다. 이불을 힘껏 제쳤다.

―뭐야? 이 미친 여자를 내쫓아, 제발!

여자가 히스테리칼하게 울부짖었고, 미스양과 미스터김은

어디론가 증발해 버렸다. 누워있던 여자들이 벌떡 일어나 앉았다.

여자들은 은숙을 향해 베개를 던지기 시작했다. 감독들이 쿵쾅거리며 들어섰다. 감독이 은숙의 양옆으로 팔을 꼈다.

그들은 은숙의 팔목과 발목에 쇠사슬을 채워 독방에다 가두었다. 미스양이 죽이려고 술수를 쓰는 모양이었다. 은숙은 이대로 있다가는 정말 쥐도 새도 모르게 죽을 것만 같았다. 은숙은 팔과 다리를 비틀며 안간힘을 썼다. 손목의 살갗이 벗겨져 쓰라렸다. 필사적으로 도망가 장롱 밑으로 숨어버리는 바퀴벌레처럼 이 곳을 빨리 벗어나 그녀의 작은 골방으로 숨어야겠다는 생각뿐이었다.

며칠 뒤, 다시 병실로 돌아왔을 때, 남편이 면회를 왔다. 은숙은 남편에게 이 사실을 알리고 한시라도 빨리 이 곳을 탈출해야겠다는 일념뿐이었다.

은숙은 그 날, 마법에라도 걸린 듯, 호텔과 술집을 뒤지던 날, 미스양과 미스터김과의 일들을 남편에게 실토했다.

"바로 저 여자야."

창문 옆의 침대 위에 파란 눈 화장과 빨간 루즈를 바른 미스양을 가리켰다. 그녀는 얄궂게 웃으며 손까지 흔들어 보였다.

남편은 미스양의 얼굴을 보는 대신 은숙의 얼굴을 차가운 시선으로 바라보았다.

"여태 그 사실을 내게 숨기고 있었단 말이야? 이제야 고백을 하시는군. 당신이 정신분열이라구? 아니야. 이건 순전히 쑈야. 나한테 혼날까봐 미친 척 한 거라구."

남편은 성경책을 소리나게 탁자에 집어던지고는 휭하니 나가버렸다. 미스양은 광대의 입처럼 귀까지 찢어져라 웃어제꼈다.

은숙은 한편으로는 남편이 고맙기도 했다. 자신을 정상인이라고 봐주는 유일한 사람이니까.

은숙은 남편이 사 가지고 온 성경을 펴 들었다. 글씨가 엉켜서 한 줄도 눈에 들어오지 않았다. 누군가 손바닥을 벌려 자신의 눈을 가리우고 있는 것만 같았다.

"이 손 안 치워!"

팔을 휘두르며 은숙은 소리를 질렀다. 감독이 우악스레 은숙의 팔을 붙잡았다. 은숙은 병실을 둘러보았다. 미스양과 미스터김은 둘이서 작당을 한 듯 바람처럼 사라지고 없었다.

진찰실로 들어서자, 의사는 부드러운 미소를 머금고 은숙을 쳐다보았다.

"기분이 어때요?"

"글씨가 안 보여요. 내 눈이 왜 이렇게 되었을까요?"

"아, 걱정할 거 없어요. 병원 약을 먹기 때문에 일시적으로 그런 현상이 일어나는 겁니다. 요새도 잠이 안 와요?"

은숙은 약을 먹지 않은 일이 켕겼지만 숨겼다.

"예, 가슴이 파도치듯 해요. 심장이 터질 것만 같다구요."

"몸에는 아무 이상이 없어요. 마음을 편안히 가지고, 주는 약을 버리지 말고 드세요."

은숙은 숨을 멈추었다. 의사는 한번도 병실에 들어오지 않았었다. 그러고도 자신이 약을 먹지 않았다는 사실을 알고 있었다. 아마도 병실에 감시하는 비밀카메라가 작동하고 있을

지도 몰랐다. 의사는 부드러운 표정으로 웃었다.

"하고 싶은 말 있으면 해 보세요."

은숙은 눈을 껌뻑거렸다. 사람이 말을 하고 살아야지. 침묵만 지키고 있으려니 미칠 지경이었다. 은숙은 입을 열었다.

이 말 했다가 저 말을 했다가, 자신도 혼란스러운 말들을 하기 시작했다. 의사가 이용하려는 내용을 피하면서 말을 하려니 자연히 조리 있는 이야기가 되지 않았다. 그러나 의사는 차분하게 다 들어주었다.

"네, 그렇군요. 그래서요? 그렇죠."

의사의 맞장구에 은숙은 신이 났다. 의사를 이제는 신용할 수 있을 것 같았다. 의사의 발톱만큼이라도 남편과 대화가 통한다면 행복할 것 같았다.

누군가에게 얻어들은 농담이라도 건넬라치면 남편은 금테 안경 속의 눈을 가늘게 뜨곤 했었다.

'필요한 말하고 살기도 바쁜 세상에, 그 쓸데없는 말은 뭐 하러 해.'

은숙은 한 숨을 내쉬었다.

"그랬었군요. 오늘은 그만 하고, 내일은 커피 한 잔 하게 일찍 오세요."

은숙은 의사의 말이 꼭 데이트 신청을 하는 남자의 말 같았다. 의사를 향해 활짝 웃으며 고개를 끄덕였다.

밤만 되면 잠이 오지 않고, 다리가 저리도록 소변이 마려웠다. 어제도 감독은 남들 못 자게 들락거릴 거냐며 철제 침대를 화장실 옆으로 밀어버렸다.

은숙은 아무도 오지 않는 복도 끝 화장실 옆에서 밤새도록 떨며 잠을 이루지 못했다. 면회를 온 올케에게 그 사실을 알렸다.

"마음 편하게 가져요. 이 침대는 붙박이라 움직이지 않아요. 아가씨는 상상력이 풍부해서 탈이에요. 병원에서 시키는 대로만 하세요. 그러면 빨리 집에 갈 수 있을 거예요."

올케는 은숙의 말을 믿지 못했다. 하기는 은숙도 화장실 옆에서 잔 일이 사실인지 환상인지 분간되지 않았다.

철문 중간에 붙은 간유리에 코를 박고 환자들은 밖에서 떠드는 사람을 자세히 보려고 서로 밀쳐대었다. 분명히 귀에 익은 음성이건만 뿌옇게 보여 누구인지 알 수가 없었다.

"아, 이거 왜 이래요. 보호자가 퇴원을 시키겠다면 시키는 거지. 무슨 각서가 필요하단 말이요. 내가 보기엔 멀쩡하니 데리고 가겠소. 만약 이상이 생기면 그 때 다시 오면 될 게 아니오."

간호사의 비명소리, 감독의 고함소리에 이어 의사의 차분한 목소리가 들렸다.

잠시 후에 덜커덩 철문이 열렸다. 모두들 후다닥 침대로 가서 이불을 뒤집어썼다. 은숙도 두려움에 얼른 이불을 뒤집어쓰고 눈만 내놓았다. 의사와 감독이 병실로 들어섰다.

"마은숙 씨! 집으로 일단 가세요. 일주일 후에 약 타러 꼭 오시구요."

의사의 얼굴이 약간 굳어 있었다. 의사에게 미안했다. 내일은 아침 일찍 커피를 마시러 가려고 했는데….

은숙은 꿈만 같았다. 다시는 이 철문을 빠져나가지 못하는 줄 알았는데…. 여기 있는 여자들은 모두 한 달을 넘기고 있었다. 이번에도 역시 오빠가 해결사 노릇을 해 주었다. 이십 일 만의 귀가였다.

택시에서 내리자, 그늘에 옹기종기 모여 앉아있던 여자들이 수군거리며 흩어져 갔다. 현관으로 들어서니 안도의 한숨이 나왔다. 이상하게 집안 공기가 냉랭했다. 은숙은 침대에 누웠다. 네 벽면이 하얗게 비어 있다. 은숙은 화들짝 놀라 일어났다. 거실로 나왔다. 어머니가 따라나오며 팔을 잡아 흔들었다.

"왜 그러니? 가만히 누워서 안정을 해야 한다던데…."

거실에도, 작은 방에도 예수의 사진이 보이지 않았다. 화장실에 써서 붙여놓은 기도문까지 없어졌다.

화장실에서 주섬주섬 옷을 추키던 언니가 밖으로 나오면서 말했다.

"내가 다 치웠다. 내가 뭘 좀 보러 갔더니 너희 집 터가 세서 예수를 집에 다시 두게 되면 이번에는 사람이 죽는단다. 병굿을 해서 풀어야 하는데, 네가 거기 참여해야만 효과가 크다는 거야."

언니는 이상하게 미신에 의지를 했다. 남편의 진급문제, 아이의 진로문제까지 무당의 조언을 받았다. 부적을 만들어 왔다며 뻘건 글씨가 얼기설기 섞인 종이를 내밀었다.

"누님! 제발 그것 좀 치워요. 애가 신경이 머리카락 끝처럼 갈라졌을 텐데 거기에다 그런 소릴 하면 더 헷갈려요."

베개 밑에 두고 자면 효험이 있다며 부적을 내밀던 언니는 오빠의 지청구에 팩 토라져 그것을 백에다 도로 넣어 가지고 나가버렸다.

은숙은 식구들이 다 떠나고 난 뒤 안절부절을 못하였다. 다시 며칠째 잠을 잘 수 없는 증세가 찾아왔다. 화장실만 십 분마다 들락거렸다. 누우면 무거운 돌덩이가 가슴을 짓눌렀다. 구세주는 자신을 영영 떠났구나 하는 절망감이 밀려들었다. 교회식구들도 자신을 버렸는지 찾아오지 않았다. 낮에도 캄캄한 어둠이 은숙의 몸을 향해 내리누르는 듯 했다. 은숙은 두려운 나머지 항복을 하고 말았다. 수화기를 집어들고 떨리는 손가락으로 번호를 눌렀다.

"여보세요? 은숙이니? 너 지금 몇 시 인 줄이나 아니? 새벽 두 시야. 왜 또 그래!"

언니의 메마르고 컬컬한 목소리에 짜증이 묻어 났다. 하지만 이제 매달릴 대상은 거기밖에 없다.

"언니, 나 좀 제발 거기 데려다 줘."

"어디?"

"언니가 말한 거기 말이야."

7
용유도 가는 길

통장정리기에 예금통장을 막 집어넣으려는 중이었다. 네 살이나 되었을 사내아이가, 내가 벌리고 선 다리 사이로 머리를 집어넣었다. 순식간에 당한 일이라, 나는 비명만 질러댔다. 뭐라고 야단을 쳐야할지 막막했다. 깔깔대며 은행 안으로 뛰어들어가는 아이를 한 대 쥐어박고 싶었다. 그러나, 남의 집 아이에게 함부로 대했다가 아이의 부모와 다투게 될지도 몰라 꾹 눌러 참았다.

그런데 내가 정리기에서 통장을 마악 빼들었을 때였다.

'꽈당!'

자동문이 닫히면서 아이가 뒤로 나자빠졌다. 그 순간 사람들의 동작이 일시에 멈춘 것처럼 보였다. 새파랗게 질려있던 아이의 입에서 비로소 악 쓰는 소리가 터져 나왔다. 이어 은행 안에서 젊은 여자가 뛰어나왔다. 아이의 이마에서 검붉은 피가 솟구쳤다. 아이의 눈 아래로 흘러내리는 피를 손바닥으로 막으며 여자는 두리번거렸다.

"휴지! 휴지 좀!"

빙 둘러 선 사람들은 아무런 조처도 못하고 발만 동동 굴렀다. 나는 얼른 달려가 휴지를 통째로 빼내었다. 피를 닦아낸 아이의 이마는 세로로 길쭘하게 찢어져 있다. 아이를 안고 다급하게 병원으로 뛰어나가는 여자의 뒷모습을 바라보았다. 내가 진즉 아이를 야단쳤더라면 이런 사건은 일어나지 않았으리라는 자책이 들었다. 그러나 이내 고개를 흔들었다. 어쩌면 그 사고는 이미 오래 전부터 운명으로 정해져 있었는지도 모른다. 내 삶이 이렇게 운명 지워졌던 것처럼, 애당초 저 아이는 오늘 이마가 찢기도록 예정되어 있었는지도 모른다.

청소부가 대걸레로 핏자국을 닦아냈고, 사람들은 또다시 아무 일 없었던 듯한 무심한 얼굴로 자리에 앉아 잡지를 뒤적이고 있다.

정치인의 부정부패, 청소년의 성폭행 문제라던가, 집단 이기주의 따위가 항간에 이슈로 떠올랐다가 며칠을 못 넘기고 사라져버렸다. 그 순간만 바글바글 끓다가, 금세 시들해졌다. 사람들도 한 가지 문제에만 매달려 살 수 없다. 세상은 바쁘게 돌아가고 있으니까.

나는 멍하니 그런 생각을 하고 있다가, 고개를 저었다. 나도 내 일을 해야하니까. 사람들은 그렇게 이기적으로 사는 거니까. 애기엄마 역시 내가 허둥지둥 휴지를 뽑아다 준 것 따위 고맙게 생각하지는 않을 테니까. 아직도 뇌리에 남아있는 아이의 모습을 고개를 흔들어 털어 버렸다.

청구서에 도장을 찍어 통장과 함께 창구에 내밀었다. 음료

회사의 홍보실에서 보내온 원고료였다. 잡글이나 쓰고 받은 원고료 수입으로는 입에 풀칠하기도 힘이 들었다. 병원에서 수술 날짜를 잡았다. 의사는 서둘러 자궁을 들어내면 생명에는 지장이 없다고 한다. 그까짓 처녀막이 손상될까봐 어렵사리 검사를 했었는데…. 의사들이 그 나이 먹도록 뭘 했느냐고 빈정거리는 바람에 순결을 끝까지 고수하고 있던 게 얼마나 한심스럽게 느껴졌는지 모른다. 생명에 비한다면 그까짓 처녀막쯤 아무 것도 아니었다. 수술하기 전에 아무하고라도 섹스를 하고 싶다. 마흔이 가까워지는 나이. 일찍 결혼한 혜란은 벌써 중학생의 학부모였다. 통장과 돈을 백에 집어넣고 자동문을 나섰다. 자동문을 밀면서 이마를 다친 아이의 얼굴이 잠깐 스쳤다. 은숙의 엽서를 받자마자 곧바로 그 곳에 갈 것을…. 이제 나 혼자라도 다녀오고 싶다.

*　　*　　*

전철을 탔다. 가끔 나는 1호선을 타고 인천에 갔다. 오늘처럼 스산한 날이면 나도 모르게 그 쪽으로 발길을 옮겼다.

피투성이의 사내가 엎으러진 채 고개를 가까스로 들고 눈을 부라렸다. 남자는 내 다리를 움켜쥐려고 손을 뻗었다. 나는 다리를 최대한으로 오무렸다. 달아나려고 했지만, 발이 떨어지지 않았다. 쥐가 올랐는지 움직일 수가 없다. 이건 꿈일 거야. 그래, 악몽이야. 눈을 뜨자.
나는 이를 악물고 눈을 번쩍 떴다. 눈이 꽉 다물렸던 조개처럼 쩍 벌어졌다. 시커먼 얼굴에 굴처럼 멀건 눈동자가 시야에 들어왔다. 나는 소스라쳐 놀라 주위를 둘러보았다.

'덜커덩'

전철이 출발할 때 내는 울림이 뱃속까지 울려 퍼진다. 전철은 막 백운역을 통과하고 있었다. 나는 다시 눈을 슬며시 감았다. 주위에 서 있는 사람들이 내 얼굴을 빤히 내려다보고 있었기 때문이다. 눈을 번히 뜨고 앉았기가 민망스러울 지경으로 낯이 뜨뜻했다. 헛소리는 하지 않았을까. 살그머니 실눈을 뜨고 차내를 둘러보았다. 그리고는 아직도 뻣뻣한 다리를 꾹꾹 주물렀다. 동인천역까지는 아직 몇 정거장이 더 남아 있었다.

사내의 부릅뜬 눈의 핏발이 영상처럼 생생하다. 가끔씩 그런 꿈을 꾸는 날은 하루종일 마음이 불안했다. 여태껏 험상궂은 꿈에 시달려도 모른 척 일상생활을 잘 해 왔었다. 그런데 또 한 차례, 은숙의 자살소동으로 머릿속이 마구 헝클어졌다. 나도 은숙처럼 돌아버릴 것만 같은 강박관념에 시달렸다. 종교를 갖는 게 어떨까도 생각해 보았다. 무거운 과거의 보따리를 다 풀어놓고 엎드려 구원을 바랄까.

—불교나 기독교나 전부 다 자기들 이익만을 위해 있는 거야. 애초의 종교는 이러지 않았대. 사람들이 다 변질시킨 거라구.

동생 경순은 내가 교회에 나가고 싶다는 말을 꺼낼 때마다 반대를 했다. 뉴스에 단골메뉴로 등장하는 집단 이기주의를 들먹이곤 했다. 그래서 주저앉느라 여태 무신론자이다. 아직도 우리 나라에는 무신론자가 제일 많다는 보도가 나왔다.

동인천역에서 내렸다. 조그마한 광장이 낯익었다. 언젠가 와 봤던 곳 같았다.

"월미도요, 월미도!"

택시기사가 차창으로 머리를 내밀었다. 나는 연안부두로 가려던 애초의 계획을 바꾸고, 택시에 올라탔다. 이제 와서 연안부두에 가 봐야 어쩌겠다는 건가. 그저 월미도에서 바닷바람이니 쐬어야겠디는 쪽으로 마음을 돌렸다. 뒷좌석에는 젊은 남녀가 다정하게 앉아 있다. 예쁘장한 여자의 어깨에 팔을 두른 청년의 얼굴이 사랑으로 물들어 보였다. 젊은애들이 참 예뻐 보인다. 나이를 먹는 탓일까. 요즘 들어 어깨가 시렸다. 어깨 하나 감싸줄 애인이 하나 없다는 게 서글펐다. 자궁 같은 거 의식하지 않은 채, 씩씩하게 잘 살아왔는데, 그까짓 게 무어라고, 자궁을 들어내자니까 마음이 자꾸 헛헛해진다.

—언니는 하루라도 빨리 수술해서 들어내야지. 그 쓸데없는 걸 뭣하러 끼고 있으려고 그러냐.

경순의 모진 말에도 마음이 서글퍼졌다.

정권의 모습이 떠올랐다. 열일곱 살, 그 나이에 우리는 정말 사랑이란 걸 한 걸까. 정권의 모습이, 그의 목소리가 들리면, 머릿속이 횅하니 빈 것 같고, 가슴은 두방망이질 쳤었다.

가끔씩 손을 잡거나 접촉하고 싶어하는 정권에게 나는 날카롭게 쏘아 부치곤 했었다.

—우리는 아직 어려. 어른이 되려면 멀었단 말야.

정권은 그럴 때마다 느물거렸다.

—그래도 춘향이보다 한 살이나 더 많은 걸.

택시가 월미도에 멈춰 섰다. 차창 밖으로 보이는 바다에 가

승이 먼저 놀라 뛰놀았다. 택시에서 내리자 비릿하고 짭짤한 바닷내음이 훅 끼쳤다. 동해의 바다처럼 등이 푸르고 싱싱한 바다는 아니지만 그런 대로 겨울바다가 느껴졌다. 두툼한 코트를 입어 몸은 따뜻했지만, 얼굴은 따귀를 여러 대 얻어맞은 듯 알알했다. 젊은 남자의 어깨에 폭 파묻힌 아가씨의 모습이 가녀리다. 난간에 기대어 바다를 향해 서 있는 젊은 그들이 아름다웠다. 사랑을 받아본 적이 있던가 더듬어 보다가 나는 서걱거리는 웃음을 베어 물었다.

이십 년 전, 정권과의 만남에서 곧잘 저런 포즈를 취했던 것 같다. 정권은 내 어깨를 감싼 채 풀을 뽑아 잘근잘근 씹었다. 얘기를 할 때면 나도 하릴없이 풀을 뽑아내곤 했다. 지금 생각하니, 어색하기도 하고, 마음속에 엉큼한 생각이 자꾸 들어서 딴청을 부린 게 아닌가 싶다.

바람이 매섭게 볼을 후렸다. 잔뜩 웅송그린 자세로 바람에 맞서서 걷기 시작했다. 바람은 나를 거부하는가 보다. 자꾸 오던 길 쪽으로 나를 밀어부쳤다. 몰매를 맞는 것처럼 몸뚱이가 휘청거렸다. 살갗에 닿는 바람이 매웠다.

배 모양의 구조물을 건물의 꼭대기에 장식한 이국적인 커피숍이 눈에 띄었다.

'허리케인'

열 일곱 살 그 때 겪었던 태풍, 그리고 태풍처럼 급격하게 내 인생을 가격했던 하루. 운명적인 그 날들이 눈앞으로 아프게 지나간다.

나는 눈물이 솟구치려는 눈두덩을 거칠게 부비고는 빠른 걸음으로 계단을 올라갔다. 허리가 끊어질 듯 아프다. 그리고 보니 의사에게 자궁암이라는 진단을 받은 후 며칠간 제대로 식사를 하지 못했다.

월미도까지 바닷바람을 쐬러 나왔다고 하면, 경순은 울부짖을 것이다.

—몰라. 언니 인생이니까 언니 마음대로 해. 죽든지 살든지.

당장 입원 수속을 하고 수술날짜를 잡자는 의사를 뿌리치고 병원을 나왔었다.

나는 삼십 평 아파트에 사는 경순의 옆 동에서 산다. 경순은 돈 잘 벌어다 주는 남편과 공부 잘 하는 딸이 있다. 그런 경순도 가끔 나를 찾아와 침울한 얼굴로 신세타령을 늘어놓는다.

—다 필요 없어. 언니 팔자가 상팔자야. 언니는 혼자 살어.

어떤 날은 몸이 아픈데, 남편이 밤새도록 주물러 주더라며, 옆에 사람이 있는 게 얼마나 든든한지 모르겠다며 결혼을 권유했다.

내가 사는 집은 열다섯 평 짜리 아파트다. 애착을 갖을 정도의 재산도 없다.

—언니, 난 사실 언니 보단 나았잖아. 큰딸이라는 책임감도 없었어. 그 당시에 난 온갖 가능성을 내 손 안에 쥐고 있었는데, 이게 뭐야. 난 아무 것도 아니잖아. 언니는 그래도 끈질기게 문학공부를 해서 언니가 좋아하는 글 쓰고, 책 보며 사니 얼마나 좋아. 다른 사람의 인생을 손바닥 안에 넣고 쥐락펴락, 죽였다 살렸다 하는 걸 보면 부럽더라.

나는 전업주부가 부러울 때가 많았다. 사람이란 다른 사람이 쥔 인생이 더 좋아 보이게 마련인가 보다.

2층에 자리잡은 커피숍은 전면이 통유리로 되어 있다. 저 멀리 보이는 섬까지 통유리에 담겨 백 호 짜리 겨울풍경 그림을 보고 있는 듯 하다.

—앞날이 유리창이야. 임마.

여고 때, 지도주임이 떠올랐다. 지도주임은 창문을 가리키며 내 머리를 쥐어박곤 했었다. 그때는 지도주임한테서 빨리 벗어나고 싶었기 때문에, 그 소리가 무슨 소리인 줄도 몰랐다. 그런데 어느 순간엔가 그 말이 머릿속에 맴돌다가 툭툭 튀어나오곤 했다. 환하게 멀리 까지 보이는 유리창이지만, 코앞에서 너의 미래는 꽉 막혀버렸다는 의미로 그런 말을 하지 않았을까. 앞날이 구만리 같은 여고생에게 그런 식으로 말한 이유는 무엇일까. 지도주임의 말대로 나는 항상 눈앞에 벽을 느끼며 살아왔다.

의욕적으로 무슨 일에든 덤벼들다가도 지도주임의 목소리가 들리면, 나는 두더지처럼 고개를 쏘옥 들이밀고 말았다.

아직도 겨울의 꼬리가 남아있다. 바람에 깃발이 나부낀다. 출렁이는 바다가 차가운 파랑색이다.

아직도 연인들은 난간에 기대어 서 있다. 나는 보여지는 대로, 느껴지는 대로 내 자신을 내버려두었다. 그러고 있자니, 나는 이 세상 사람이 아닌 듯 하다.

따끈한 커피가 날라져 왔다. 커피향을 맡은 뱃속이 꿈틀거렸다. 커피 한 모금을 삼키며, 장이 뒤틀리는 아픔을 느꼈다.

그 섬을 찾아가려고 왔는데, 동인천까지 와서 왜 이 곳으로 발길을 돌렸을까. 한시라도 빨리 그 곳을 확인하고 싶으면서도 거의 다 왔다싶으면 언제나 슬금슬금 도망치곤 했었다. 은숙의 엽서가 아니더라도 그 곳에 갔어야 했다. 가슴에 비밀의 장소를 묻어두고 살아간다는 것은 고문이었다.

저 멀리 황량한 바다에 화려한 모습의 유람선이 떠 있다. 선창가에는 사람들이 줄지어 서 있다. 배에서 빠져 나온 자동차가 꼬리를 물고 기어 올라왔다. 떼지어 선 사람들을 무심코 내려다보다가, 문득 저 배를 집어탈까 하는 생각이 스쳤다. 나는 본능이 시키는 대로 벌떡 일어섰다.

계단을 내려가 뛰기 시작했다. 이번에는 바람이 뒤에서 밀었다. 저 배에서 누가 부르기라도 하는 것처럼, 누가 기다리는 듯이 나는 속력을 내어 달렸다. 꼭 끌어안고 섰던 연인들이 천천히 발걸음을 떼는 것이 보였다. 나는 배를 타려는 많은 사람들 속에 섞였다. 그나마 둘러선 사람들의 온기 덕분에 온몸의 떨림이 가셨다.

그들 속에 섞여 배를 탔다. 배에 오르자, 밟고 지나왔던 다리가 비스듬히 올라갔다. 앰프라고 부른다는 그 다리가 뱃머리 쪽인지 영종도를 향하여 빙 돌았다. 40톤 짜리 배라며 은근히 자랑을 늘어놓는 섬주민의 머리 위로 '용주5호'라 쓰인 깃발이 하늘을 조각조각 낼 듯이 펄럭였다. 찬바람을 피하려고 주위를 둘러보았다. 여객실 입구에는 정원 492명이라는 푯말이 붙어 있다.

난간을 붙잡고 배 밑에 자리한 여객실로 조심조심 내려갔다.

이십 년 전의 여객선에 비해 깨끗한 편이었다. 가장자리로 빙 둘러 긴의자가 있는데 사람들이 모두 차지하고 앉아 있다. 나는 자리를 찾아 두리번거리다 말고 다시 갑판으로 나왔다.

2월의 매서운 바닷바람이 머리에 쓴 머플러를 자꾸 벗겨내었다. 머플러를 고쳐 매며 알알한 얼굴을 손바닥으로 감쌌다. 이제는 바짓가랑이가 돛처럼 부풀어서는 푸르르 푸르르 소리를 내며 떨었다. 그 사이로 바람이 들어가 종아리는 회초리를 댄 것처럼 아렸다.

바람을 맞는 일이 괴로웠지만, 나는 갑판 위에 서서 바다와 하늘을 번갈아 보았다.

한 떼의 갈매기가 날개짓을 하며 다가왔다. 사람들이 던져주는 먹이에 길이 든 탓일까. 통통하게 살진 갈매기는 배 뒤를 호위하듯 따라왔다. 우리가 예전에 그랬던 것처럼, 한 아이가 들고 있던 봉지에서 과자를 한 줌 꺼내 갈매기를 향해 던졌다. 갈매기들은 바람을 타고 나르는 종이비행기처럼 가볍게 날아올랐다. 그리고는 일시에 수직으로 내리꽂혔다. 새들의 시력은 얼마나 좋은 걸까. 정확하게 먹이를 채어 하늘로 솟구쳐 오르는 갈매기에게서 강렬한 생존의지가 엿보인다.

—물고 늘어지는 근성이 필요해. 자기는 너무 루즈한 거 알아? 세상 다 산 노파 같단 말야.

춘천에서 결혼까지 할 뻔했던 남자는 그렇게 말했었다. 나는 고개를 돌렸다. 갈매기처럼 끈기 있게 생존을 위해 버둥거려야만 될까?

배가 출발한 지 채 십 분도 안 되어 영종도에 도착했다. 월미도에서 빤히 바라다 보이는 곳이기는 했지만 이처럼 빨리 도착할 줄은 몰랐다. 언제나 미지의 장소에 대해서 동경을 하게 된다. 닻을 내리고, 배에 오므려져 있던 앰프가 다리가 되어 섬에 닿았다. 차들이 먼저 빠져나갔다. 앰프를 지나며 차들이 철그렁 소리를 낸다. 배에서 내린 차들은 모두들 오른 쪽으로 꼬부라져 들어갔다.

나는 가방을 메고, 머플러가 벗겨지지 않도록 한 손으로 그것을 붙잡았다. 비릿한 바다내음과 함께 포장 아래로 질척한 골목이 눈에 들어온다. 조개, 산낙지가 담긴 고동색 함지박에서 산소기의 기포가 뽀글뽀글 올라온다. 나는 언 몸을 녹이고 싶어 주위를 둘러보았다. 길 양옆으로 음식점, 영다방, 나루터 호프 간판이 보인다. 화려하고, 분위기 있는 건물들이 아니라서 오히려 친근감이 들었다. 건물의 겉모습은 몇십 년 전의 종점다방 같은 인상이었다.

나는 섬의 안내도를 올려다보았다. 그 지도를 보다가 나는 낯익은 지명에 소스라쳤다. 의식적으로라도 잊으려고 애쓰던 그 섬의 이름이 떡하니 버티고 있었다. 영종도와 삼목도, 그리고 용유도가 도로로 연결되어 있었다. 월미도에서 가깝게 보이는 영종도에 매료되어 배를 탔을 뿐인데…. 그럴 리가 없는데, 그렇게 멀었던 곳이었는데….

"아저씨! 용유도까지 가려면 얼마나 걸릴까요?"

얼굴이 새까만 노인이 얼굴만큼이나 새까만 잇몸을 드러내며 웃었다.

"사십 오 분 걸려요. 타실 거면 얼른 타요. 곧 떠나니까."

노인 대신 그 뒤에 앉은 중년남자가 급하게 재촉했다. 얼굴이 험상궂은데 비해 목소리가 듣기 좋았다. 눈 밑에서 귀 쪽으로 길다란 흉터가 있어 흉측해 보였다. 태연하게 고개를 끄덕였지만, 남자의 흉터를 보는 순간 가슴속이 울렁거렸다. 고개를 돌려 월미도 쪽을 바라보았다. 겨울 해는 짧아서 벌써 어스름이 내리고 있었다.

주위를 둘러보았다. 길은 외길이다. 이십 년 전 연안부두에서 배를 타고 세 시간씩 걸려서 갔던 용유도다. 나는 기억 속에서 퇴락해 가는 섬의 모양들을 그대로 방치해 두고 있었고, 잊으려고 애쓰지 않아도 그 곳에서의 기억들은 희미해지고 있었다. 그런데 은숙의 등장으로 불안감이 스치기 시작했다. 서해바다에 오롯이 떠있는 섬을 내버려둘 것이지, 섬을 연결해서 공항을 건설하느라 법석이다.

과거의 바다에 잠잠히 떠있는 기억 속의 섬을 가슴에만 묻은 채로 살고 싶었다. 잔잔한 수면을 건드려 상처를 덧들이고 싶지도 않았다. 그런데….

나는 마음이 왜 늘 이 곳으로 달려오는지 모르겠다. 세상에서 복잡한 일을 당할 때마다, 분노를 다스려야 할 때마다, 그 섬, 그 덤불, 그 사람들을 떠올렸다. 그리고 세상살이가 힘들 것은 아무 것도 없다고 자위했다. 동물의 세계나 인간세상이나 마찬가지였다. 약한 자는 먼저 쓰러지게 마련이었다.

입을 다물고, 비밀을 지키기란 얼마나 힘든 일인지 모른다.

그러나 속껍질 속의 비밀을 꼭꼭 아무려 두어야 한다. 그러다 보면 그것은 속껍질인 보늬 속의 밤처럼 시들시들 말라서 끝내는 쪼그라져 버릴 것이다.

은숙의 자살 소동으로 마음은 점점 더 조급해지고, 다시 한 번 그 현장을, 아무렇지도 않게 바라보고 나면 새 인생을 시작할 수 있을 것만 같다.

바다, 하늘이 검붉은 핏빛으로 물들고 있다. 저 붉은 빛이 사그라 들고나면 이 곳은 하늘과 바다 구별 없이 캄캄해 질

144

것이다. 죽음도 그럴까? 그렇게 노을이 지고 캄캄해지는 걸까?

"아, 버스 안 탈 거요?"

나는 고개를 들어 버스를 보았다. 운전기사가 차창 밖으로 목을 빼고 이 쪽을 향해 손짓을 했다. 버스가 그 때까지 출발을 하지 않고 있었던 모양이었다.

"다음 차는 한 시간 후에나 출발합니다."

나는 손을 가로저었다. 버스는 나를 향해 뿌연 매연을 뽑아내며 달려나갔다. 버스에 타고 있던 중년남자가 내게 손을 흔들었다. 얼굴에 칼자국이 있는 그가 나를 향해 히죽이 웃으며 손을 흔들었을 때, 나는 섬찟했다. 어디에선가 마주친 듯한 낯익은 얼굴이었다.

정권과 은숙, 덕수, 그리고 친구들의 얼굴이 또렷하게 되살아났다. 눈, 코, 입이 뭉개진 어린아이 그림처럼 추상적이던 얼굴들이 이제 윤곽이 잡히기 시작했다.

나는 섬 안내도 앞에 붙박여 있었다. 추운 것도 잊을 만큼 용유도는 내게 충격이었다.

돌아서서 걸었다. 손가락, 발가락이 곱았다. 매표소로 들어서니 난로가 있어 한결 훈훈했다. 장갑을 벗고 손을 비볐다. 마지막 배까지는 아직 시간 반이나 남아 있었다. 하지만 용유도까지 갔다오려면 왕복 꼬박 한시간 반이 걸린다. 오가는데 시간을 다 허비할 수밖에 없다. 나중에 다시 와야겠다.

겨울바다가 보고 싶어 무작정 길을 나섰다고 하면 경순은 언니, 제 정신이야? 하며 쓸쓸한 미소를 지을 것이다.

나는 한 시간 반을 채우기 위해 영다방으로 난 계단을 올라갔다. 분홍빛 커텐, 낡은 소파, 연탄난로. 난 이십 년 전으로 거슬러 올라가 있는 듯 했다.

껌을 짝짝 소리내어 씹으며, 아가씨가 물컵을 갖다 놓았다.

"쌍화차 한 잔 주세요."

아가씨는 고개를 까딱 하고는 엉덩이를 유난스레 흔들며 지나갔다. 창 밖으로 검푸른 바다가 보였다. 작은 고깃배들이 파도에 흔들렸다. 한 시간 동안 그렇게 노을이 지는 바다를 바라보았다.

출발시간이 되어 월미도 행 배에 올랐다. 갑판에는 차들이 가득 들어찼다. 계단을 올라 2층으로 갔다. 이번 배는 2층에 지붕을 씌워 한결 아늑했다. 난로도 있고, 자동판매기까지 갖추고 있었다. 자동판매기에서 커피를 한 잔 뽑아 들었다. 창 쪽으로 자리를 차지하고 섰다. 노을이 사그라드는 바다가 아까와는 달리 참 평온하게 보였다. 일렬로 서 있는 월미도의 상가 불빛이 어둠의 빛깔이 짙어질수록 별처럼 또렷하게 도드라졌다.

창 밖에서 일어나는 자연의 묘기에 시선을 뗄 수 없었다. 다시는 섬에 관하여 생각을 하지 말아야겠다고 다짐을 하면 할수록 전철 안에서 꾼 꿈이 또렷이 눈앞에 떠올랐다.

나는 화들짝 놀랐다. 영종도 버스에서 내게 손을 흔들던 중년사내를 어디서 봤는지 이제야 알 것 같다. 늘상 꿈속에 나타나는 피투성이의 사내였다. 입에서 귀 쪽으로 죽 그어진 흉터가 꿈과 겹쳐져 소름이 끼쳤다. 그 때에 태풍만 불지 않았어도 내 인생이 이처럼 무참해지지는 않았을 게다. 영종도로부터, 아니 용유도로 부터 멀어졌다. 나는 어둠 속에 잠긴 검은 섬을 한없이 바라보았다.

배가 꾸루룩 소리를 내며 돌았다. 꿈에서 깨어나듯이 나는 눈을 떴다.

육지에 발을 디디며 다시 한번 용유도에 다녀와야겠다고 생각했다. 그 때는 혼자 오지 말아야지. 너무 쓸쓸하니까. 은숙과 함께 이 땅을 밟을 수 있을까. 아니면 정권? 정권은 얼마 전에 결혼을 했다는 소식이 들렸다. 그 소식을 혜란에게서 전해 듣고 내 남자를 빼앗긴 것 마냥 마음이 몹시 우울했었다.

아들을 낳았다는 소문을 들었을 때, 이제 정말 끝이라는 생각도 들었다.

자궁을 들어내야 한다는 선고를 받고 나서 왜 까까머리 정권의 모습을 떠올렸을까. 나는 나도 모르는 사이, 정권을 내 운명의 남자라고 생각하며 살아왔나 보다. 이십 년이 지나 모습이 많이 변했을 텐데도 내 마음속의 그의 모습은 여전히 열일곱 살 소년이었다.

경사진 앰프를 걸어내려 왔다. 버스에 타고 앉아있던, 얼굴에 칼자국이 있는 사내가 마음에 걸렸다.

8
초등학교 동창회

전화벨소리가 귓바퀴를 울렸다. 나는 입가에 흐른 침을 문
지르며 수화기를 집어들었다. 혜란이었다.

"정권이가 너 보고 싶다더라."

정권이라는 말에 갑자기 손에서 힘이 빠져나간다. 세 사람의
마지막 만남 이후 나는 모두에게서 멀어지려고 도망했었다.

"만나 봤니? 잘 산다니? 그런데 나 사실 정권이 만나기 두
렵다."

"너 이상하다 애. 정권이와 과거에 무슨 썸씽이 있었던 거
아냐? 은숙이 입원해 있는 병원에 함께 갔으면 하던데!"

나는 확실한 대답도 하지 못하고 우물거리다가 전화를 끊고
말았다. 정권을 만나고 싶었다. 정권과 밤을 새우며 얘기를 나
누어도 모자랄 만큼 할 말이 포화상태였다. 그런데 막상 그
쪽에서 보고 싶다니까 난 한 발 뒤로 물러나고 만다. 사람을
만나는 게 겁이 났다.

전화벨이 또 울렸다.

"석선생? 나 소희엄마예요. 큰일 났어. 그때 그 구두 말이야. 주홍색 구두. 임자가 누군지 알아냈어."

소희네의 목소리는, 무심히 넘겼던 그 날과는 달리 고조되어 있다. 사람은 자기와 직접적으로 이해관계가 있어야만 관심을 갖게 마련인가보다.

"소희하고 유치원에 함께 다니는 민영이란 애 거래. 성도착증이래나 뭐라나, 작년에 산에서 경찰에게 잡혔던 젊은 남자 있잖아. 정신병원으로 보냈었대. 좀 오래 가둬두지 왜 벌써 내보냈는지 몰라. 거기를 여섯 바늘이나 꿰맸대지 뭐야. 이거 딸 키우는 집 무서워서 살겠어?"

"여섯 살이라니? 정말 미친 놈 아니에요?"

"그러길래 여자는 익은 음식이라잖냐. 날름 집어먹기 쉽지. 그건 그렇고, 아파트에서 데모하는 거 알고 있지? 같이 가보지 않을래?"

소희네는 딸 친구의 일을 접으며, 다른 주제로 넘어갔다. 남의 일이니 별 것 아니라는 투여서 속이 상했다. 자기 딸이 당했어도 저렇듯 아무렇지도 않게 데모에 참석하자고 할까.

"시간이 없어서요. 내일까지 넘길 원고가 있거든요."

전화를 끊고 담배를 한 개비 피워 물었다. 건설회사 측에 피해보상을 하라고 저 야단인 모양이었다. 터 파기를 할 때, 우리 아파트에 균열이 갔다고 한다. 집단으로 밀어 부쳐야만 쉽게 이루어지는 사회구조가 문제다. 집단 이기주의라는 단어 뒤로 그 섬이 연관되어 떠올랐다. 그 날들이…

'띠리릭 띠리릭'

인터폰의 수화기를 집어들었다.

"경비실입니다. 등기우편 찾아가세요."

슬리퍼를 꿰고 밖으로 나갔다. 웬 등기우편일까. 원고료는 온라인 통장으로 들어올 테고, 월간지를 등기로 보내진 않을 텐데….

경비실의 창을 열었다. 경비원 김씨가 내미는 것은 도톰한 생일축하카드였다. 나는 의아한 낯빛으로 카드를 펼쳤다.

"축하합니다. 축하합니다. 당신의 생일을 축하합니다."

생일축하음악이 근사하게 울려 퍼졌다. 생전 처음 받아보는 멜로디카드였다.

[당신의 서른일곱 번 째 생일을 축하합니다. 박정권]

카드를 떨어뜨렸다. 이십여 년 전, 까까머리였던 그의 얼굴이, 그의 늠름한 체격이 눈앞에 떠올랐다. 주소를 어떻게 알았을까 곰곰이 생각하던 끝에 혜란에게 전화를 걸었다.

"으응. 실은 나한테 전화했더라. 동창회 모임을 주선하고 있대. 남자애들끼리 만나기 시작한 지 벌써 십 년이 됐다더라. 재작년부터 여자 애들이 연결돼서 하나 둘 만나고 있는 건 너도 알잖아. 어찌나 전화번호하고 주소를 묻는지 가르쳐 줬어. 뭐가 잘못 됐니?"

아무런 거리낌없이 묻는 혜란의 물음에 난 대답을 얼버무리고 전화를 끊었다. 일손이 잡히질 않았다. 그 동안 과거의 시간들, 그 시절의 필름을 가위로 싹둑 자르듯이 잘라내고 살아왔다.

거실에서 서성거리다가 열쇠를 들고 문을 나섰다. 나와 봐야 갈 곳이 없었다.

붉은 띠를 머리에 질끈 동여맨 사람들이 줄을 서서 아파트 입구 쪽으로 몰려갔다. 그들이 들고 가는 플래카드의 시뻘건 글씨들이 춤을 추었다. 나는 그 무리들을 일별하고 오랜만에 경순네로 향했다.

"이모, 왔어?"

문을 열어주는 현아에게 살갑게 대하지도 못하고 식탁의자에 털퍼덕 주저앉았다. 바람이 창을 흔들고 지나갔다. 밖의 샷시문이 덜렁덜렁 소리를 내었다. 내 가슴도 덩달아 스산하게 흔들렸다.

"언니! 많이 아퍼? 얼굴이 창백하네?"

저녁준비로 부산하던 경순이 수도꼭지를 잠그고 돌아다보았다. 텔레비전을 보던 현아도 걱정이 담뿍 담긴 눈길을 주었다.

"이모, 내 방에 가서 누워."

"그래, 우리 현아가 최고구나."

예전 같으면 다가가 엉덩이라도 토닥토닥 두드려 주었을 텐데, 나는 식탁 위에 손가락으로 정권의 이름만 어지럽게 쓰고 있었다.

"언니는 꼭 생일 때만 되면 아프더라. 먹을 복이 없나봐."

마늘을 까다말고 경순이 돌아보며 웃었다.

"생일을 맞이 하야 연애사건이라도 생겼으면 원이 없겠다."

경순과 현아가 깔깔거리며 웃었다. 정말 몸살이라도 한차례 앓을 것처럼 온몸이 찌뿌둥하게 무거워졌다. 미역국을 끓이려는지 고기를 푹 고는 냄새가 진동을 한다.

어머니가 세상을 떠난 후, 경순이 알아서 매년 미역국을 끓여 주었다. 자리에 누우면 영영 일어나지 못할 것처럼 몸이 무거웠다.

현아의 방문을 열고 들어갔다. 사춘기 아이답게 벽에는 남자가수며 탤런트들의 사진이 즐비하다. 침대에 무거운 몸을 부렸다. 몸이 바닥으로 가라앉는 것 같다.

'내 어깨에 기대 봐.'

나는 정권이 시키는 대로 그의 어깨에 머리를 기대었다. 정권은 나를 만지고 싶어했다. 그가 하려는 대로 맡기고 가만히 있었다. 옷 속으로 파고드는 그의 손길이 뜨거웠다. 그의 손이 닿는 곳마다 불꽃이 일었다. 머리카락에서 엄지발가락까지 내 온몸은 성감대였다. 그의 손이 나를 만질 때마다 행복했다.

눈을 떴다. 가슴에 곱슬거리는 털을 드러낸 외국배우가 눈에 들어왔다.

—꿈이었구나.

일어나 침대에 걸터앉았다. 마음이 안정되지 않았다. 박정권의 이름을 듣는 순간부터 마음은 균형을 잃었다. 전화번호까지 알고 있다면 언제 전화가 걸려올지 몰랐다.

"내일모레 호텔에서 동창회 한다는데, 같이 가자. 경희야, 남자애들이 얼마나 변했는지 보고 싶지 않어? 정권이가 나한테 전화했더라. 너한테 직접 전화하기가 좀 망설여지더래. 널 좀 꼭 데려오란다."

혜란이 부러웠다. 그저 단순한 동창생으로서 정권을 만날 수 있는 혜란의 순수함이 부럽기 짝이 없었다.

"글쎄, 생각 좀 해 보구."

"그까짓 동창회 가는데 생각은 무슨 생각?"

핀잔을 주는 혜란에게 뭐라고 대꾸할 말을 찾지 못했다. 멀미를 하듯 왜 이렇게 가슴이 울렁거리는지 모를 일이었다. 사춘기 때 첫사랑에 눈뜨면서 그랬던 것처럼 마음이 설레었다. 아직도 정권을 사랑하는가.

모를 일이었다. 헛손질이 잦아지고, 화장실에 들락거리는 횟수가 늘었다. 경순은 동창회에 가겠다니까, 두 손 들어 환영을 했다.

"언니, 동창회에 나가서 바람 좀 쐬고 와. 혹시 알아? 노총각인 동창생과 눈이 맞을지. 밤낮 집구석에 들어앉아 책만 파고드니… 하늘을 봐야 별을 따지."

"이런, 처녀한테 못하는 소리가 없네."

"현아 같은 딸이 있었으면 좋겠다며?"

"허긴."

경순은 내 몸이 정상인 듯 농담을 했고, 나도 그 편이 좋았다.

화장을 정성껏 했다. 얼굴에 낀 기미를 가리느라 파운데이션을 바르고, 꼼꼼히 덧발랐다. 얼굴을 빤빤하게 포장을 하였다.

머리카락을 자를 때나 가끔 들르는 미용실에도 갔다. 머리카락을 죽죽 펴서 드라이를 하자 얼굴이 한결 젊어 보였다.

미용사가 거울 속의 얼굴을 들여다보며 고개를 갸웃거렸다. 그러더니 서랍에서 면도날을 꺼내들었다. 나는 놀라서 눈을 동그랗게 떴다.

"왜요?"

"눈썹이 너무 지저분해서요. 정리를 좀 해 드릴께요."

눈을 감았다. 눈썹 위에서 사각사각 소리가 났다. 왠지 벨 것 같은 기분이 들었다. 혹시 이 여자가 내게 감정이 있다면

면도날로 얼굴을 쓰윽 그어버릴지도 모른다는 불안감이 엄습
했다.

"미간에 힘 주지 마세요."

나는 미간을 펴는 대신 주먹을 꼭 쥐었다. 면도날을 내려놓
은 미용사는 눈썹을 그려주었다. 눈을 뜨고 거울을 보았다. 그
린 눈썹 때문에 내 얼굴이 낯설게 느껴졌다.

장농을 열고 옷걸이에 걸린 옷들을 훑어보았다. 어렸을 때
옷에 주려서일까. 나는 눈에 띄는 대로 싸구려 옷들을 사들였
다. 그러나 막상 나들이할 때 입을 정장은 별로 없었다. 이것
저것 걸쳐 보았지만 마음에 차지 않았다. 검은색 원피스에
진주목걸이를 하고, 지난 겨울에 사 두었던 가죽코트를 걸쳤
다. 검은 색 백에 검은 구두를 신으니 웬만했다.

현관 앞에서 영일네와 마주쳤다.

"석선생, 요즘 왜 그래. 지금 데모하느라 난린데, 참석을 좀
해야지."

영일네는 모자에 붉은 띠를 매고 있었다. 돗자리까지 옆구
리에 끼고 있어서, 조금 미안했다.

"미안해요. 요즘 몸이 안 좋아요."

"아닌 거 같은데? 얼굴이 활짝 피었단 말이야. 근사하게 차
리고 어디 가는데?"

"동창회에 가는 길이에요. 나중에 참석할께요. 지금 시간에
늦어서…."

나는 쫓기듯 그 자리를 모면했다. 버스를 탔다. 버스 안에서
아무 연관 없는 듯이 데모장소의 사람들을 내다보았다. 천막
아래로 많은 사람들이 모여 웅성거리고 있었다. 마음 한 구석

이 편칠 않았다. 영일네는 밤을 새우느니 어쩌느니 하며 적극적으로 참석하는 모양인데, 너무 모르는 척 할 수도 없었다. 데모하느라 등산도 거의 하지 않고 있었다. 나중에 한 번쯤 얼굴이라도 비쳐야 될 모양이다.

너무 서두른 탓인가. 동창회 모임 시간보다 한 시간이나 일찍 도착했다. 시간에 맞춰 들어가려고, 가까운 거리에 있는 '자유시간'이라는 찻집으로 향했다. 종업원이 다가와 좋은 자리로 안내한다며 맨 구석 쪽의 칸막이 뒤로 안내했다.

혼자 테이블을 차지하고 앉아, 칸막이 사이로 고개를 내밀고 보니 젊은 아이들 일색이다. 기분이 조금 야릇했다. 영일엄마의 투덜거림이 이해되었다.

—아, 일번가에 끝내주는 까페가 생겼다고 하길래, 옷 근사하게 차려입고 동부인해서 갔더니, 좋은 자리로 안내한다며 칸막이 뒤로 보내는 거야. 우리가 떡하니 자리잡고 있으면 젊은애들이 중년다방인 줄 알고 되돌아갈까 봐 그런다는 남편 말을 듣고 얼마나 기분이 잡쳤는 줄 알어?

결혼도 못 해 보고 아줌마 취급을 받는다고 생각하니 서글펐다. 여태까지는 독신이 당당했었는데, 요즘은 사십이 다 되어가도록 혼자 사는 일이 초라하게 느껴졌다. 고개를 들어 주위를 돌아보았다. 골조를 그대로 엉성하게 드러내 놓아, 공사 중인 것 같은 실내장식이며, 무얼 그렸는지 알아볼 수도 없는 추상화 액자, 게다가 음악까지 요즘 애들 선호도에 맞춘 듯했다. 앉아 있기가 어정쩡했다. '자유시간'이 아니라 '감금된 시간' 같았다.

정권을 만나면 그에게서 예전처럼 짜릿한 감정을 느낄 수 있을까. 첫키스의 기억을 정권도 간직하고 있을까. 그런 저런 생각으로 마음이 심란한데 옆 좌석에서 조금 큰 목소리가 귀를 뚫고 들려왔다.

"그래, 니 말이 맞아. 하지만 나는 그 남자를 잊을 수 없을 것 같애."

"아니야, 잘한 거야. 이 다음에 오래도록 후회하느니 애당초 헤어지는 게 나아."

나는 고개를 숙인 채, 옆 좌석으로 흘낏 눈길을 주었다. 얼굴이 동그스름하게 생긴 여자애가 턱을 한 쪽 손으로 괴고 앉아 있다. 다른 손에 들린 스푼으로 커피를 휘젓고 있는 모양새가 쓸쓸해 보였다. 그녀가 아마도 실연을 당한 쪽 같았다. 나는 맞은편에 앉은 여자를 바라보았다. 그녀는 소파에 등을 깊숙이 기대고 맞은 편의 그림들을 훑어보고 있었다. 그녀의 태연한 얼굴을 보며, 나는 쓸쓸했다.

"그래도 좋은 날들이 더 많았던 것 같아."

망연한 눈빛을 문 쪽으로 향하고 앉은 아가씨의 얼굴은 금방이라도 눈물이 속눈썹을 타 넘고 흘러내릴 것 같은 표정이다. 친구는 생머리를 뒤로 넘기며 고개를 끄덕였다. 예쁘장한 얼굴에는 시니컬한 웃음을 물고 있었다.

―그래, 속껍질 속의 아픔까지 함께 할 수는 없는 거지.

나는 그들의 대화 속에서 내 옛 얼굴을 발견했다. 허술해 보이면서도, 순진하게 생긴 여자를 남자들은 좋아하기 마련인가 보다. 그래서 연애사건도 빈틈없이 야무진 애들보다는 허술한 쪽이 더 많다.

나는 말괄량이였지만, 그런 면에서는 철저했었다. 그래서인지 이 나이 먹도록 특별한 일이 생기지 않았다. 정권과의 일들이 떠올랐다. 처음에 정권을 본 은숙은 자기가 점찍었다고 내게 고백했다. 그런데 이상한 일이었다. 그 때까지 아무 매력도 느낄 수 없던 정권이 근사해 보이기 시작했다. 그렇지만, 좀더 가까이 가는 일이 용납되지 않았다.

우리는 서로 좋아했고, 대화가 잘 통하는 편이었다. 용유도에서 우리는 정말 사랑했다. 정권을 생각하면 바다와 노을, 파도소리와 함께 정권의 체취가 코끝에 스치는 것 같았다.

우리 가족이 난민촌을 떠난 뒤, 은숙은 정권을 자주 만난 모양이었다. 자기 딴에는 정권과 좋은 관계를 만들고 싶었는데, 정권이 줄곧 내 행방에 대해서만 묻더라며 눈을 흘겼었다. 정권은 내 친구들을 수소문하여 서울을 이 잡듯 뒤졌다고 한다.

그 때 나는 경순과 춘천 외가로 가게 되었다. 집안은 풍비박산이 났고, 부모님은 피신했고, 남동생은 고모네로 보내졌다.

나는 춘천에 있는 실업 학교에 전학을 했다.

앞이마를 반쯤 가리고 한 쪽 눈을 거의 덮은 긴 단발머리로 교무실에 들어섰다. 나는 두리번거리다가 퉁퉁한 체격에 안경을 낀 늙수그레한 교사 앞으로 다가갔다.

—저, 이번에 전학 온 석경희입니다. 몇 반으로 가야되는지 가르쳐 주시겠습니까?

그 교사는 갑자기 얼굴이 붉어지더니 눈을 샐쭉하게 떴다.

—이거 또 뺀질뺀질한 녀석이 하나 들어왔구먼. 골치 아프게 생겼군.

나는 씨익 입술 끝을 말아 올리며 웃었다.

―아마, 그렇지는 않을 겁니다.

전학을 한 이후로 춘천에서는 일체 속을 썩이지 않았다. 나는 학교생활을 처참하리 만치 모범적으로 보냈다. 도무지 성적은 오르지 않았지만, 얌전히는 보냈다. 숨기 위해, 남들에게 모나게 드러나지 않기 위해 조심했다.

그렇게 모범적인 학교생활을 하고 있을 때였다. 학교에서는 성교육을 한답시고, 여학생들에게 '성'에 관한 앙케이트 조사를 하였다.

키스를 한 적 있습니까? 성관계를 갖은 적 있습니까? 무기명으로 하는 설문지라고는 해도 나는 섣불리 쓸 수가 없었다. 나는 모두 가위표를 했다.

누군지는 몰라도 여학생 하나가 후자에 동그라미를 친 모양이었다. 그가 도대체 누구일까로 학교는 발칵 뒤집혔다. 교사들과 학생들은 나를 이상한 눈으로 바라보기 시작했다.

눈총을 받으며 나는 호돈의 '주홍글씨'라는 소설을 떠올렸다. 몸에 아무런 표식은 없지만, 용유도에서의 기억들이 내 뇌리에 조각되어 괴로움을 안겨주었다. 친한 친구 하나 없이 고등학교를 마쳤다. 사막처럼 암담하기만 했던 학교 운동장이 눈앞을 스친다.

하얗게 탈색된 것 같던 시야. 햇살에 빛이 튀어 오르던 모래알갱이들. 그 때 내 마음은 여러 곳에 존재하고 있었다. 귀로는 수업을 듣고, 눈은 운동장을 향하고, 생각은 파도, 노을, 갈매기를 꿈꾸고…. 그 때를 생각하면 지금도 한 순간에 여러 곳에 존재했었던 느낌이 고스란히 연결되어 떠오른다.

나는 때려부수는 듯한 음악소리에 고개를 들었다. 옆 좌석 두 여자의 모습이 클로즈업되었다. 실연 당한 여자의 눈에서 눈물이 줄줄 흘렀다.

"바보야. 울지마. 지금 나이가 창창한데 남자 하나 가지고 그러냐?"

친구가 손수건을 꺼내 앞자리로 팔을 뻗었다. 여자끼리 진정한 우정을 갖게 될까.

그토록 단짝으로 붙어 다니던 은숙이었건만, 긴 세월동안 보지 않으려고 애쓰며 살았다. 이십 년만에 만나니, 반갑기도 했지만, 아픈 기억들로 마음이 편치 않았다. 신경안정제로 나날을 보내는 바보 같은 은숙을 어찌해야 할지 모르겠다.

용유도에서의 그날 밤, 남학생들도 몹시 할 일이 없었던 모양이다. 자기네들끼리 인기투표를 했단다. 나에게 몰표가 가는 바람에 모두들 당황을 했다고 한다.

—겉보기에는 하나도 이쁜 구석이 없는데, 남자애들은 경희의 어디가 좋다는 거야.

여자애들끼리 투덜거리는 소리가 들렸다.

—피부가 희길래 망정이지 은숙이처럼 검었다면 정말 볼품 없었을 거야.

—은숙이야말로 키도 크고, 이국적인 이목구비에 기타도 잘 팅기고, 춤도 잘 추잖아. 그런데 남자애들은 눈에 뭐가 씌었나? 은숙의 미모를 몰라보고, 경희에게 몰표를 주다니.

나는 은숙의 뾰루퉁해 있는 입술을 손가락으로 눌렀다.

—아, 이 친구야. 메기 입 좀 집어넣어.

여자애들은 나의 익살에 방바닥을 두들기며 웃었다.

아가씨들의 앳된 얼굴을 바라보다가 나는 문득 얼굴을 쓸어보았다. 얼만큼 늙은 걸까? 오늘 만날 동창들은 또 얼마나 변해 있을까. 어른들이 좋은 때라며 등짝을 두들기면 까르르 웃던 게 엊그제 같은데, 이제 젊은애들을 보면 참 좋은 시절이구나 하는 생각이 든다. 액세서리나 진한 화장으로 초라함을 감추려고 애쓰는 내 자신이 서글퍼졌다. 아줌마도 아닌데, 곱던 피부는 주름이 지고, 아랫배도 팽팽한 기운을 잃고 군살이 붙기 시작했다. 어깨와 가슴 쪽은 마르는데, 허리 부근에 살이 붙었다. 이제 나에게 남은 것은 무엇일까. 그 어떤 것도 시간을 거꾸로 돌려놓지는 못한다.

나는 동창회 수첩에 적힌 이름들을 들여다보았다. 어렴풋이 얼굴들이 떠오른다.

—히히히, 귀신이다!

긴 머리카락을 풀어헤치고 보자기를 어깨에 두른 양자는, 묘지 위에서 뛰어내리며 소리를 지르고, 입에다 머리빗을 문 나는 도망치는 아이들 뒤를 좇았다. 쌍커풀을 만들어주겠다며 아카시아 줄기로 눈꺼풀을 뒤집어 올리던 민희, 늘 축구공을 보물단지처럼 안고 다니던 봉태,

벽시계를 쳐다보았다. 이제 이십 분 남았다. 정권이 무지막지하게 늙은 건 아닐까. 아니면 아직도 그 때의 모습을 그대로 간직하고 있을까. 새벽 네 시부터 잠을 설쳐서 움푹 꺼진 눈두덩을 누르며, 자리에서 일어섰다.

호텔의 로비로 들어섰다. 승강기를 타고 10층을 눌렀다. 승

강기의 거울을 보며, 손바닥으로 얼굴을 가볍게 두드렸다. 꼼꼼히 화장을 했는데도 화장이 잘 먹지 않고 들떴다.

승강기 문이 열렸다. 연회장 앞에 양복차림의 남자가 서넛 서 있다. 모두들 중년신사처럼 보였다. 회색 싱글 차림 남자의 옆얼굴이 낯익었다. 정권이었다. 나는 반가움과 동시에 당황스러움으로 그 자리에 우뚝 서고 말았다. 지나가는 청소부에게 화장실을 물었다. 갑자기 어디로든 숨어 버리고 싶었다.

"연회장 안에 있는데요."

어차피 저들과 맞부딪힐 수밖에 없었다. 청소부의 목소리에 임원진들의 시선이 내게로 집중되었다. 정권과 눈이 마주쳤다.

가슴이 쿵쾅거렸다.

"아니? 석경희?"

정권은 어쩔 줄 몰라 하며 다가왔다. 정권의 얼굴에 웃음이 번졌다.

"어디, 손이라도 한 번 잡아보자. 길에서 만나면 모르고 지나가겠다."

나는 나도 모르게 얼굴을 수그리며 손을 뒤로 감추었다. 이게 아니었는데…. 나는 자연스럽게 손을 잡아 흔들며 헛웃음을 웃으려고 했었다. 왜 이토록 부자연스러운 거지. 다른 남자 동창들이 몰려왔다.

"야, 너무 반갑다. 그 동안 어디서 뭘 했길래 찾을 수 없었냐. 나 영기다."

예전에 연애편지를 여럿에게 보내는 바람에 패싸움을 벌였던 그 영기였다.

"어머나, 니가 영기야? 근데 왜 이렇게 폭삭 늙었냐?"

나는 영기의 손을 맞잡고 흔들었다.

너두 나두 손을 내밀었다. 누가 누구인지 분간이 되지 않았다. 정권은 잠시 당황하는 눈치더니 내 팔을 붙들었다.

"자아, 이러고 섰지 말구, 안으로 들어가자."

연회장의 홀이 너무 넓었다. 샹들리에도 휘황찬란해서 눈을 둘 곳이 없었다. 내 자신의 비밀스런 부분들이 낱낱이 밖으로 돌출될 것만 같았다.

정권은 젊은 여자와 아기가 있는 곳에서 발을 멈추었다.

"이 쪽은 우리 마누라와 애기고, 여기는 나랑 제일 친했던 친구야."

정권은 신기한 듯 내 얼굴을 들여다보며 싱글싱글 웃었다. 그 웃음 속에는 많은 것이 담겨 있었다. 나는 정권의 아내 옆에 엉거주춤하게 앉았다.

이십 년만에 만나는 남자친구인데도, 아이가 있다는 당연한 사실 앞에 나도 모르게 당황스러웠다. 정권을 만나면 둘 만이 앉아 많은 얘기를 나눌 것이라고 상상했었는데, 분위기가 그렇게 되질 않았다.

주변이 몹시 소란스러웠다. 나는 겉옷을 벗어서 의자에 걸쳐 놓았다. 미용실에서 드라이를 했지만, 나는 버릇대로 손가락을 집어넣어 자꾸만 뒤로 빗어 넘겼다.

—우우! 비내리는 호남선….

밴드의 쿵쾅거리는 소리, 몸을 흔들며 노래를 부르는 친구, 접시에 음식을 덜어 오는 친구들. 접시 덜그럭거리는 소리, 아이 우는소리. 반갑다고 몰려와서 허풍스런 목소리로 웃어제끼는 소리. 내리쏟아지는 불빛.

나는 꿈을 꾸는 듯이 아득해졌다. 나는 이런 소음과, 분위기에 휩쓸리는데 서툴렀다.

차라리 이런 혼란스런 분위기에, 있는 둥 마는 둥 하게 있다 가는 것도 괜찮은 것 같았다. 그래야만 정권과의 불편한 상면을 피할 수 있을 테니까. 하지만 마음 한 구석에서는 정권과 둘만의 시간을 갖고 싶었다.

때려부수는 듯한 음악소리에 은숙이 생각났다. 은숙이 왔다면 아무도 없는 이 넓은 홀을 혼자서 독차지하고 휘돌며 춤을 추었을 텐데…. 푸른 환자복을 입고 촘촘하게 박힌 철창 안에서 누군가와 무작정 싸움을 하고 있을 은숙을 생각하니 마음이 무거웠다. 자유롭게 날고 싶은 욕구를 참으며 앉았으려니 얼마나 갑갑할까.

이제 와서 무슨 특별한 사이도 아니면서, 그리고 처자식이 딸린 중년남자를 어쩌자고 붙들고 싶은 걸까. 이성과는 달리 나의 감성은 자꾸 둘만의 시간을 원했다. 정권의 표정에서 어두운 그림자는 찾아볼 수 없었다. 남자니까 그까짓 일 아무렇지도 않게 생각하며 훌훌 털어 버리고 사는 걸까.

"야, 걔 죽은 거 알어?"

동창들 중 몇 명은 벌써 이 세상 사람이 아니었다. 덕수야 이미 예전에 죽었는데도, 여전히 그들의 입에 이름이 오르내렸다. 제임스 딘처럼 반항적인 눈빛, 덕수의 그 쏘아보는 듯한 눈빛이 아직도 기억에 생생하다.

머리가 훌렁 벗겨진 동창도 있고, 고등학생 때의 모습을 그대로 가지고 있는 동창도 있다. 그 동안 살아온 삶이 그대로 얼굴에 나타나고 있다. 자신의 얼굴에 책임을 질 나이라는 말이 실감났다. 친구들은 내 얼굴을 못 알아보았다.

"정말 니가 경희니? 남들은 살이 쪄서 걱정인데, 너는 어째 이 지경으로 말랐니?"

"짝눈을 보니까 경희가 맞긴 맞는데, 너 옛날에 참 뽀얗고 예뻤는데…."

말라서 광대뼈가 불거져 나온 내 얼굴을 마구 뜯어보며 친구들은 놀라는 눈치다. 이름을 댔을 때에야 깜짝 놀라며 고개를 끄덕이는 친구들도 있다. 한참 앉아서 수다를 떨고 있으려니까 하나 둘 어렸을 적 모습들이 되살아났다. 이십 년이라는 계단을 뛰어내려가, 옛추억을 떠올리며 끊임없이 서로의 손을 잡아 흔들었다.

"야, 그 때, 경희 정말 끝내줬어. 칼을 딱 뽑아들고 옷에다 그어버리는데, 소름이 오싹 끼쳤다니까."

코를 훌쩍거리던 덕애였다. 미운 오리새끼마냥 꺼벙하게 키가 크던 덕애.

"어머, 덕애야. 너 너무 멋있어 졌다. 애."

친구들이 덕애를 붙잡고 호들갑을 떨었다. 덕애는 귀고리며, 목걸이, 게다가 보석반지도 손가락마다 끼고 있었다.

나는 정권의 모습을 눈으로 좇았다. 무던히도 귀찮게 따라다니던 정권. 정권을 짝사랑했던 은숙. 그리고 은숙을 좋아했던 덕수, 기억 속에서 죽어 있던 인물들이 다시 살아나 움직이고 있었다. 나는 비참하게 되어 버린 은숙과 덕수를 생각했다. 그리고 곧 나도 그들을 따라가겠지. 어차피 죽게 되어 있는 인생인데, 겁먹을 필요 없지. 정권만이 네 사람을 대표해서 잘 살아내고 있는 것 같았다.

정권은 내 주위를 맴돌 뿐, 선뜻 가까이 다가오지 않았다. 나 역시 정권의 모습만 눈으로 좇을 뿐, 할 말이 없었다. 나는 아이와 장난을 하고 있는 그의 젊은 아내 쪽에 자꾸만 신경이 쓰였다.

"어머, 재 혜란이 아니니?"

"왜, 아니겠어. 꼭 부잣집 티를 내요."

모자를 깊이 눌러쓰고 뒤늦게 나타난 혜란에게 모두들 우루루 몰려갔다. 정권에게 다가가 손을 내미는 혜란의 표정이 사뭇 밝았다. 정권 역시 혜란의 손을 잡아 흔들며 허풍스럽게 웃었다. 나는 반가움보다는 시새움이 일었다. 혜란은 세련된 옷맵시 덕에 훨씬 젊어 보였다. 반지르르하게 윤기가 흐르는 혜란의 긴머리조차 눈에 거슬렸다.

혜란이 나를 향해 입을 비죽이 내밀었다.

"경희야, 이리 와 봐. 니가 정권이의 첫사랑이었다며? 작년에 술에 취해 가지고 어찌나 네 애기를 했는지 몰라. 껄렁한 정권이 하고 공부 잘 하던 너하고 어울릴 법이나 한 일이니? 순 엉터리지?"

나는 고개를 들고 흘낏 정권의 얼굴을 살폈다.

"첫사랑이라기 보담은 짝사랑이지 뭐."

정권의 얼버무림에 나도 정색을 하며 정권의 어깨를 쳤다.

"어머나, 그런 말을 함부로 옮기면 어떻게 하니? 우리 둘만의 비밀인 걸."

내 말에 모여있던 동창들이 한바탕 웃음을 터뜨렸다. 농담처럼 말을 흘렸지만, 내 귀를 울리는 비밀이라는 단어에 내 자신이 소스라치게 놀랐다.

정권만 생각하면 가슴이 떨리고 두렵곤 했던 숱한 시간들이 눈앞에 흩어졌다.

맥주를 벌컥벌컥 들이켰다. 시간이 흐르고 나면 별 것도 아닌 일이 되는 것을…. 아직도 사춘기 문학소녀처럼 나만 혼자서 감상에 빠져 있는 거나 아닌지.

한 시간씩이나 미리 나와 앉아서 떨리는 가슴으로 '자유시간'에서 시간을 보냈던 내 자신이 우스웠다. 정권의 악수에 척척 손을 잡는 혜란을 보며, 제대로 손도 내밀지 못했던 게 바보 같았다. 비디오테이프처럼 다시 되감기를 할 수 있다면, 부담 없이 악수를 할 수 있을 텐데….

밴드에 맞추어 춤을 추었다. 혜란이 무대를 휘저었다. 새삼 은숙의 멋진 춤솜씨가 그리웠다. 정권이 내게 손을 내밀었다. 나는 일어서서 무대로 나갔다. 대담하게 몸을 흔들었다. 참 오랜만의 춤이었다. 팔다리가 조금 뻣뻣하긴 했지만 리듬에 몸이 잘 따라 주었다. 여기저기서 휘파람 소리가 들렸다.

용유도에서의 캠프화이어와 포크댄스가 눈물겹게 그리웠다. 그 소중했던 순간들이 이제 다시는 돌아오지 않겠지. 다 때가 있는 법이라던 어른들의 말이 맞다. 내가 새삼 이 나이에 친구들과 어울려 춤을 추지만, 젊은 날처럼 아름답지 않다는 걸 나는 안다.

용유도에 여행 갔을 때, 낮에는 단체행동을 하다가, 저녁만 먹고 나면 자유시간이었다. 그 날은 정권과 바닷가를 거닐고 있었다. 슬그머니 민박집을 빠져 나와 파도가 하얗게 밀려드는 밤바닷가를 거닐었다. 언덕을 향해 무작정 걸었다. 모래사장에는 군데군데 모닥불을 피워놓고, 젊은이들이 춤을 추었다.
　―야야, 영계다, 영계!
　남자들의 야유가 갑자기 고막을 찔렀다. 컴컴해서 보이지 않는 곳에 어둠이 휘저어지는 듯한, 그림자가 보였다. 내 몸이 갑자기 경직되었다. 음험한 일이 벌어지고 있었다.

　연회장 안의 음악이 뚝 그쳤다. 나는 마네킹처럼 무대에 혼자 서 있었다. 실내가 갑자기 조용해지자, 귀가 먹먹했다. 그때 스치고 지나간 무시무시했던 실루엣의 영상이 비눗방울처럼 눈앞에서 터졌다.
　정신을 차리고, 자리에 돌아와 앉자, 정권이 맥주를 부어주었다. 단숨에 들이키자, 가슴이 뻥 뚫리기 시작했다.
　"그 동안 어떻게 지낸 거야? 정말 너무나 궁금했어. 그런데 그렇게 감쪽같이 행방을 감출 수 있는 거니?"
　다시 주위가 소란스러웠기 때문에 정권은 내 귀에 입술을 갖다대고 말했다. 정권의 체취가 맡아졌다. 나도 역시 정권의 귀에 대고 조그만 소리로 속삭였다.
　"미안해. 그렇게 헤어지기루 했었잖아. 정희는 어때? 동생 말이야. 아버지는 여전 하시구?"
　정권은 쓸쓸하게 웃었다.
　"한 가지씩 물어봐야지. 정신이 없다. 아버지는 벌써 십 년 전에 돌아가셨다. 아무튼 반갑다. 나중에 조용히 한 번 만나자."
　정권은 아내가 있는 쪽을 힐끔힐끔 돌아보았다. 나는 조금

민망했다. 아내가 있는 남자 아닌가. 나는 자꾸만 감기는 눈을 비볐다.

"우리 언제 용유도에 한 번 가자. 너하고 거기 한 번 가고 싶었어."

나는 깜짝 놀랐다. 그렇게 서로 떨어져 있었는데도 텔레파시가 통하고 있었던 걸까. 정권과 꼭 한 번 거기에 가고 싶었다. 용유도가 사라지기 전에 샅샅이 눈에 넣어 오고 싶었다.

"은숙인 지금 어떻게 하고 있는 거니?"

정권은 아내 쪽을 휘둘러보며 암거래하듯 한 마디씩 던졌다.

"며칠 전 병원에 갔었어. 아무 것도 모르는 백치가 되어 버렸어. 차라리 그게 은숙 자신에게는 행복일지도 몰라."

사회자가 정권을 불렀다. 서로 변변한 대화도 나누지 못한 채, 정권은 벌떡 일어나 무대로 나갔다. 나는 안타까웠다. 아직 본론은 꺼내지도 못했다. 정권이 그 때 일들을 어떻게 생각하는지. 이제 맘놓고 세상에 얼굴을 내밀어도 되는지. 둘 만의 비밀을 다른 사람에게 털어놓지는 않았는지. 궁금한 게 너무 많았다.

정권의 폐회사를 끝으로 동창회는 끝났다. 가족과 함께 차를 타고 총총이 호텔을 빠져나가는 정권을 보며 나는 배신감을 느꼈다. 2차가 있으리라는 예상과는 다르게, 남자동창들은 아내의 팔짱을 끼고 뿔뿔이 흩어져 갔다.

"경희야, 미안해. 남편한테서 호출이다. 빨리 오래."

혜란은 차 키를 흔들며 떠났다. 방향이 같은 사람이 없었다.

모두들 이토록 바쁘게 돌아가는 이유가 무엇일까. 가족에 대해 생각해 보았다. 모두들 따뜻하게 맞아줄 가정이 있고, 남편과 아내, 아이들이 있다.

—동창회에 나오래. 한 번 얼굴이라도 봤으면 좋겠대.

혜란의 말에 얼마나 가슴을 두근거리며 나왔는데, 동창회에 가족들을 데려오면 어쩌라는 겐가. 이렇게 얼굴만 잠깐 보고 헤어지기 위해서?

누구는 성공했대. 누구는 부도가 나서 망했다더라. 누구는 소령이 되었대. 우리들은 이만큼 늙었단다. 내년에는 조금 더 늙을 것이고. 그런 흔하디 흔한 얘기하려고 불러낸 걸까. 차라리 보지 말고 머릿속에 간직되어 있는 정권의 얼굴을 그대로 갖고 있을 걸 하는 후회가 일었다. 정권을 보지 않았다면, 내 기억 속에는 까까머리 고교생의 싱그러운 모습만이 살아 있을 게 아닌가. 이제 내 가슴속에서 살고 있던 정권의 얼굴은 어디론가 자취를 감추어 버렸다. 회색싱글을 입은 중년남자가 어색한 듯 그 자리를 차지했다. 내가 그렇듯 정권도 단발머리 소녀였던 나의 모습은 어렴풋해지고, 사십이 다된 여자의 낯선 모습이 그대로 뇌리에 남으리라. 모두들 가족동반으로 떠나버린 자리. 즐겁고, 복작댔던 크기만큼의 쓸쓸함이 가슴으로 밀려온다.

나는 터덜터덜 걸어서 전철역으로 향했다.

9

비탈 아래로 구르는 공처럼

은숙이 병원에서 가퇴원한 후에 벌어졌던 일들이 내겐 더 큰 충격으로 다가왔다. 은숙은 그 때 언니한테 무작정 매달릴 수밖에 없었다고 한다.

*   *   *

"은숙아. 여기서 내리면 돼."

은숙은 언니의 손을 잡고 버스에서 내렸다. 사직터널을 빠져 나오자마자 내린 정거장이었다. 도로 아래로 난 계단을 걸어 내려가며 은숙은 언니의 손을 꼬옥 잡았다. 시각장애인처럼 한 손으로는 난간을 더듬어 잡았다. 아직도 눈앞이 뿌옇다. 전철역에서 지팡이로 시멘트벽을 탁탁 쳐가며 자신 있게 걷던 남자가 떠올랐다. 선글라스를 쓴 남자는 체격이 건장했다. 보통 장애인처럼 주춤거리는 기색이 없었다. 전철 선로 쪽의 시멘트벽 아래로 지팡이를 내려뜨리고 걷는 바람에 떨어질까 봐 조마조마했는데, 그는 당당하게 어깨를 펴고 걸었다.

자신감이 있어야 하는데, 은숙은 조그마한 어려움에도 쉽게 의욕이 꺾였다. 은숙은 경희와 함께 용유도에 꼭. 한 번 가 보고 싶었다. 실천에 옮기기도 전에 죽을 것만 같아서 우선 병이나 고치자고 언니를 따라 나선 참이었다. 그 곳에서의 일로 은숙의 마음속에서 경희나 정권, 덕수는 이미 죽은 사람이었다.

그리고 그들의 뇌리 속에 은숙도 마찬가지였을 테고…. 이십 년이나 지난 지금에 와서 꿈틀거리며 되살아나는 기억들은 무슨 연유일까. 여태까지 살아온 것은 겉껍데기뿐이었다는 생각이 들었다. 그 때 이후로 마음이 편한 적이 한 번도 없었던 것 같다.

언니는 붉은 색 절 표식의 깃발이 펄럭이는 주택으로 들어갔다. 은숙은 줄에 매인 돌멩이 마냥 언니의 뒤를 주춤거리며 따라 들어갔다. 오십 대의 퉁퉁한 여자가 일어서더니 기도하듯 양손을 모아 쥐고 고개를 숙였다. 언니도 여자를 향해 마주 서서 합장을 했다. 돗자리가 깔려 있고, 또한 장식장에는 도자기도 몇 점 있었다.

"그래, 남편은 어때?"

"네, 베개 밑에 몰래 부적을 넣어두었더니 효험이 있는 것 같애요."

"그게 바로 마누라 사랑해 주는 부적 아닙니까. 하하"

여자와 언니는 서로. 눈을 맞추며 음흉스런 미소를 교환했다.

"동생도 날을 받고 나면 잠을 좀 잘 수 있을 게야."

여자는 은숙의 손을 덥썩 잡았다. 은숙은 남자에게 기습당한 것처럼 몸을 사렸다.

무녀는 은숙에게 부적이 든 주머니를 주었다.

"베개 밑에 넣어두고 자. 효험이 있을 게야."

언니도 옆에서 맞장구를 쳤다.

"형부가 바람을 피우길래, 여기서 시키는대로 했더니, 얼마나 신통하던지. 그 년에게로 향했던 발길을 딱 끊었지 뭐냐."

무녀는 또 한바탕 큰소리로 웃었다. 무녀의 호탕한 웃음소리에, 그녀가 조금은 믿음직스러웠다. 굿 할 날짜를 예약했다.

집으로 돌아오는 발걸음이 가벼웠다. 시야도 탁 트여 환해진 듯 했다.

그 날 밤, 무슨 효험이 있으려는지 잡념 없이 잠을 잤다. 오줌이 마려워 수시로 들락거리던 화장실 한 번 다녀오지 않고 깊은 잠에 빠졌다.

무녀가 아침 일찍 전화를 했다.

"동생, 어제 잘 잤지? 나도 아주 잘 잤거든."

은숙은 자신이 잘 잔 것에 대해 알고 있는 무녀가 신통하게 느껴졌다. 의아하긴 했지만, 무조건 그 여자를 믿기로 마음먹었다. 여태까지 살아오면서 누군가를 진실로 믿어 본 적이 없었다.

이십 년 전, 용유도에 다녀와서 자살을 기도했다가 살아났다. 조금만 더 참았더라면 죽을 수 있었는데, 마지막 순간에 죽음의 공포 때문에 가슴이 터져 나갈 뻔했었다. 살아나긴 했는데, 머릿속이 뒤엉켰다. 언니는 그 때 친정어머니가, 무당을 불러들여 굿을 하고 은숙의 병이 낫는 걸 봤다며, 정신병원에 입원해 있는 동안 줄곧 귀띔을 하고 돌아갔었다.

은숙도 이십 년 전, 마당에서 큰굿을 했던 기억이 났다. 동네 사람들이 마당에 꽉꽉 들어찼고, 그 뒤로 친구들도 여럿 눈에 띄었던 기억이 간간이 났다. 깜깜한 배경에 도깨비처럼 아는 얼굴들이 하나씩 튀어나오곤 했었다. 그 때 굿을 하고 병이 나았다면 지금 교회를 다니는 것과 무슨 연관이 있는 걸까.

—마귀야 물러가라.

—총각귀신이 붙었구먼.

목사와 무당의 목소리를 한꺼번에 떠올리며 은숙은 목을 움츠렸다.

예약한 날이 되었다. 날씨가 좋았다. 여름이지만 아주 덥지도 않았다. 숲은 짙은 초록으로 시원해 보였다. 남편은 마뜩찮은 얼굴로 운전을 하고 있다. 비포장도로를 지나가는 동안 앞의 봉고차에서 흙먼지가 날린다. 은숙은 언니의 손을 붙들고 뒷좌석에 앉아 시야를 가리는 먼지들을 멀거니 바라보고 있었다.

옛날 같잖아 요즘은 동네에서 굿을 못하게 되어 있단다. 무녀와 그 일행들이 탄 승합차는 산길로 접어들었다. 산 속에 폭 파묻힌 가건물이 보인다. 허름하게 지어놓은 가건물은 방이 연달아 붙어 있어서 어린 시절, 경희의 집을 연상시켰다. 방 이곳저곳에서 한꺼번에 굿을 하느라 장구소리 북소리가 얽혀 혼란스러웠다.

수박, 돼지머리, 사과, 배, 과줄이 놓인 뒤로 연분홍, 꽃분홍,

연보라빛의 종이연꽃들이 활짝 피어 있다.

무녀는 쪽을 찐 머리에 붉은 빛깔의 패랭이를 쓰고 색동무 늬의 도포를 입었다. 꼭 텔레비전 사극에서 보았던 포도대장 같은 모습을 하였다. 목소리조차 걸걸하게 남자 목소리로 변했다.

저고리 소매 속에서 흰 수건과 노란 수건을 꺼내 휘휘 저으며 그녀의 얼굴이 서서히 변해가기 시작했다. 언니는 연신 절을 하며 손을 싹싹 비벼댔다. 멀거니 서있는 은숙에게 함께 빌 것을 강요했지만, 은숙은 머릿속이 소란스럽기만 했다.

혼을 부르는 장면에서 은숙은 오싹 전율을 했다.

"콜록콜록!"

무녀의 몸 속으로 시어머니의 혼령이 들어갔다고 한다.

"영철아, 우리 아들 영철이 어디 갔니?"

남편은 5대 독자였다. 그리고 남편이 다섯 살 때 시어머니가 세상을 떠났기 때문에, 은숙은 그 동안 시집식구들 등쌀로 고민한 적은 별로 없었다.

—그저 니들은 누구 도와줄 생각도 말고, 군소리 없이 살아 주면 돼. 그게 바로 여러 사람 돕는 일이다.

오빠는 늘상 노인네 같은 잔소리를 하며 걱정이 많았다.

"펫병이 들어도 누가 약 한 첩 써 주지 않았어. 에그 불쌍한 우리 아들을 두고 어찌 갈거나."

무녀는 입술을 조금 벌렸을 뿐인데, 칼칼한 여자목소리로 변했다. 복화술을 하는 듯 했다. 남편은 눈물을 닦으며 어머니를 불러댔다. 꼭 연극을 보는 느낌이었다. 와일드한 성격의 남편에게도 저렇게 쉽게 무너지는 면이 있다는 게 믿어지지 않왔다. 시어머니는 퇴장했다.

무녀는 갑자기 바지를 끌어내렸다. 엉덩이가 보일락말락하게 바지를 축 늘어뜨린 뒤, 비칠비칠거리며 걸었다. 친정 큰아버지의 생전의 모습을 그대로 흉내내고 있었다. 영혼이 있기는 있는 모양이었다. 생전에 술주정뱅이였던 큰아버지. 무녀는 연거푸 세 잔의 술을 마셨다. 평소에 술은 입에도 대지 못한다며, 언니가 혀를 내둘렀다.

"내레 사돈네 잔치에 곁다리로 술 얻어 마시러 따라 왔수다."

술에 잔뜩 취해 꼬부라진 목소리로 너덜거리던 큰아버지도 금방 퇴장했다.

무녀의 목소리는 갑자기 젊은 남자의 목소리로 변하여 노래를 부르기 시작했다. 그리고 기타를 튕기는 시늉도 했다. 은숙은 가슴이 철렁 내려앉았다. 남편을 뚫어져라 바라보더니 무녀는 입을 열었다.

"나는 은숙의 친구요. 목을 매달았지. 결혼을 못하고 죽어 구천을 헤매고 있소. 은숙이 행복하지 않은 것 같아, 데려가려고 왔소. 흐흐."

남편의 얼굴이 새파랗게 질렸다. 남편은 훤칠하게 큰 키에 거무스레한 피부를 하고 있다. 남성적인 매력은 있는 편이다. 그래서인가. 주변에 여자들이 항상 들끓었다.

은숙이 병원에 입원하기 바로 전에는 퇴근시간이 점차로 늦어지더니 아예 새벽녘에 들어오기 일쑤였다. 그것도 술에 취하지 않은 말짱한 얼굴로…. 한 번은 삼십 센티미터는 됨직한 길다란 머리카락이 남편의 팬티에 붙어 있었다. 은숙이 우울증에 시달리게 된 근본적인 원인은 남편이 제공한 셈이었다.

"날 장가보내 주시오. 내가 은숙의 눈을 가리고 있지. 날 장가 보내주면 은숙이 한테서 손을 떼겠소."

무녀는 입술을 일그러뜨리며 덕수처럼 웃었다.

은숙은 아이를 셋이나 낳고 살도록 덕수가 그녀의 주위를 끈질기게 맴돌고 있다는 생각으로 눈물이 솟구쳤다. 그런 걸 보면 눈에 보이지 않는 세계가 존재하고 있다는 생각이 들었다.

"이 총각에게 다른 아가씨를 물색해서 영혼결혼식을 올려주어야만 해요. 그 방법 밖에는 없겠어."

"평소에 병굿은 하지 않아. 잘못하면 그 병이 고스란히 내게 들러붙거든. 언니가 하도 간곡히 부탁했기 때문에 언니를 봐서 특별히 해 준 거니까, 탈없이 잘 살아."

은숙은 고개를 끄덕였다. 날을 받으러 갔을 때, 무녀가 은숙에게 잘 잤지? 라고 물었던 게 생각났다. 눈에 보이지 않는 세계를 볼 수 있고, 그들을 어를 수 있는 그녀가 신기하기만 했다.

무녀에게 어울릴만한 가정을 물색하라고 이른 뒤, 일행은 산을 내려왔다.

은숙은 그 날로 감쪽같이 자리를 털고 일어났다.

며칠이 지났다. 은숙은 잠을 자다가 깼다. 가슴속에 작은 걱정이 싹트는 것을 도리질로 털어 냈다.

—무당은 마귀대왕에게 절을 해서 되기 때문에, 지상에서는 천하를 얻은 것 같으나 세상을 뜨게 되면 지옥으로 가게 되지.

어느 권사의 간증이 생각났다. 은숙은 아직도 하나님이 자신을 사랑한다는 믿음을 가지고 있었다. 그런데 병을 무당이 고쳐 주었다면 하나님이 기뻐하지 않을 것이라는 생각이 들었다. 골똘히 생각하다가 언니네로 전화를 걸었다.

"언니! 나는 그 날 무당한테 절을 하긴 했지만, 내 마음 중심에는 하나님이 있었던 거야. 내가 굿할 때, 하나님께 기도를 했어. 그래서 하나님이 낫게 해 주신 거야. 그렇게 알어."

"너, 지금 몇 신 줄 아니? 새벽 두 시야. 애가 자다가 봉창을 뚜들기나. 물에 빠진 걸 간신히 건져주었더니 뭐가 어떻다구? 그 분이 그러는데, 너네 집터가 세다고 하더라. 한 달 동안만 집을 떠나 있으란다. 난 이제 모르겠다. 친정에 가서 한 달 있을려면 있고… 니 마음대로 해."

딸깍.

언니는 매정하게 전화를 끊어버렸다. 은숙은 집터가 세다는 말에 머리끝이 으쓱거렸다. 집터가 세다는 말은 못된 악귀가 들끓는다는 말이 아닌가. 은숙은 머릿속이 다시 소란스러워지기 시작했다. 남편에게 도움을 청하고 싶었다.

그런데 남편은 코를 골며 세상 모르게 자고 있다. 아이들도 이불을 걷어차 내고 깊은 잠에 빠져 있다. 은숙은 목이 말랐다.

물을 먹어도 자꾸 목이 마르고, 또 소변이 마려웠다.

친정에 온 지도 열흘이 지났다. 살던 집터에 삼층 건물을 올려서 예전의 모습은 찾아볼 수 없다. 동네도 번화해져서 은숙의 집은 그다지 넓어 보이지 않았다.

파란대문집 막내딸, 말만한 계집애가 밤새 쏘다닌다고 야단하던 어머니.

도봉산, 수락산, 둑길을 정처 없이 걷고 싶었다. 이십 년 전으로 다시 돌아가 단발머리 나풀거리며 돌아다니고 싶다. 과거의 페이지일랑 지우개로 지워버리고 다시 시작하고 싶었다.

올케가 집을 비운 날은 여기조차 안심할 수 없다. 어머니의 늙은 얼굴도 무섭고, 올케가 없는 날엔 흰 소복을 입은 여자가 머리맡을 휙휙 지나다녔다. 은숙은 소복한 여자를 향해 침을 탁 뱉었다.

"아니, 이 것아. 거실에서 침을 뱉으면 어떻게 해!"

어머니가 휴지로 바닥을 닦으면 혀를 끌끌 찼다. 혹시 이 여자가 덕수와 영혼결혼식을 올릴 영혼일까? 그런 생각들이 꼬리를 물고 이어졌다.

―생각의 함정에 빠지면 안 돼요. 알았죠?

올케는 교회에 다녔다. 기도로 은숙의 병을 물리쳐 주겠다며 새벽예배에 매일 나가고 있다. 십자가 목걸이를 사다가 은숙에게 걸어주었다. 잠이 오지 않는 밤에는 함께 기도를 해주고 머리맡에 성경책을 놓아주었다. 그런 날에는 거짓말 같이 깊은 잠을 잘 수 있었다. 하루종일 복음성가 테이프를 틀어놓았다. 찬송이 울려 퍼지는 이 집은 바로 천국과 같았다.

오빠는 오빠대로 일찍 퇴근해 들어와 약수터로 영화관으로 은숙을 데리고 다녔다. 식구들은 모두들 자신이 터득한 방법으로 은숙을 치료하려 들었다.

"뺑뺑이를 돌려야 돼. 너무 편안하니까 별 잡념이 다 드는 거야. 바쁘면 우울증이 왜 생기냐? 힘이 드는데 잠이 왜 안 와. 낮잠 자고 나니까 밤에 잠이 안 오는 거지."

저녁 일곱 시. 오빠는 오늘도 정확한 시간에 들어왔다.

"어휴, 우리 집 땡칠이아저씨!"

올케는 오빠를 그렇게 불렀다. 정각 일곱 시에 퇴근한다고 해서 붙여진 별명이었다.

올케는 해물탕 찌개를 푸짐하게 끓여서 상위에 얹었다. 시어머니에, 게다가 은숙과 세 딸, 그리고 자기네 세 식구까지 모두 여덟 명이었다. 그런데도 남편에게 건네는 시선은 너무도 사랑이 넘쳐 났다. 은숙은 올케와 오빠를 번갈아 바라보았다. 시누이가 아이를 셋이나 데리고 들어온 상황이었다. 자기같으면, 뛰쳐나가거나, 쌈박질을 해도 여러 번 했을 텐데, 올케의 얼굴에는 언제나 잔잔한 미소가 엿보인다.

"이봐!"

오빠가 눈을 찡긋거리며 작은 소리로 부르자, 올케가 살짝 웃으며 고개를 끄덕였다.

"오빠가 뭐라는 거예요?"

은숙은 궁금해서 올케에게 물었다.

"어머! 우리끼리만 아는 암호예요."

은숙은 깜짝 놀랐다. 올케는 버릇이 없는 편이었다. 그러나 그럴 때 보면 올케의 그런 성격이 부러웠다.

"아가씨도 고모부랑 암호를 만들어 보세요. 재미있거든요. 후후"

은숙은 어른도 없이 자유롭게 십 년을 살아오면서도 남편과 부드럽게 눈 한 번 맞춰 본 일 없이 살아왔다. 매일 밤 열두 시를 넘겨 집에 돌아오는 남편과 암호 따위를 만들 일이라고는 없었다. 애시당초 기대를 하지 말아야 마음이 편했다.

남편이 어쩌다 일찍 들어왔다가 은숙이 집이라도 비우고 없으면, 더 황당한 일이 벌어졌다.

'들어오기만 해라. 이 병조각처럼 만들어 줄 테니….'

사람이 악하면 어디까지 가는 걸까. 방안에 맥주병을 깨서 아수라장을 해 놓고는 그 위에 쪽지를 올려놓았다. 처음 그런 상황에 맞닥뜨렸을 때는 정말 온몸이 바스라지는 것 같았다.

은숙은 끔찍한 기억을 도리질로 털어 내며, 먹은 그릇을 주섬주섬 쟁반에 담아 씽크대에 담가 놓았다.

"언니는 좋겠어요. 오빠가 일찍일찍 들어와서요."

설거지를 하며 올케는 인상을 찌푸렸다.

"아이구, 난 우리 그이가 민영이 아빠처럼 가끔씩 늦게 들어 왔으면 좋겠어요. 너무 시계추라 짜증이 날 때도 있거든. 함께 약수터에 가자, 베드민턴 치러 가자. 함께 누워서 영화 보자. 내 시간이 조금도 없다니깐요. 가끔 출장이라도 가면 내가 얼마나 홀가분한 지 알아요? 출장 중에는 하루에도 몇 번씩 전화를 걸어요. 잠이 안 온다고 밤 열두 시에 전화에다 대고 휘파람노래를 부는 사람은 아마 오빠밖에 없을 거예요."

올케는 맑은 물로 그릇을 헹구며 투덜거렸다. 올케의 푸념은 오히려 행복해 죽겠다는 표현을 하고 있는 것 같았다. 행복에 겨워 사는 올케가 자신의 고달픈 생활을 이해할 수 없을 것 같았다.

은숙은 손을 씻고 시무룩한 얼굴로 식탁의자에 앉았다. 올케는 마주 앉아 흘낏 바라볼 뿐 말을 붙이지 않는다. 은숙은 무슨 말이던 올케가 조잘거려 주었으면 좋겠다. 이런 침묵은 우울 속으로 빠져들기에 알맞았다.

민영이와 작은아이들은 매일 토닥거렸다. 머리끄덩이를 붙잡고 엉켜있는 아이들을 뜯어말릴 때, 올케의 얼굴은 붉게 부어 올랐다. 은숙이 보는 앞에서 서슴치 않고 회초리로 종아리를 후려쳤다. 그래도 은숙은 회초리를 빼앗거나 참견할 수 없었다. 마음이 아파서 혼자 방에 들어가 훌쩍거렸다.

"여보, 민영엄마 데리고 볼링이나 한 게임 치러 갈까?"

"오케이!"

두 사람의 살가운 대화에 은숙은 눈을 번쩍 떴다.

"난, 볼링 칠 줄 모르는데…"

"누군 처음부터 칠 줄 아나요? 가서 다른 사람들 하는 거 보면 금방 할 수 있어요."

은숙은 마음이 설레었다. 오빠가 자동차 키를 들고 나서자, 초등학생인 조카도 따라 나섰다.

"아이들 좀 부탁해요, 어머니. 민영엄마 바람 좀 쐬주려구요."

어머니는 올케의 말에 얼른 손을 내저었다.

"그래 그래, 나갔다 와라."

어머니는 올케의 말에 쩔쩔 매는 것 같았다. 못난 딸자식 때문에 어머니가 며느리 눈치보며 큰소리치지 못한다는 생각에 가슴이 아렸다.

은숙은 난생 처음 보는 광경에 눈앞이 어지러웠다. 부잣집 애들이나 즐기는 운동쯤으로 알고 있었는데, 많은 사람들이 대기하고 있다. 한복에 앞치마를 두르고 볼링 공을 굴리는 새댁을 보며 사람들이 손짓을 했다. 아마도 집들이를 마친 새색시 같았다. 남의 시선을 신경 쓰지 않는 신세대들이 부러웠다.

음료수를 마시며 차례를 기다리는 동안 은숙은 사람들의 건강한 움직임을 눈여겨보았다. 그리고 발 모양이 그려진 바닥을 밟아가며 올케에게 스텝을 배웠다. 은숙은 제일 가벼운 8파운드 짜리 공을 집어들었다. 그러자 조카도 은숙과 같은 걸로 집어들었다. 차례가 되어 올케가 마루 위로 올라갔다. 올케는 날렵한 솜씨로 공을 던졌다. 공을 던지고 난 올케의 폼이 멋있었고, 아직까지도 날씬한 몸매가 보기 좋았다. 공은 레인의 가운데로 잘 굴러가다 말고 도랑으로 빠졌다. 올케는 돌아서더니 고개를 가로 저었다. 올케의 세련된 몸동작을 보며 은숙은 공을 들고 레인 앞에 섰다. 그 레인에 압도되어 은숙은 공을 던질 수가 없었다. 모든 사람들이 자신의 뒷모습을 보고 있는 것 같아 떨렸다. 우물쭈물하던 은숙은 에라 모르겠다 싶은 심정으로 공을 횡하니 집어던졌다. 그런데 이게 웬 일인가? 공은 구르는 건 고사하고 등뒤로 떨어졌고, 그 무게 때문에 은숙은 엉덩방아를 찧고 말았다. 모여서 구경하고 서 있던 사람들이 발을 구르며 웃었다. 은숙은 무안해서 어쩔 줄을 모르며 일어섰다. 올케가 팔을 부축해 주었다.

"처음엔 다 그래요. 나도 뒤로 공이 빠져서 혼 난 적이 있어요. 뱃속에서부터 배워 가지고 나온 사람 없어요. 다시 해보면 잘 할 거예요. 저 마루 중간에 화살표 보이지요? 그 중심을 향해 던져 봐요."

은숙은 공을 들고 바닥으로 내려가 다시 스텝을 밟았다. 이제 조금씩 빠르게 할 수 있었다.

"우울증 같은 건 스트라이크로 확 날려 버리라구."

오빠의 공은 힘차게 가운데 핀을 맞추었다.

"뻑!"

핀이 모두 쓰러졌다. 모두들 박수를 치며 환호했다. 정말 속이 시원하게 뚫렸다. 은숙은 오빠와 손뼉을 맞부딪치며 좋아했다. 두 게임을 하고 나자 허벅지와 오른 팔이 당겨왔다.

"운동이 최고야. 망상할 틈 없이 몸을 혹사해야만 돼."

차를 몰고 돌아오는 길에 오빠는 은숙의 병을 아예 꾀병쯤으로 몰아갔다.

식구가 많아 복작대서인지 정말 우울해 할 틈도 없이 한 달이 후딱 지나갔다. 친정은 집이 넓은데다 에어컨 시설까지 되어 있어서 시원했다. 몇십 년만의 더위라는데 올 여름을 친정에 와서 잘 쉰 셈이었다.

그렇게 한 달을 보내고 몸과 마음이 다 건강해져서 집으로 돌아왔다. 은숙은 아침 일찍 일어났다. 우선 식탁의자에 앉아서 집안을 둘러보았다. 아무리 작은 집이지만 내 집이 제일 편하다는 말을 실감하며 냉장고에서 물병을 끄집어내었다. 컵에 한 잔 따르고 있는데 남편이 부시시한 얼굴로 나왔다. 남편은 의자에 걸쳐있는 은숙의 분홍색 앞치마를 두르며 허둥대었다.

"가만 있거라. 내가 니 보다 아마 밥을 더 잘 할꺼라. 더 자거라."

은숙은 눈을 휘둥그레 뜨고 남편의 얼굴을 보았다. 남편의 얼굴이 그새 많이 수척해졌다. 한 달 동안 한 번도 친정에 오지 않은 그였다. 아마도 염치가 없어서였을 게다. 남편은 은숙에게로 다가왔다. 그가 무슨 생각을 하고 있는지를 알았다. 벌써 몇 달째 그들은 잠자리를 하지 못했다. 그는 은숙을 의자

에서 일으키더니 꼭 안았다. 그래도 은숙은 아무런 욕망이 일
지 않았다. 큰 나무를 한 아름 안고 서 있는 것처럼 아무런
느낌도 없었다. 은숙은 그를 떼어놓고는 물병을 들고 냉장고
앞으로 갔다. 쌀통에서 익숙하게 쌀을 퍼 온 남편은 씽크대의
수도꼭지를 틀어놓고 쌀을 벅벅 문질렀다. 은숙은 보수적인
경상도 남편의 설익은 서비스에 웃음이 나왔다.
 "의사 말이 우울증의 오십퍼센트는 남편이 고친다고 하더
라."
 그렇게라도 사랑의 표현을 해 오는 남편을 사랑하자고 마음
먹었다. 그러나 은숙은 오빠와 올케의 표정이 떠오르자 금세
도리질을 쳤다. 그들의 행복한 모습이 떠오르면, 남편의 얼굴
이 더 밉상이 되기 때문이었다. 퇴원 이틀만에 발작을 일으켜
다시 병실로 돌아온 조 여사의 얼굴이 떠올랐다.
 ―난 남편만 보면 병이 도져. 그 인간을 보고 있을 수가 없
는 걸. 잘해주는 것도 가식인 것만 같구. 그저 남자는 다 없어
져야 돼. 나는 병원이 더 마음 편한 거 있지.
 남남끼리 한 집에서 평생을 사는 게 이렇게 힘들고 거추장
스러운 걸까. 차라리 혼자가 되고 싶다. 줄줄이 엮여진 아이들
만 아니라면 훨훨 날아갈 수 있으련만…. 땅으로부터 무지막
지한 기운이 올라와 아래로 아래로 끌어당기는 것처럼 몸이
무거웠다. 병이 도질까봐 염려가 되었다.
 "시끄럽다! 가시나들이 아침부터 와 이리 싸우노!"
 신문을 보고 앉았던 남편은 소리를 버럭 지르고는 은숙을
올려다보았다. 아이들은 우루루 은숙의 곁으로 몰려들었다. 제
아빠의 얼굴을 흘끔거리며 은숙의 치맛자락을 움켜쥐었다. 한

달이나 떨어져 있었건만, 아이들에게 자상한 구석이라고는 눈곱만치도 없다. 아이들 또한 오랜 기간 못 봐서 그런지 아빠를 낯설어 했다.

그 동안 딸애들은 외삼촌의 부드러운 말씨에 고분고분 말을 잘 들었다. 외삼촌과는 반대로 툭툭 내뱉는 듯한 아빠 목소리에 기겁을 하는 것 같았다. 아이들은 아빠 쪽으로 눈도 주지 못하고 은숙의 가슴팍으로 숨어들었다.

"애들아, 밖으로 나갈까. 나가서 고무줄이나 하자. 아빠가 시끄럽다잖니."

일어서려는데 눈앞에 색색깔의 빛벌레들이 꿈틀거리며 쏟아져 내렸다. 은숙은 신발장을 짚고 서서 어지럼증이 가라앉기를 기다렸다. 눈을 뜨자마자 바퀴벌레 한 마리가 신발장 아래에서 기어 나오는 게 보였다.

아이의 신발을 들어 힘껏 내리쳤다. 다 죽어 가는 벌레가 파들파들 다리를 떨었다. 은숙은 신발을 떨어뜨리고 눈을 감았다. 남편은 그때까지 신문으로 얼굴을 가리우고 있었다. 신문을 보는 건지, 은숙이 보기 싫어서 신문으로 얼굴을 가리고 있는 건지 알 수 없었다. 여태 요양을 하고 온 아내가 문밖으로 나간다는 데도 꼼짝 않고 있다. 아직도 몸이 완쾌되지 않았다는 걸 알 텐데도 말이다.

조여사의 말이 맞았다. 조금 전의 부드러운 말씨는 섹스가 필요해서 가까이 다가오려는 수작임에 틀림없었다. 집에 다시 돌아오기만 하면 집안 일에서부터 아이들까지 모두 잘 돌볼 테니 걱정 말라던 사람이 저렇게 변할 수 있는 걸까.

은숙은 아이들을 몰고 나가면서 남편의 눈치를 살폈다. 그는 꼼짝 않고 신문 속에 몰입해 있다.

"엄마, 안 나갈 꺼야?"

"응, 나가자. 나가!"

은숙은 필요이상으로 목소리를 키웠다.

막내에게 신을 신기고 슬리퍼를 꿰었다. 문을 열자 아이들이 계단을 우당탕 소리내며 뛰어내려갔다.

은숙은 신발장 서랍 안에 있는 팽이끈과 고무줄 뭉치를 꺼냈다. 신문지 두께만큼의 간격을 믿고 남편을 흘겨보다가 문을 소리나게 닫고 나왔다.

문밖에 서서 남편이 나오려나 기다리는 은숙의 치맛자락을 큰딸 민영이 잡아 흔들었다.

"엄마가 크니까 고무줄을 종아리에 내려. 민주는 무릎 뒤에 걸고."

다리를 재게 놀리며 고무줄을 타는 민영의 볼이 금세 붉어지며, 콧망울에는 땀이 솟았다. 민영인 그새 잊은 걸까. 남자에게 당하고 여섯 바늘이나 꿰맨 사실을…. 차라리 넘어져서 찢어진 것, 별 거 아닌 거로 생각하는 게 천만다행인지도 모르겠다.

노랫소리에 옛친구들과 정겹게 뛰어 놀던 때가 그리웠다. 경희가 떠올랐다. 덩치는 작은 게 어찌나 날렵한지 고무줄 놀이에서 깍두기만 했었다. 이제는 모두들 어떻게 지내고 있는지….

"애들아, 엄마도 해 보자."

아이들의 종아리에 고무줄을 걸어놓고 뛰어올랐다. 다리가 허청허청거렸다. 눈앞으로 자꾸 둔덕이 만들어졌다. 고꾸라질 것만 같다. 덕수의 얼굴이 튀어 올랐다. 영혼결혼식을 올렸건만 덕수는 아직도 결혼한 아내에게 가지 않은 걸까? 쓸쓸한 표정으로 은숙을 불렀다. 은숙의 머리에서 땀이 흘러 바닥으로 뚝뚝 떨어졌다.

"저리 가. 제발 내 눈앞에 나타나지마 !"

은숙은 소리를 지르며 주저앉았다.

다시 은숙이 일어섰을 때, 그녀의 얼굴에는 푸른빛이 감돌았다. 아이들은 고무줄을 둘둘 말아들고 서서 은숙의 치맛자락에 매달렸다.

"엄마 배고파. 집에 들어가자."

은숙은 아이들을 데리고 집으로 들어가지 않았다. 아파트 바로 뒤에 있는 야산으로 올라갔다.

"엄마? 어디 아퍼? 왜 그래?"

아이들은 은숙의 치맛자락을 흔들어 펄럭거리면서 은숙을 따라 비탈길을 올라갔다. 비가 온 뒤로 쑥쑥 자란 풀포기들이 종아리에 스적스적 닿았다. 산꼭대기에서 내려다보이는 초등학교는 텅 빈 운동장만이 음산하게 누워 있었다.

은숙은 소나무 두 그루에 고무줄을 묶어주었다. 자기 차지가 오지 않던 막내가 엉터리로 고무줄 위를 경중경중 뛰며, 발음도 시원찮은 노래를 불렀다.

'신데렐라는 어려서 어머니를 잃고요. 계모와 언니들에게 구박을 받았더래요. 차바차바(샤바샤바)—'

귀 옆으로 서늘한 산바람이 스치고 지나갔다. 풀에 베인 듯 종아리가 쓰라렸다. 은숙은 치마주머니에서 팽이끈을 꺼내었다. 머리 높이의 나뭇가지에 그것을 묶는 그녀의 손가락들이 가늘게 떨렸다.

'다 죽어버리는 거야. 우리 같은 여자들이 살아서 뭐하니?'

은숙은 막내의 목에 올가미를 씌웠다.

"악!"

큰딸 민영이 파랗게 질린 얼굴로 소리를 지르며 비탈길을 달려 내려가는 게 보였다. 비눗방울을 통해 보는 듯이 부옇게 시야가 흐려졌다. 은숙의 눈에 가득 차 올랐던 눈물이 볼을 타고 흘러내렸다.

10
어른이 되고 싶은 아이들

아직은 이른 시간인데도 거리는 휘늘어진 버들가지처럼 무료하다. 벌써 여름이 다가오고 있다. 올해는 유난히 여름이 빨리 다가오는 것 같다. 오월을 봄이라고 부를 수 없을 지경으로 덥다. 우리 나라에도 봄과 가을이 사라지려나보다.

식탁에 커피 한 잔을 들고 경순과 마주앉았다.

"언니! 현아 아빠가 이번 여름 휴가 때 언니랑 동행 하자더라."

"나, 여름에 여행하는 거 싫어. 길도 막히고, 덥고⋯."

"설악산으로 가기로 했어. 날짜도 다 맞춰놓고⋯."

여름휴가 때마다 여행 가자는 경순에게 거절하는 일이 곤혹스럽다. 경순은 눈을 흘기며 샐쭉해졌다.

"벌써 몇 년째야. 한 번쯤 동행하는 것도 괜찮잖아."

"현아는?"

"학원에서 수련회를 간다나 봐."

경순은 중학생인 딸아이 하나를 두고 있어서 한갓진 시간이 많은 편이다. 현아는 다른 아이들보다 말도 적고, 요즘 아이들 같지 않게 순진한 편이다.

"야, 저 쪽 라인 팔백오 호 아줌마가 아들을 낳았다더라. 그 아줌마 나이가 마흔 다섯 살이래. 요즘 중년에 아이 갖기 운동이라도 벌어진 모양이던데, 너도 현아 동생이나 하나 낳아라."

주위에 희끗희끗 흰머리 섞인 애기엄마들이 늘고 있다. 모두들 그 대열에 끼어야 되나, 말아야 되나하며 농담을 하곤 한다.

"언니는! 시집도 못 간 처녀가 남의 걱정하고 있네."

나는 찻잔을 내려놓았다. 이제는 면역이 될 만도 한데, 결혼이라는 단어만 나오면, 마음이 어지럽다.

"나, 간다. 아무 염려 말고 둘이서 휴가 잘 보내고….'

나는 슬리퍼를 신고 현관문을 밀면서, 경순에게 속삭였다.

"어쩌면 나도 여행 떠날지 몰라."

문득으로 그렇게 말하고 나는 얼른 엘리베이터에 올랐다.

소설 한 권을 들고 침대 위로 올라갔다. '구운몽'의 성진과 팔선녀 이야기에 흠뻑 매료되어 그야말로 꿈인가 생시인가 하고 있다. 그렇게 파란만장한 삶이 한낮의 꿈이라는 사실이 재미있다. 인생살이가 아무리 복잡하고, 죽을 듯이 괴로워도 까짓 거 한 나절의 꿈이라면, 아등바등할 이유가 없지 않은가. 소설은 여러 가지 역할로 내게 다가든다.

이십 대를 보낼 동안, 마음을 다스려 주는 약으로, 또는 아픈 곳을 찌르는 독으로 다가오기도 했다. 소설은 내게 있어,

이 세상을 살아나갈 수 있는 버팀목이며, 해독제다. 나는 아직까지도 현실보다는 소설이나 상상 속에서 사는 편이다. 소설은 때로 과거의 상처를 끄집어내어 휘저어 놓기도 하지만, 부드럽게 감싸안기도 한다. 또한 현재의 아픔이나 괴로움, 외로움을 훌쩍 뛰어 넘을 수 있도록 구원자적 역할도 마다 않는다. 나는 우습게도 소설에 간간이 밑줄까지 그어가며 정독을 하곤 했다.

창 밖으로 진초록의 동산이 제법 우거져 있다. 그 안으로 정권의 모습이 도둑처럼 들어선다. 동창회에 다녀온 지 몇 달이 지났다.

용유도에 함께 가자던 정권에게서는 여태 아무런 소식도 없다. 그렇다고 내가 먼저 전화하기도 껄끄러워 차일피일 미루고 있다.

오랜만에 혜란에게 전화를 걸었다.

"혜란이니? 오늘 여자동창들 모임 맞니?"

"애는 그걸 이제 와서 물어? 난 벌써 나가려던 참인데…."

"으응, 적어 놓질 않아서… 달력을 보다가 문득 생각이 나잖아."

"서둘러서 준비해. 내가 가서 좀 늦는다고 얘기해 줄게."

수화기를 내려놓자마자 욕실로 뛰어들었다. 손바닥에 비누칠을 했다. 나는 껍질이 벗겨지도록 손을 자주 닦았다. 소변을 볼 때마다 샤워기를 틀어 뒷물을 했다.

―질의 산도가 떨어지니까 너무 뒷물을 자주 하지 말아요. 산성도가 떨어지면 세균의 침투도 그만큼 많아져요.

그 부드러운 산부인과 의사는 친절하게도 설명을 해 주었

다. 나는 내가 아프다는 사실을 깜빡깜빡 잊곤 했다. 의사가
설명해 준 대로 실행하다가 또 잊고는 비누를 사용했다.

거울 앞에 앉아 이것저것 찍어 발랐다. 눈매에 분홍빛 아이
새도우를 발라 움푹 꺼진 눈에 생기를 주었다.

갈비집에는 벌써 여자동창들이 앉아 걸판지게 웃고 있다.
누군가 와이담을 했으리라 짐작된다. 여자들 입이 점점 걸어
진다. 그런 류의 이야기를 금기시했던 혜란도 요사이는 한 마
디씩 거들고 나선다. 부끄럼을 타는 여자는 촌스럽게 보는 것
이 요즘 풍속도이고 보면 세상이 변해도 너무 변했다. 그래도
아직 처녀이기 때문일까. 나는 그런 이야기에 거부반응이 일
었다.

"경희야! 반갑다."

혜란이 옆자리를 내주며 수선스레 떠벌였다.

"야, 니들 친구 좋다는 게 뭐냐. 경희 좀 중매해라."

황소처럼 큰 눈을 껌벅이며 덕애가 손사래를 쳤다.

"에이, 혼자 살어. 얼마나 좋니, 자유롭구. 난 다른 건 하나
도 안 부러운데, 싱글로 사는 경희가 제일 부럽더라."

"결혼을 하래는 거야, 말래는 거야?"

나는 젓가락을 집으며 투덜거렸다. 말은 그렇게들 해도 나
에 대해 조금도 관심이 없다는 걸 나는 안다. 점심식사에 맥
주까지 한 잔 걸치고, 우리는 노래방으로 향했다. 고래고래 소
리를 지르며 노래를 불렀다. 예상외의 점수에는 환호성도 질
러보았다.

혜란이 문을 열고 주인남자를 불렀다.

"아저씨, 에어컨 좀 돌려주세요. 너무 더워요."

“나 원, 아주머니들도… 에어컨이 왕왕 돌아가요. 그렇게들 뛰는데 덥지 않은 게 이상하죠.”

동창생들은 아이들처럼 까르르 넘어간다. 처음에는 신선하게 느껴졌던 노래방이, 이제는 권태롭다. 그녀들은 뭔가 새로운 자극을 필요로 하는 것 같았다.

“좀더 새로운 맛을 만들어내는 음식점은 없을까.”

“카바레에 한 번 가 볼래?”

“카바레보다 중년나이트 어떠니? 거기 가면 우리가 영계라는데?”

“연애나 해 볼까?”

“애, 요즘 젊은애인 하나쯤 없는 주부가 어딨니?”

“글쎄, 혜란이 쟤, 되게 웃기더라. 애인이라고 데리고 나왔는데, 내일 모레 군대를 간다더라. 머리 박박 밀었다며 모자 쓰고 나온 거 있지?”

그들의 대화가 점점 요지경화해 가는데, 나는 더 이상 견디지 못하고 먼저 자리를 털고 일어섰다. 또다시 권태의 늪에서 탈출하고 싶다는 생각이 고개를 쳐든다.

아파트 입구에 장사꾼들이 들어와 너절하다. 포장 밑으로 오밀조밀하게 좌판을 벌이고 앉아서, 그들은 부채질을 하고 있다.

우편함에서 서너 가지 우편물을 꺼내들고 엘리베이터에 올랐다. 주간지. 전화요금고지서, 그런데 눈에 익지 않은 우편물이 하나 있다. 나는 현관문을 열기 전에 도톰한 편지봉투를 뜯어내었다. 궁금해서 견딜 수가 없다. 담배갑 크기의 수첩이 들어 있다.

[독수리회]

나는 이런 이름의 회에 가입한 적이 없었다. 낯설어서 당장 뜯어보았다. 가슴이 두근거렸다.

초등학교 동창회 회장 박정권 ○○사 대표. 그리고 그 뒤로 임원들의 명단이 주욱 나오고, 이름과 주소, 전화번호순으로 된 것이 십여 장이나 되었다. 더러 기억나는 이름이 있다. 전번 동창회 때 보았던 친구들의 이름도 있다. 중간쯤 내 이름과 전화번호가 적혀 있다. 그런데 전화번호는 국번이 틀려 있다.

그래서 정권과 전화통화가 되지 못했나보다. 나는 수첩을 든 채 전화기를 집어들었다. 국번을 돌리다말고 수화기를 내려놓았다. 뭐라고 할 말이 준비되어 있지 않았다.

—거기 가고 싶어. 너와 단둘이 모래밭을 거닐며 예전처럼 다정하게 이야기하고 싶어.

흠칫 몸이 움츠러드는 영상이 뇌리를 스쳤다.

이른봄에 영종도에 갔을 때의 기억이 떠올랐다.

길다란 지네 모양의 상처가 꿈틀대던 중년남자의 얼굴이 스쳐 지나갔다. 그 남자와 어떤 인연이 있는 걸까. 나는 끈끈하게 들러붙는 불쾌한 기억들을 훌훌 털어 버리기 위해 김치를 담궈야겠다고 생각했다. 바쁜 일을 만들어서 하지 않으면 이 음울한 도시처럼 나도 모르게 흐느적거릴 것만 같았다.

경순이 늘상 김치나 밑반찬을 준비해 주었다. 그걸 갚기 위해 통배추를 열 통이나 샀다. 땀을 흘리며 무채와 고춧가루와 새우젓, 마늘, 파, 미나리, 찹쌀풀을 집어넣고 마구 버무렸다.

절여놓은 배추를 헹궈 바구니에 펼쳐놓았다. 물이 빠지는 동안의 짧은 공백…. 나는 다시 파고드는 생각의 물결에 휩쓸리고 말았다.

나는 용유도에서 그 사건이 있은 후, 바로 춘천으로 전학했다. 그리고 고 삼 때까지 얌전하게 잘 보냈다. 졸업 후에는 사법서사를 하는 외조부의 안면으로 좋은 직장에 취직할 수 있었다.

엘리베이터걸이 구십 도 각도로 허리를 굽히며 인사를 했고, 복도나 화장실은 반들반들 윤이 흘렀다. 그 건물은 정말 천국 같았다. 처음 새집동네에 지어졌던 목욕탕보다 더 좋았다. 신을 벗고 목욕탕 계단을 오르내리던 어린 시절이 떠올랐다.

직원들은 모두 일류대학을 나왔다. 무례하게 대하는 사람이 없었다. 어린아이 취급을 하지 않고, 깍듯이 숙녀 대접을 해주었다.

어린 시절 화장실이 따로 없던 집이 나는 제일 싫었다. 아침마다 오줌이 가득 찬 오강을 들고 공동변소로 향했다. 그 수치스런 가난을 그 때부터 잊기로 했다.

사람들은 나비처럼 아름다운 내 겉모습만 볼뿐이었다. 애벌레 같던 징그러운 생활을 짐작하는 사람은 아무도 없었다. 용유도에서의 악몽에 대해 눈치채는 사람도 아무도 없었다. 나는 새롭게 변신하는데 성공한 셈이었다.

그러나 사무실에서 한 남자를 알게 되면서부터 나는 새로운 고민에 빠졌다. 남자와 매일 만나 데이트를 했다. 나는 남자에게 마음을 빼앗기기 시작했다. 유니폼을 입은 나의 말쑥한 모습에서 남자는 청순한 스무 살의 이미지만을 보고 있었다. 그 남자 앞에서 나는 정말 가련하고 청순한 모습으로 다시 태어났다.

과거를 모두 덮어버리고 그와 사귀었다. 사이가 점점 가까워지면 질수록 마음이 불안해지기 시작했다. 남자는 나의 전부를 알고 싶어했다. 남자는 나의 모든 걸 다 수용할 수 있다고 장담했다. 하지만 남자에게 나의 내면을 모두 보여줄 수는 없었다. 그래서 나는 상대에게 차갑게 대했고, 관계는 끝이 날 수 밖에 없었다. 그렇게 몇 남자가 내 곁을 스쳐갔다.

그러는 동안 나도 누군가를 사랑할 수 있을까라는 끊임없는 의문이 들었다. 결국 나는 도망치듯 서울로 오고 말았다. 복잡한 서울은 내가 몰래 숨어살기에는 적합했다.

*　　*　　*

정권네가 엉망이 되어 이사를 했다는 소식을 나는 나중에서야 아버지를 통해서 들을 수 있었다. 정권의 아버지인 박씨는 우리 아버지와 마찬가지로 예비군중대장이었다. 그래서 얼룩무늬 정복을 입고 거드름을 피우며 지나가는 박 중대장을 간혹 볼 수 있었다.

박 중대장은 술을 마시고 앉았다가 갑자기 나타난 사내들에게 끌려갔단다. 이유인즉슨 술을 마시며 큰소리 친 엉뚱한 박씨의 발언 때문이었다.

—이봐, 겁낼 것 없어. 박정희가 내 아들이란 말이야.

어머니도 없이 자란 정권은 아버지마저 잡혀 들어가자 그때부터 문밖출입을 하지 않았다고 한다. 정말 정권의 동생이름은 정희였다. 그러나 정보부 측에서는 인정을 하지 않았다. 박 대통령이 취임하고 난 뒤, 아이를 낳았기 때문에 다분히 고의적으로 이름을 지은 거라며 고문을 했다는 것이다. 박씨는 중앙정보부에서 열흘만에 나왔는데, 그후론 말을 더듬었다. 나온지 며칠 되지도 않아 정권이 백차에 실려갔다는 소리를 듣고 은숙은 너무 놀랐다고 했다.

―빵집에 들어가 빵을 먹고 그냥 도망 나오다가 잡혔다더라. 지가 무슨 장발장이라고 그런 짓을 하니?

은숙은 정권을 비웃으며 얘기를 전했다. 나는 도망쳤다. 더이상 가난과 고통은 내 몫이 아니기를 바랬다. 푹 가라앉은 동네, 난민주택에 발길을 끊고 말았다. 그것으로 끝이었다.

이십 년이나 지난 마당에 용유도에 함께 가서 어쩌자는 말인가. 그 순간의 일들이 몸에 불어닥치는 것 같아 몸서리가 쳐졌다.

수첩을 폈다. 회장 박정권. 이십 년의 세월이 지났고, 사회적 위치도 견고했다.

이제 와서 전화하는 일이 어려울 건 없다. 그런데 잊으려고 애쓰던 일이, 이제 아득하게 잊었다고 생각하던 그 섬이 되살아나는 건 정말 싫다. 피차에 보지 않는 것이 이로울 텐데, 왜 그리도 정권에게 모든 걸 주어버리고 싶은지….

―애, 정권이 꽤 출세한 모양이드라. 호텔에서 근사하게 점심을 사겠대. 너 하나 때문에 우리 여자 동창들을 전부 부페로 모시겠다는 거 아니니? 행복한 줄이나 알아라. 이 나이에…. 덕분에 비싼 점심 좀 얻어먹자.

목마르게 보고 싶은 건 나도 마찬가지다. 그런 방법을 동원하지 않더라도 나는 둘만의 시간을 가질 생각이다.

* * *

이십 년 전, 용유도에서 얼굴에 검댕이가 묻어 망신스럽던 밤, 그 밤이야말로 광란의 밤이었다.

"너는 알았을 거 아냐. 어쩜 얘기도 안 해 주고 그러냐?"
은숙은 샐샐거리며 그릇을 수세미로 문질렀다.
"그래야 내가 한 번 빛을 보지. 니가 워낙 뽀애서 내가 어디 빛이나 나냐?"
나는 은숙의 악의 없는 웃음에 그만 마음이 풀어져 내렸다.
어디서 구해왔는지 모래사장 한 가운데에 나무가 치쌓아져 있다. 정권이 빙빙 돌아가며 석유를 부었다. 불쏘시개에 불을 붙여 집어던지자, 나무는 화르르 몸을 살랐다. 우리들 키보다 더 큰 불이 주홍빛 몸을 틀어 올렸다. 우리는 짝을 맞추어 포크댄스를 추었다. 사회는 물론 정권이 보았다. 정권은 학교에서 보이스카웃을 한다더니, 단체로 하는 게임을 많이 알고 있었다.
짝짓기도 하고, 고고도 추었다. 다른 팀에서 놀이에 끼고 싶다고 제의가 들어왔지만, 정권이 거절했다. 빙 둘러서서 구경하는 가족들은 노래에 맞춰 박수를 쳐주었다. 구경꾼들이 많아질수록 우리는 놀이에 집착했다.
붉은 스카프 같은 불길이 살랑거릴 때마다 우리들의 얼굴에 불 그림자가 너울거렸다. 신들린 사람들처럼 불 주위를 돌며 경중경중 뛰었다. 은숙과 덕수는 기타줄이 끊어지도록 기타를 튕겼다. 나는 더 이상 내 힘으로 뛰는 게 아니라 누군가에 의해 뛰어지고 있는 것처럼 다리가 저절로 들렸다. 무당이 신이 오르면 이럴까. 나는 춤을 추면서 그런 생각들을 했다. 아무 생각도 없이 놀이에만 집착하고 싶었는데, 머릿속은 여러 가지 생각들로 복잡했다. 종교인들이 봤다면 '지옥에 떨어질 광란의 밤'이라고 체머리를 흔들 것 같았다. 부모 역시 당신의 아들딸들이 저토록 미친 듯이 흔들 수 있는 걸까하고 기절초풍했을 것이다. 드디어 불이 사그라들었다. 불씨만 벌겋게 남고, 그 위를 하얀 재가 뒤덮었다. 손에 손을 맞잡고 불씨 주위를 천천히 돌면서 '작별'이라는 노래를 불렀다. 광란과의 작별, 다시는 돌아오지 않을 오늘과의 작별이었다. 왼쪽에 잡은 정권의 뜨거운 손이 떨리기 시작했다. 나는 괜히 콧날이 시큰해졌다. 낮에 바닷물 속에서 파도를 타는 일보다 더 낭만적인 추억거리가 될 것 같았다.

민박집 너른 방에 누웠다. 온몸은 늘어지는데, 가슴속은 아직도 흥분으로 들끓었다. 잠이 오지 않았다. 이박삼일의 짧은 여정이 안타까웠다. 매일 이런 밤으로 살 수만 있다면…. 답답하기만 했던 가슴이 시원하게 뚫렸다. 떠도는 섬 같은 난민주택의 허름한 모습이 그립게 다가왔다. 이제 우리 동네를 사랑할 수 있을 것 같았다.

기상! 기상!
허선생의 허스키한 목소리를 듣고도 눈이 떠지질 않았다.

"조개껍질 엮어서 목걸이를 만들겠다고 한 사람 누구야? 지금 줍지 않으면 시간이 없다."

눈이 번쩍 떠졌다. 동생한테 목걸이를 만들어 오겠다고 약속을 한 터였다. 그래서 실과 바늘까지 챙겨왔질 않는가. 기회는 오늘뿐이었다. 내일 아침이면 이 섬을 떠나 저녁 무렵이면 집에 도착할 것이다. 그리고는 두고두고 이 섬을 아름답게 추억할 것이다. 그러기 위해서는 서둘러야 했다.

은숙을 깨워 밖으로 나갔다. 바람이 머리카락을 흔들었다. 바닷물이 저만치 밀려가 찰랑거리고 있다. 아침햇살이 물에 부서져내려 마치 거대한 파충류의 등비늘 같았다. 은숙은 하품을 해대며 물이 빠져나간 모래 위를 살피고 있다. 커다란 소라껍질이 모래 위에 뒹굴고 있다. 어느 시인의 싯귀처럼 나는 소라껍질을 귀에 대어보았다. 파도소리와 바람소리가 들려온다. 나는 은숙의 귀에 소라껍질을 들이대었다. 은숙은 눈을 살포시 감았다. 아침햇살에 은숙의 얼굴이 아기처럼 해맑았다.

"나도 좀 들어보자."

정권이 다가와 은숙에게서 소라껍질을 빼앗았다.

"어머, 넌 잠도 없니?"

은숙은 정권을 향해 눈을 살짝 흘겼다. 순간 정권과 내 눈이 마주쳤다. 맑은 하늘을 그대로 담고 있는 깊은 그의 눈 속으로 나는 딸려 들어갈 것만 같았다. 이상한 기류였다.

그는 그저 어릴 적부터 친구였을 따름이었다. 삐쭉삐쭉 잘 싸우기도 했고, 정권이 한 마디 던질 때마다 지지 않고 받아치곤 했었다. 가슴이 갑자기 콱 막혔다. 잘못한 것도 없는데,

가슴이 두방망이질 쳤다. 여태까지 아무렇지도 않던 감정이 한 순간에 뒤죽박죽이 되는 게 두려웠다. 은숙이 엎드려 조개껍질을 줍다말고 돌아보았다.

"너희 뭐하니? 눈싸움 하니? 어머머, 얘네들 싸우는 거 아냐?"

은숙은 후다닥 뛰어와 우리 두 사람 사이를 가로막았다. 두 사람은 심각한 표정을 풀었다. 싸움을 하다가 중간에 끼여들어 말리는 통에 떨어진 사람들처럼 우리는 머쓱해졌다. 그리고는 정말 싸우기라도 한 사람들 마냥 외면하고 조개껍질을 줍기 시작했다. 정권도 말없이 엎드려 무언가를 주웠다. 줍다말고 바다를 향해 그것을 던졌다. 그것은 포물선을 그리며 날아갔다. 우리는 다시 고개를 숙이고 조개껍질을 줍기 시작했다.

"경희야. 쟤 지금 너무너무 센치해 보인다. 그치?"

정권이 어느새 저만치 떨어져 앉아서 고개를 무릎 사이에 파묻은 채 꼼짝도 하지 않았다. 정권은 무슨 고민이 있는 걸까. 무엇이 그에게 괴로움을 주는 것일까. 그에게 가까이 다가가고 싶었다. 함께 어울려 얘기도 하고, 그가 내 어깨에 팔을 걸치게 만들고 싶었다. 하지만 그렇게 하지 못했다. 은숙의 손을 잡고 민박집으로 돌아왔다.

우물물을 길어서 조개껍질을 말끔하게 씻었다. 바늘에 실을 여러 가닥 꼬아서 하나하나 꿰었다. 근사한 목걸이가 되었다. 목에 그것을 걸었다.

우물 옆에 서서 깨진 거울을 들여다보았다. 남국의 아가씨 같은 모습이 들어 있다. 단발머리가 아니라 은숙의 가발처럼 긴 퍼머머리라면 더 멋질 것 같았다. 빨리 어른이 되고 싶었다. 담배를 두 개비씩 피우던 연극배우 같은 여자가 화장을 지우고 세수를 하였다. 나는 곁눈질로 그녀를 슬쩍슬쩍 보았다. 수건으로 얼굴을 닦는 그녀의 얼굴은 누랬다. 그리고 눈이 와이셔츠 단춧구멍만큼이나 작았다. 붉던 입술 역시 푸르딩딩하다. 여자는 시골색시처럼 촌티가 났다. 화장으로 엄청난 변신을 할 수 있다니 정말 놀라웠다.

어제처럼 하루가 지나갔다. 오늘은 화려한 캠프화이어도 할 수 없었다. 나무를 구하지 못했기 때문이다.

저녁을 먹고 나서 하릴없이 바닷가를 거닐었다. 나는 아무에게도 말하지 않고, 그저 변소에 가는 척 하고 빠져 나왔다. 은숙에게조차 아무 말도 하지 않았다. 혼자 있고 싶었다. 아니, 실은 정권과 단둘이 있고 싶었다. 기회를 만들기 위해 텐트 주위에서 어정거렸다. 사랑은 사람의 마음을 붕 뜨게 하는 것 같았다. 걸음을 걸을 때도 제대로 걸리지 않고 일 센티미터 정도는 붕붕 떠있는 기분이었다.

텐트에서 불빛이 새어 나왔다. 텐트에 남학생들의 그림자가 일렁였다. 남학생들은 무엇을 하며 밤을 보내고 있을까?

"누구냐? 암호?"

나는 흠칫 놀라면서도 한편으로는 반가웠다. 텐트 바깥에 앉아 있었던 모양으로 정권은 엉덩이를 털며 다가왔다. 우리는 아무 말 없이 바닷가 쪽으로 내려갔다. 모래사장 아래로 덜 마른 모래가 밟혔다. 짧은 반팔 티셔츠 안으로 찬바람이 파고들었다. 내가 몸을 움츠리자 정권이 겉에 입고 있던 교련복을 벗어서 어깨에 둘러주었다. 땀냄새가 났다. 건강한 남자

202

냄새가 싫지 않았다. 어두워서 정권의 얼굴은 보이지 않았다. 그의 체취, 그리고 걸으면서 슬쩍슬쩍 닿는 그의 단단한 근육들. 그와 나란히 바닷가를 거닐면서 행복했다.

잘도 떠들어대던 정권이 아무 말이 없자, 침묵을 참기 어려웠다. 파도 소리가 간간이 끼여들어 어색하지는 않았다. 목구멍으로 마른 침 넘어가는 소리가 들릴까봐 신경이 쓰였다.

"저기, 한 사람씩 보초를 서기로 했거든!"

어색함을 벗어나려는 듯, 정권이 불쑥 한 마디를 내던졌다.

"어머! 보초가 이렇게 보고도 없이 자리를 이탈해도 되는 거니?"

내 목소리는 부자연스럽게 높았고, 콧소리까지 섞이는 게, 새삼 내가 여자 티를 내는구나 싶었다. 정권이 낮은 소리로 웃었다. 어둠 속에서 그의 치아만 하얗게 드러났다. 나는 쑥스러워 하늘을 올려다보았다. 동네에서는 잘 보이지 않던 별들이 또렷하게 보였다. 전깃불의 존재가 없으니, 원색적인 새까만 밤이다. 그래서인지 별들이 더 톡톡 도드라져 보였다. 나는 북두칠성을 찾아 손가락으로 가리켰다.

"너한테만 얘기하는 건데, 저기 북두칠성 손잡이 쪽에서 두 번째 별이 내 별이야. 난 앞이든 뒤든 첫 번 것은 싫어. 다른 사람들이 모두 점찍어 두었을 거 아니니?"

정권은 피식 웃었다.

"그게 비밀이야? 그럼 나도 비밀 한 가지만 얘기해 줄게. 저 하현달 있잖아. 저 달만 보면 우리 엄마 얼굴 같다는 생각이 들어."

정권의 어머니 얼굴이 떠올랐다. 그의 어머니는 바짝 말라

살이라고는 없었다. 폐결핵으로 고생하다가 몇 년 전에 저 세상으로 떠났다. 그 뒤로 정권네 살림은 엉망이었다. 정권의 눈에 맑은 것이 빛났다. 좀더 밝은 대화를 나눌 수도 있었을 텐데… 나는 정권을 어떻게 위로해 주어야 할지 난감했다.

나무뿌리, 나뭇등걸이 자꾸 발에 채였다. 우리는 자연스레 언덕을 향해 올라가고 있었다. 낭떠러지 아래로 비스듬히 뿌리를 박고 가로로 자라난 나무들이 숲을 이루고 있다.

"떨어져 내리면 저 나무들이 침대처럼 폭신하게 받쳐줄 것만 같지?"

벼랑 아래를 내려다보았다.

"하지만 삐끗하는 날이면 바다에 풍덩 빠져, 소리도 없이 물귀신이 될 걸?"

나는 정권의 등을 때리며 무드 없다고 소리쳤다.

바위에 걸터앉았다.

"경희야, 너는 이 다음에 뭐가 되고 싶어?"

나는 부끄러웠다. 이렇게 어려운 살림살이에 희망이라니. 나는 분명히 상업학교를 졸업하고, 은행원이나 회사원이 될 것이다. 한 삼사 년 다니다가 적당한 혼처가 나오면 시집을 가겠지. 시집가서 애들 낳고 살다가 늙고…. 나는 아무 말도 할 수 없었다. 가만히 앉아서 다리에 스치는 풀만 쥐어뜯었다.

"난 말이야. 목장 주인이 될 거야. 소도 키우고, 그리고 말을 타고 내 목장 주위를 돌아보는 거야. 한 나절이 걸리겠지?"

나는 코웃음을 쳤다.

"남자들이란? 서부영화에 나오는 거 흉내내는 거지?"

나는 풀포기를 쥐어뜯으며 생각에 잠겼다. 탐정이 되고 싶다고 하면 비웃겠지? 현모양처가 될 거라고 말할까. 내 남편은 과연 누가 될까? 나는 정권의 옆얼굴을 한 번 훔쳐보고는 얼굴을 붉혔다. 컴컴해서 들키지 않는 게 다행이었다. 정권은 저 멀리 시커먼 어둠 속을 망연히 보고 있었다.

"난 되고 싶은 게 너무 많아. 시인이 되고 싶기도 하고, 소설가가 되고 싶기도 해. 그리고 섬마을 선생님이 되던가."

나는 눈을 가느스름하게 뜨고 먼 미래를 향해 마음껏 나래를 펼치고 있었다.

"어머!"

정권의 두 눈이 코앞에서 이글이글 타오르고 있었다. 나는 외마디 비명만 질렀을 뿐 꼼짝없이 앉아 있었다. 나는 정권의 뜨거운 입김이 내 입술에 닿았을 때, 영화에서처럼 눈을 살포시 감았다.

"이런, 키스할 줄도 몰라?"

나는 키스할 줄도 모르는 것이 굉장한 수치라도 저지른 양, 얼굴이 화끈거렸다.

─입술을 열어.

정권의 속삭임이 아득하게 들리고, 다리에서 기운이 스르르 빠져나갔다. 정권의 손이 가슴을 더듬었다.

─남자와의 거리는 일 미터다. 알았나? 이 다음에 연애할 때도 마찬가지다.

교련선생의 앙칼진 목소리가 귓속을 파고들었다. 나는 정권을 밀치고 벌떡 일어났다. 그리고는 비탈길을 정신없이 뛰어내려갔다. 캄캄한 비탈길은 바닷속으로 이어질 듯, 어디가 어딘지 알 수 없었다. 정권은 겅중겅중 뛰면서 뒤따라왔다.

*　　*　　*

나는 용유도에서의 아름다운 추억을 생각하며 소리 없이 웃었다. 정신을 가다듬고 배추에 넣을 소를 버무렸다. 포기마다 새빨갛게 버무린 소를 넣었다. 배추 쌈을 싸서 입에 물고 일을 계속해 나갔다. 입술이 매웠다. 정권의 뜨거운 입술이 금방이라도 내 입술을 덮칠 것처럼 알싸한 기분이 들었다.

김치를 여러 개의 플라스틱 통에 나누어 담고 나자, 온몸이 뻐근하다. 게다가 손톱 안으로 고춧가루가 끼었다.

뒷설거지를 마치고 소파에 앉았다. 아직도 정권에게 전화를 걸지 못한 채 망설였다.

손톱 밑에 끼인 고춧가루를 이쑤시개로 쑤석거렸다. 고춧가루는 손톱 밑에 벌건 물을 들일 뿐, 잘 빠져 나오지 않았다. 손톱을 바싹 잘라버렸다. 손톱 밑이 알알했다.

기억의 싹을 잘라버린다고 해서 다시 돋아나지 않는 것은 아니지만, 손톱을 자르듯 좋지 않은 기억을 잘라내고 싶다.

혜란에게서 전화가 걸려왔다.

"경희야. 혹시 정권이가 너한테 전화했든? 웬만하면 전화하지 말라고 했는데…."

혜란이 먼저 정권의 얘기를 꺼내주어서 다행이었다.

"아니, 연락 오지 않았어."

"애, 니들 혹시 연애하는 거 아니니? 동창회 이후로 매일 전화통에 불난다, 애. 수첩에 있는 번호로 전화했더니 계속 그런 사람 없다고 하더래. 전화번호를 묻길래 가르쳐줬는데…
괜찮지? 너한테 꼭 할 말이 있다고 전하래. 그러면서 너 참
이상하다고 그러더라. 몇 달째 소식도 없다면서. 사십을 바라
보는 나이에 남녀 칠 세 부동석 따위 필요 없는 거 아니니?
나 같으면 얼른 만나보겠다, 애. 어쩜 그렇게 훤칠해졌니? 키
도 크고 인물이 그러코롬 훤하게 변할 수 있는 거니?"

혜란이 코맹맹이 소리를 하면 할수록 나는 움츠러들었다.

"알았어. 내가 전화하지 뭐."

"그래, 좋은 일 있기를 빈다."

나는 바싹 자른 손톱 끝이 물건에 닿을 때마다 아려서 쩔쩔
맸다. 바특하게 자르지 말자고 다짐을 하면서도 이물질이 끼
어 후벼지지 않으면 바싹 잘라버려야만 시원했다. 동생 경순
은 살림을 하면서도 긴 손톱에 진한 매니큐어를 바르곤 했다.

—아유, 언니는 그 결벽증이 병이야. 옛날 생각 좀 해봐. 그
더러운 동네에서도 우린 잘 버텼잖아.

—그 때 얘기는 왜 하니? 난 그 동네 잊고 싶어. 그래서인
지 기억나는 것도 별로 없어.

나는 부러 딱 잘라 말했다. 병원에서 많은 시간을 허비하고
싶진 않다. 내가 죽는다면, 죽기 전에 정권에게 내가 고이 지
켜온 모든 걸 주고 싶다. 억지에다 불륜이라는 걸 알면서도
내 마음은 조정이 되지 않는다.

'뽀옥'

기적 소리가 난다. 베란다로 나가서 바라보았다. 돌을 캐서
나르는 기차는 가끔씩 아파트 앞을 통과했다.

나는 베란다에서 산모퉁이를 돌아가는 기차의 꼬리를 바라보았다. 기차는 한 번 더 길게 기적소리를 내었다.

"띵동띵동"

어안렌즈로 바라보니 현아가 서 있다. 문을 열어 주었다. 현아는 책가방을 든 채였다.

"이모, 우리 엄마 어디 갔는지 몰라?"

"어딜 간다는 얘기 없었는데… 슈퍼에라도 간 모양이지."

화장실에 들어가 말끔하게 씻고 나온 현아는 냉장고문을 열고 아이스크림을 꺼냈다. 경순은 현아가 자꾸 살이 쪄서 걱정이라던데, 살찌는 음식만 찾는다.

"이모, 나 오늘 러브레터 받았다. 남학생이 줬어. 완전히 캡이야."

현아는 엄지손가락을 들어 보였다. 가방에서 편지를 꺼내 내밀었다. 요즘 애들은 사춘기가 빨리 온다는데 현아는 아직도 어린 태가 났다.

"그래? 야, 현아 다 컸네. 요새도 촌스럽게 편지로 프로포즈하니? 이메일이나 핸드폰을 이용하지 않구?"

현아는 교복 웃저고리를 손가락으로 비비꼬면서 배시시 웃었다.

[현아. 내일 학교 끝나고 버드나무 밑에서 기다리겠다. 너한테 할 말이 있어서 그래. 준표]

"현아야, 이건 너무 고전적이야. 이모 사춘기 때도 이러지는 않았다. 얘"

나는 얼굴도 잘 기억나지 않는 남학생들의 이름을 떠올렸다. 현수, 용석이, 만표, 영기….

뒷수습은 갈망도 못한 채, 무작정 편지를 써 보냈던 시절. 얼굴에 하나, 둘 여드름이 돋던 시절…. 목적 없는 합목적성, 이유 없는 반항, 어쩌구 해 가면서 윤리 시간에 배운 사춘기에 대한 심리가 잘못 분석된 것이라며 이유 있는 반항을 외쳤던 그 때가 그리웠다. 일곱, 여덟 명이나 되는 남학생들에게 편지를 띄웠었다. 한꺼번에 몰아닥친 답장 때문에 부모님께 치도곤을 당했던 기억이 생생했다. 부모님은 네가 어떻게 처신을 하고 다녔으면 이런 일이 일어나겠느냐고 했다. 그 때의 편지 쓰던 솜씨로 요즘 잡글을 써서 밥 벌어먹고 있지만….

현아는 무심 태평한 얼굴로 텔레비전 앞에 앉아 있다. 어른으로서의 잔소리가 아닌 친구의 입장에서 현아에게 좋은 말을 해 주고 싶었다.

"걔가 진짜로 너를 좋아하는지 모르겠다. 만나려고?"

"나도 고민이야. 나갈까 말까?"

현아가 너무 쉽게 맞장구를 치는 바람에 말을 꺼낸 내가 더 머쓱해졌다. 드라마를 함께 들여다보며 누가 어떻고, 저떻고 해 가면서 얘기를 할 때면 현아와 친구라도 되는 것 같다. 성장이 덜 된 아이가 아직도 내 안에 살고 있는 것 같다. 예전에 우리 아버지가 그랬던 것처럼….

현아가 전화기를 들고 삑삑 눌러대었다.

"엄마? 어디 갔었어? 나 지금 이모네 있어. 오늘 단축수업해서 일찍 끝났단 말이야. 지금 갈께요. 엄마."

현아는 운동화를 꿰신고 가방을 둘러메며 호들갑스럽게 현관문을 빠져나갔다. 그러더니 다시 문을 열고 나를 다급하게 부른다.

"이모, 그거 엄마한테는 비밀이야."

내가 채 대답하기도 전에 현관문은 소리나게 닫힌다. 현아가 나간 뒤 갑자기 외로움이 밀려든다. 결혼은 하지 않더라도 현아 만한 딸이 하나 있었으면 좋겠다는 생각이 들었다.

실내 스피커에서 삐익삑 소음이 들렸다. 스피커 밑에 가서 귀를 기울였다.

"헌 냉장고, 세탁기, 가전제품을 버리는 날입니다. 모아두었던 물건들을 경비실 앞으로 가지고 나오시기 바랍니다. 이상은…."

이제 우리 나라도 쓸만한 가전제품들도 버리면서 사는 시대가 되었다. 우리가 버리는 제품을 중국에서 가져다가 수리해서 쓴단다. 상대적인 빈곤감만 아니라면, 얼마나 살기 좋아졌는가. 예전에 살던 난민주택의 갈빗대 같은 골목이 눈에 선하게 밟힌다. 그때는 너도나도 가난한 시기였기에 한 시절을 살아낼 수 있었던 것 같다.

나는 베란다 구석에 있는 텔레비전을 꺼내었다. 보지 않고 처박아둔 지 일 년이 다 되어 간다. 아직도 말짱하게 나오지만, 화면이 작아서 답답하다고 동생 경순이 대형으로 바꾸면서 나에게 준 것이었다. 그러나 이제 텔레비전을 볼 새가 없다. 책을 읽고, 글을 쓰는 것만으로도 바빴다.

소희네는 20인치도 작다며 배나 큰 것으로 바꾸었다. 그리고 먼젓 것은 시골의 시어머니에게 내려보냈다고 한다. 사람들은 점점 대형을 선호한다. 냉장고, 세탁기, 텔레비전, 에어컨. 그러다가 남편도 대형으로 바꿔야 되는 것 아니냐며 우스

개 소리들도 한다.

벌써 이 아파트로 이사온 지 칠 년째다. 그래서 모두들 짐을 꾸려 더 큰 평수의 아파트로 떠나고 있다. 아파트에 처음 입주했던 원주민들은 반에 반도 남아 있지 않았다. 텔레비전을 들고 경비실 앞으로 내려갔다. 경비실 앞에는 믹서, 세탁기, 오디오 같은 물건들이 수북히 쌓여 있다. 모여 서서 수다를 떠는 이웃들에게 눈인사만 하고 부지런히 승강기에 올랐다.

과거의 끈을 떼어버리고, 오롯이 현재만 존재하는 것처럼 고고하게 살고 싶다. 밟고 올라선 나무 판대기 위로 기어오르는 구더기들처럼 구질구질했던 과거…. 그 곳으로 연결된 끈들은 모두 잘라내 버렸다고 생각했었다.

은숙의 자살소동과 정권의 등장으로, 과거의 기억들이 스멀스멀 온몸으로 기어올랐다.

엘리베이터에서 내리며 구더기처럼 기어오르는 기억들을 털어 버리듯 한숨을 내쉬었다. 하지만 어린 날의 아픈 기억들이 비루먹은 망아지의 몸뚱이처럼 듬성듬성 떠올랐다.

11
파도

처음 용유도 을왕리 해수욕장에 도착했을 때, 가슴이 벅찼다. 그리고 낭만의 소리로 통, 통, 통 쉼표를 찍는 것처럼 달리던 통통배….

통통배가 섬으로 다가갔다. 해수욕장에는 수영복을 입은 사람들이 여럿 파도를 타고 있었다. 은숙은 섬에 발이 닿자마자 중얼거렸다.

—참 이상하다. 커다란 파도가 사람들을 삼켰다가 뱉어내는 것 같애.

—너도 참, 맹꽁이 같은 소리도 한다.

나는 은숙의 팔뚝을 꼬집었다.

—이상하긴 뭐가 이상해. 우리도 파도를 타보면 알 거 아니야. 그보다 이 따개비 좀 봐. 생물도감에서 봤던 거랑 똑같네.

바위에 새까맣게 따닥따닥 붙은 따개비에 발이라도 베일세라 조심스럽게 발을 내디뎠다. 모래사장을 밟으며 드디어 탈

출에 성공했다고 생각했다. 모래 위로 아기 기저귀고무줄처럼
생긴 노란 것이 포르르 올라와 있다. 잡아당기면 줄줄이 딸려
나올 줄 알았는데, 똑똑 끊어지고 말았다. 물이 빠져나간 갯벌
을 손가락으로 들쑤시며 게를 잡느라 아우성치는 아이들 모습
이 정겨웠다. 옷을 빨리 벗고 물에 뛰어들고픈 충동이 일었다.
　허선생은 일행 중 서너 명만 이끌고 방을 구하러 떠났다.
나머지 사람들은 모래사장에 털퍼덕 주저앉아 멀리 지나온 바
다를 무연히 바라보았다. 바다에 떠 있던 크고 작은 섬들은
보이지 않고 시퍼런 바닷물만 시야에 가득 들어왔다. 그 너머
에 육지가 있으리라고는 상상조차 할 수 없었다. 하늘과 바다
가 맞닿은 지점에 흰줄이 그어져 있다. 말로만 듣던 수평선이
었다.
　방을 구하러 갔던 아이들 중의 하나가 입에 양손을 올려 나
팔통처럼 만들어 우리를 불렀다.
　방은 생각보다 넓었다. 허선생까지 모두 여덟인데, 착착 누
우면 다섯은 더 잘 수도 있을 정도의 크기였다. 식사당번만
남겨두고 모두들 수영복으로 갈아입었다. 나만 비키니였다. 하
얗게 알몸을 드러내고 밖에서 활보할 생각을 하니 얼굴이 뜨
뜻해지면서도, 한편으로는 흥분으로 가슴이 두근거렸다.
　큼지막한 타올을 어깨에 두르고 방을 빠져 나왔다. 툇마루
에 앉아 있던 젊은 여자들이 내 몸매를 흘끔 올려다보았다.
한 여자는 긴머리를 한 쪽으로 묶고, 화장기 없는 귀여운 얼
굴이었다. 그런데 비키니수영복을 입은 채, 편안한 자세로 앉
아 담배를 피우는 여자의 뱃가죽이 세 겹이나 되었다. 담배
피는 여자는 밀짚모자를 쓰고 있다. 그 여자는 화장을 너무

진하게 해서 무대 위의 연극배우 같았다. 그 여자의 붉은 입술에서는 담배가 두 개비나 타고 있었다. 그 진한 화장 속의 눈빛이 너무 끈끈하게 내 몸을 훑고 지나갔다. 나는 못 볼 걸 본 것처럼 얼른 고개를 숙이고 슬리퍼를 발에 꿰었다.

민박집 몇 채를 지나면 곧장 모래사장으로 이어져 있다.

—야, 저치들 끝내준다.

내가 손가락으로 담배 피는 시늉을 하자, 은숙이 피식 웃었다.

—너는 어떻고?

은숙은 내 몸매를 손으로 그려 보이며 웃었다. 나는 은숙의 엉덩이를 한 대 때렸다.

—어머나!

은숙은 깔깔거리며 바다를 향해 뛰었다. 나는 은숙을 잡기 위해 내달렸다. 슬리퍼 안으로 모래가 기어 들어가 발가락 사이가 깔깔했다. 남학생들은 모래사장에 텐트를 치고 있었다.

—텐트는 작은데 일곱 명이 자려면 고생께나 하게 생겼다.

내 말에 남학생들이 얼굴을 찌푸렸다. 우리는 벗은 몸으로 남학생들 가까이 다가가기가 부끄러워 바닷물로 뛰어들었다. 마침 바닷물이 모래사장 가까이 까지 밀려오고 있었다. 파도가 꽤 높았다. 멀리서부터 꿈틀꿈틀 움직이며 들어오는 파도는 살아 숨쉬는 거대한 파충류 같았다. 어쨌거나 우리는 손에 손을 맞잡았다. 혼자서 파도를 타기는 어려워도 여럿이 박자를 맞추어 잘 뛰면 재미있었다.

'하나, 둘, 셋!'

우리는 모두들 호흡을 맞춰서 경중 뛰어 올랐다. 몸이 부웅 떴다. 그리고 가랑이 밑으로 약해진 물살이 다리를 간지르며 빠져나갔다. 숨을 고르고 또다시 밀려오는 파도를 향해 구호를 외치며 다리를 들어 올렸을 때였다.

―어머나!

여자의 외마디 비명에 우리는 호흡을 맞추지 못하고 파도에 파묻혔다. 코로 입으로 짠물이 사정없이 들어왔다. 침이 지르르 섞인 바닷물을 뱉어냈을 때, 옆에서 다시 여자의 악 쓰는 소리가 들렸다. 삽시간에 사람들이 모여들었다. 빙 둘러선 벌거숭이의 남녀들 틈에서 누군가 소리쳤다.

―경찰을 불러 와!

두 남자가 급하게 뛰어갔다. 나와 은숙은 촘촘히 막아선 사람들 틈바구니로 머리를 들이밀었다. 세 살이나 됐음직한 사내아이가 시퍼런 몸뚱이로 엎어져 있었다.

―파도에 휩쓸리면서 질식한 것 같은데?

낯익은 목소리에 뒤돌아보니 정권이었다.

―여자 비명소리가 나길래 넌 줄 알고 부리나케 달려왔어. 넌 가끔 괴성을 잘 지르잖아.

정권은 빙긋이 웃으며 내 가슴께를 내려다보았다. 멀거니 서 있던 나는 깜짝 놀라 두 팔로 가슴을 감쌌다. 모래사장 위에 던져놓았던 커다란 타올을 어깨에 두르고는 정권을 노려보았다.

며칠 전 일이 떠올랐다. 정권이 벌겋게 달아오른 연탄집게를 들고 공동변소에 들어갔다. 나무 송판에 구멍을 뚫어 몰래 앞 칸의 사람을 보려고….

정권의 엉큼한 눈길이 또다시 내 가슴 언저리를 더듬었다.

나는 정권을 흘겨보았다.

　경찰복을 입은 사람들이 들것을 들고 달려 내려왔다. 아낙네 하나가 그 뒤를 따라 이를 악물고 달려 왔다. 아이를 들춰 보더니 그 자리에 털썩 주저앉았다.

　―아이구, 이걸 어쩌나. 잠깐 변소에 간 사이에….

　여자의 오열에 둘러섰던 사람들이 물러나며 눈가를 문질렀다.

　―조심들 해야 하는데…. 벌써 세 사람 째군. 천상 내일 실어 보내야지. 배가 하루에 한 번밖에 뜨질 않으니 원.

　인천에서 파견 나왔다는 여름경찰이 혀를 끌끌 찼다. 하루에 세 사람이나 파도에 나자빠졌다는 소리에 그만 우리는 파도 탈 마음이 저만치 달아났다. 꾸불텅거리며 들어오는 파도에 넝쿨손이라도 달려 어깨를 낚아챌 것만 같아 빠른 걸음으로 도망쳤다.

　터덜터덜 걸어서 민박으로 향하는데 모래가 발가락 사이사이로 끼었다. 소금물에 불은 발가락이 아렸다. 죽은 사람들의 영혼은 이미 하늘로 올라갔을 테지만, 이 작은 섬 안에 세 구의 시체와 함께 있다는 생각에 몸이 자꾸 움츠러들었다.

　축 처진 어깨로 민박집 사립짝을 지나가는데, 구수한 생선 매운탕 냄새가 코를 자극했다.

　―맛있는 냄새가 나네. 배가 고프다. 야.

　정권은 부엌을 향해 뛰었다. 은숙이 노인네처럼 혀를 끌끌 찼다.

　―식구를 잃은 사람들은 통곡을 하고 있을 텐데, 사람은 또 먹어야 하는 구나.

―자아, 꽃게탕입니다. 맛들 보세요.

허선생과 식사당번들은 헐값에 꽃게를 샀다며 들뜬 표정이었다. 밥을 제대로 먹을 수 없었다. 시퍼런 몸뚱이의 그 아이가 자꾸 눈앞에 떠올랐다. 남학생들은 식욕이 당기는지 두 그릇씩 비우고도 모자라 냄비에 남은 누룽지를 북북 긁으면서 서로 먹겠다고 다퉜다.

막상 밥을 먹고 설거지를 하고 났을 때, 방안에서 뭉기적거리며 할 놀이가 마땅치 않았다. 서로 얼굴을 쳐다보고 맨숭맨숭하게 앉았기도 멋적었다. 함께 학원엘 오래 다녔는데도 왠지 남학생과는 얼굴만 마주해도 가슴이 두근거렸다.

"자, 모두들 모래사장으로 집합!"

우리는 모래밭으로 나갔다. 날이 저물고 있었다. 서해안의 낙조는 수채화 같다는 걸 어느 시인의 글에서 읽은 기억이 났다. 붉게 물든 구름과 수평선 가까이 떨어지는 태양, 그 타는 듯한 구름을 비춰내고 있는 바다. '남태평양'이라는 영화에서 본 신비스런 분위기를 그대로 연출하고 있다.

비치볼로 토스를 하는 학생들의 모습도 노을과 어울려 영화의 한 장면처럼 신비스러웠다. 여학생들은 공이 날아올 때마다 서로 달려나가며 소리를 질렀다.

그림을 잘 그린다면 저 모습을 담아내고 싶었다. 밖으로 탈출해 나오면 이렇게 엄청나게 다른 세계를 볼 수 있는데, 여태 검은섬 같은 동네에만 갇혀서 잘난 척 하던 기억이 우스꽝스러웠다.

바다를 보고 나니, 동네 개천은 아무 것도 아니었다. 짜증나는 일이 있을 때마다 둑 위에 올라 넓은 개천을 향해 돌을 집

어던지곤 했었다. 그러면 개천은 돌에 맞아 '풍덩' 비명소리를
냈다.

나는 자갈을 주워 어둠의 색깔로 물든 바다를 향해 힘껏 던
졌다. 요란한 파도소리에, 자갈의 비명소리는 들리지도 않았다.

은숙도 백사장에 앉아 먼 하늘을 보고 있었다.

—감상주의 아가씨! 뭘 그리 생각하나?

나는 은숙의 어깨에 팔을 두르며 헛기침을 했다.

—동네에 두고 온 애인이 또 있는 가요? 여기두 수두룩한
데.

은숙은 깔깔깔 웃으며 털썩 주저앉았다.

—나, 오줌 지리는 거 알아, 몰라. 웃기지 말어.

내가 은숙이라면 고민 따위는 없을 것 같았다. 심각하게 생
각할 꺼리가 없었다. 나는 가끔 속이 텅텅 빈 듯한 은숙을 경
멸하곤 했었다. 은숙은 나에게 팔을 잡혀 끌려가면서도 바다
에 떠 있는 환상적인 색조의 구름을 조금이라도 더 보려고 자
꾸만 뒤돌아보았다. 분홍빛 구름은 조금씩 검정색 어둠에게
자리를 내 주고 있었다.

—저녁에는 카레라이스 해 먹을 건데, 우리가 당번이야. 어
서 가자. 이 칼로 감자를 깎는 거야.

재크나이프의 단추를 눌렀다.

'철컥!'

칼날이 툭 튀어나왔다.

은숙은 어깨를 움찔 떨며 내 얼굴을 바라보았다.

—제발, 그 칼 좀 누르지마. 소름 끼친다, 애. 바다에서 '칼'
이라는 단어를 말하기만 해도 불행을 끌어들인다는 말도 못

들었니?

은숙의 정색하는 얼굴이 재미있다. 나는 또 까르르 웃어젖혔다.

—이런, 미신 같은 소리하구 있네. 제발 그런 거 좀 만들지 말아라. 응?

나는 주머니 속에 손을 넣어 재크나이프를 움켜쥐었다. 그 차가운 몸통이 만져지면 무서울 게 없었다. 단추를 누르면 튀어나오는 칼날에 여자아이들은 진저리를 치곤 했다.

감자껍질을 벗기고, 당근을 씻어 잘게 자르고, 양파를 깠다. 마당 한 쪽에 돌을 쌓아 바람막이를 한 후, 고체연료에 불을 붙이고 냄비를 얹었다. 주인여자가 부엌의 솥을 빌려주면서 아궁이에 나무를 때도 좋다고 했다. 불씨를 살리려고 후후 불어가면서 아궁이 안을 들여다보았다. 눈이 쓰라렸다. 생전 해보지도 않은 일을 하려니 신기했다. 그런 반면에 무엇인가를 먹기 위해 끊임없이 움직여야 한다는 게 귀찮았다. 어머니의 모습이 떠올랐다.

자식에게 좀더 좋은 걸 먹이고 입히기 위해 자신은 돌보지도 않고 치열하게 사는 어머니…. 추석보너스를 지키기 위해 강도와 사투를 벌였던 어머니를 이해할 것도 같았다.

먹지 않고 살면 얼마나 편할까.

—이 다음에 과학이 발전하면 알약 하나로도 식사가 해결되는 시대가 온대요.

—그 때까지 내가 살아 있겠니?

어머니는 가끔 매칼없는 소리를 했다.

—사랑하는 자식이 죽어도 그 시신을 뻗쳐놓고 밥을 먹을

수밖에 없단다. 그만큼 먹는 일은 중요해. 어쩔 수 없잖아. 함께 죽을 수는 없으니까.

어머니의 말에 생각이 미치자, 파도에 휩쓸려 죽은 어린아이의 모습이 떠올랐다. 주검이 자기와 상관이 없으면 아무런 두려움도 주지 못하는 모양이었다. 낮에는 이 작은 섬에 세구의 시신과 함께 있다는 생각만으로도 두려웠으나, 이제는 한참 흘러간 일처럼 아무렇지도 않았다. 그 어머니에게는 하늘이 무너지는 고통이겠지만…. 그런 걸 보면 나 자신도 참 냉정한 것 같다.

카레의 독특한 향기가 식욕을 돋구었다. 남학생들은 텐트 안에서 무엇을 하며 지내고 있는지, 밥 때가 되어야만 어슬렁어슬렁 민박으로 찾아 들어왔다.

—야야, 경희 좀 봐. 되게 웃기지. 킥킥.

정권의 말에 밥숟가락을 들다말고 모두들 내 얼굴을 쳐다보았다. 웃음이 연쇄반응을 일으키는 걸까. 아이들은 밥을 입에 문 채 킬킬거리느라 사래가 들리고 난리였다. 나는 정권을 노려보았다. 그러자 나머지 아이들까지 큰소리로 웃고 말았다.

—아이구, 시끄러. 조용히 하지 못해. 경희는 가서 얼른 세수하고 와.

허선생의 고함소리에 방안은 잠잠해졌다. 나는 밥숟가락을 놓고 우물가로 갔다. 방안에서는 또 한바탕 소란스레 웃음소리가 들려왔다.

코끝이 시큰거렸다. 소외감이 밀려들어왔다. 주루룩 흐르는 눈물을 손등으로 훔치고, 우물 옆에 달아매 놓은 반은 깨어져 달아난 거울을 들여다보았다. 눈 밑으로 코밑으로 검댕이가 묻어 있다. 나는 울어서 꿀쩍꿀쩍하게 더러워진 얼굴을 들여다보다가, 그제서야 배시시 웃음을 베어 물었다.

우물물을 길어 대야에 담고, 비누로 거품을 내어 얼굴에 대고 박박 문지르면서도 잇새로 웃음이 비질비질 새어 나왔다. 나는 은숙의 얼굴이 말끔하길래 나도 깨끗하려니 싶었다. 그런데 은숙은 왜 내게 말해주지 않았을까. 은숙이 야속했다.

수건으로 얼굴의 물기를 닦아내고 있을 때였다. 옆방에서 이상한 신음소리가 들렸다. 항상 그들이 궁금했는데, 나는 이때다 싶었다.

살금살금 다가가 문틈에 눈을 댔다. 연극배우 같은 여자와 상큼한 여자가 한 덩어리가 되어 구르고 있다.

아! 그들은 레즈비언이었다. 오줌을 지릴 것 같았다. 나는 어쩔 줄 몰라 하다가 우물가로 가서 깨진 거울을 들여다보는 척 했다.

옆 방 문이 벌컥 열렸다. 나는 깜짝 놀랐다.

—학생, 밥 먹었어?

연극배우 같은 여자가 쪽마루로 나앉더니 담배를 피워 물었다.

나는 대답도 않고 후다닥 방으로 뛰어 들었다. 모두들 밥을 다 먹고 주섬주섬 빈 그릇을 챙기고 있었다. 나는 밥맛이 달아나 버렸다. 같은 여자인데도 나에게 끈끈한 눈빛을 보냈던 것이 이제야 이해가 되면서 소름이 쭉 끼쳤다.

은숙과 함께 그릇을 함지박에 담아서 우물가로 들고 갔다. 정권이 주춤주춤 다가오며 내 얼굴을 살폈다.

—야, 너도 부끄러워하는 구석이 있니? 아무튼 설거지하고

나와. 캠프화이어는 해야지.

나는 흰자가 드러나도록 눈을 흘겼다. 정권은 아랑곳하지 않는 느물스런 표정으로 어깨를 한 번 으쓱 올렸다 내릴 뿐이었다. 정권의 그 넓은 어깨가 듬직해 보였다.

*　　*　　*

섬에서의 여행을 마치고 떠나려던 날이었다. 그래. 그 날의 날씨부터가 운명적이었는지도 모른다.

새벽녘, 이상한 소리에 눈을 떴다. 멀리서 천둥소리가 들렸다. 오늘은 아침부터 서둘러 집에 돌아가야만 했다. 밤새 잠을 이루지 못하고 뒤척였다. 정권과의 첫키스가 자꾸 마음에 파고들어 하얗게 밤을 새웠다. 새벽녘이 되어서야 깜빡 잠이 들었다 싶었는데 저벅저벅 발자국 소리가 들렸다.

―톡톡.

나는 벌떡 일어나 앉았지만 아무 소리도 못 내고 허선생을 흔들어 깨웠다.

―누구야?

허선생은 잔뜩 잠긴 목소리로 소리쳤다.

―선생님!

남자애들의 웅성거리는 목소리가 들렸다.

―이 시간에 자지 않구 무슨 일이냐?

허선생은 문을 벌컥 열어 젖혔다. 시커먼 돗자리 같은 것을 둘러쓴 남학생들이 문 앞에 서 있었다. 그 위로 세차게 비 쏟아지는 소리가 들렸다.

—언제부터 비가 오는 거냐? 어서들 들어와라. 자아, 자 일 어나라 일어나.

허선생은 여자애들을 깨웠다. 남학생들은 텐트를 분해해서 쓰고 온 모양이었다. 방안은 소란스러워졌다. 남학생들이 들어 오는 바람에 자리가 너무 비좁아졌다. 술렁거리는 소리에 놀 란 여자애들이 구석 쪽으로 몰렸다.

—우리는 세상 모르고 잤구나. 자아자, 너희들은 한 쪽으로 눕고, 내가 가운데 눕는다. 남학생들은 이 쪽으로 누워서 눈을 붙여라.

—선생님! 바람소리가 심상치 않은데요.

정권이 큰 눈을 껌뻑이며 벽에 기대었던 등을 떼었다. 새벽 녘이라 잠은 다 달아난 상태였다. 은숙은 조개껍데기로 엮은 목걸이를 염주알처럼 만지작거리고 있다.

—이런 비에 배가 뜰 수 있을지 모르겠어요. 태풍이 몰려오 는 거나 아닌지.

정권은 혼자 모든 근심걱정을 다 짊어진 것처럼 인상을 찌 푸렸다.

—어떻게 되겠지. 신경 끄고 주무셔.

나는 누운 채 뒤척이며 비아냥거렸다. 그런데 아침밥을 해 먹고 나면 남는 식량이 별로 없다는 데에 생각이 미쳤다. 배 가 뜨지 않으면 굶주릴 수밖에 없는 상태였다. 나는 정권의 노파심이 이해되었다. 그리고 마음이 불안해지기 시작했다.

아침시간이 훨씬 지나서야 모두들 잠에서 깨어났다. 비가 그쳤다. 허선생은 배가 뜰 수 있는지 알아보려고 여름경찰서 로 갔다. 식사 당번들이 죽을 끓였다. 오늘 못 떠나게 되면 식량을 아껴야 하기 때문이다.

더 이상 기타를 치며 놀이에 집착할 수 없었다. 여학생들은 기운이 빠질까봐 가만히 방바닥에 엎드려 있었다. 비는 웬만큼 그쳤는데, 바람소리가 요란했다. 한 쪽에 모여 앉아 두런거리던 남학생들이 비장한 표정을 하고 밖으로 나갔다.

나는 은숙을 눈짓해 불렀다. 우리는 남학생들 모르게 살금살금 뒤를 밟았다. 바람 부는 모래사장에 대학생으로 보이는 남자들이 서 있었다. 정권이 그들과 무슨 얘기인가 주고받았다. 흙바람이 몰아치는 가운데 양 쪽 팀은 일렬로 섰다. 결투하기 직전 같은 숨막히는 분위기에 우리는 압도되었다.

어디서 났는지 축구공이 그들 가운데 툭 떨어졌고, 게임은 시작되었다. 남학생들은 결사적으로 발길질을 해 댔다. 죽 한 그릇 먹고 무슨 기운이 있다고 그들은 무지막지하게 싸웠다. 모래바닥에 태클을 하다 나동그라진 정권은 무릎이 깨졌는지 구부리고 앉아 일어서지 못하고 쩔쩔 매었다. 나는 내 무릎이 깨진 것처럼 가슴이 아팠다. 우리는 나무 뒤에 몸을 숨기고 바라보았다. 은숙의 목구멍에서 '꼴깍' 침 넘어가는 소리가 들렸다.

―경희야. 저기 골키퍼 보는 오빠 너무 매력적이지 않니? 키도 크고 어깨가 딱 벌어진 게. 아! 저 가슴팍에 한 번 안겨 봤으면….

은숙은 감탄사를 연발하며 황홀한 눈빛으로 상대방 골키퍼를 바라보았다.

―야! 넌 지금 누굴 응원하는 거니?

나는 정권에게서 시선을 떼지 않은 채 중얼거렸다. 정권 외에는 아무도 눈에 들어오지 않았다.

경기는 우리 팀이 이겼다. 나는 열다섯 명의 생존이 걸린 시합이었다는 것을 경기가 끝난 다음에서야 알았다. 남학생들은 걸음도 당당했다. 라면 한 상자를 어깨에 메고 돌아오는 정권이, 사투 끝에 사냥감을 포획해 오는 원시시대의 사냥꾼처럼 보였다.

여름경찰서에 다녀온 허선생이 난감한 표정을 지었다.

—며칠간 배가 못 뜬단다. 태풍이 가라앉을 때까지 무작정 기다려야 될 모양이다.

라면은 하루의 식사를 거뜬히 해결해 주었다. 내일을 위해 하나, 둘 시계를 풀어서 쌀을 사고 김치를 샀다. 용유도에 갇힌 모든 사람들이 어려움을 겪었다. 죽은 아이의 시신와 신원을 알 수 없는 두 구의 시신은 임시 파견 나온 여름 경찰서에 그대로 있을 것이었다. 모두들 독안에 든 생쥐처럼 섬에 갇혀서 생존을 위해 몸부림을 쳤다.

옆방의 여자들은 여행일정을 길게 잡고 놀러온 모양이었다. 여전히 진하게 화장을 하고 툇마루에 쪼그리고 앉아 밥을 했다. 그녀들은 세 끼를 한 번도 거르지 않고 해 먹는 것 같았다. 무슨 일을 하는 여자들인지 궁금했다. 가만히 살펴보니 긴 속눈썹까지 달고 있다. 새빨간 입술에서 담배 두 개비가 여전히 타고 있다. 그들은 석유버너가 있어서 언제나 방문 앞에 코펠과 반찬통을 벌여놓고 쉽게 밥을 해 먹었다. 우리는 그때 그녀들이 가장 부러웠다.

배를 곯고 누워 있던 아이들은 창호지문 밖이 훤해져서 깜짝 놀랐다. 이윽고 따닥따닥 짚단 타는 소리가 들렸다. 문을 살며시 열어보았다. 불의 긴 혓바닥이 날름거리며 달려들었다. 우리들이 빠져나갈 수 있는 구멍이라고는 팔절지만한 들창 문 뿐이었다. 모두들 소리를 지르며 삽시간에 아수라장이 되었다. 아, 이제 죽는구나. 우리는 서로 빠져나가려고 아우성을 쳤다. 들창으로 간신히 몸만 빠져 나온 우리는 허둥지둥 울타리를 빙 돌아서 마당으로 갔다. 석유버너가 엎질러져 있다. 줄에 걸어놓았던 빨래는 빨랫줄과 함께 화르르 불살라졌고, 불길이 우리 방문 앞 초가지붕까지 타고 올라갔다. 우물물을 길어 올려 초가지붕에 물을 끼얹었다.

  연극배우 같던 여자는 한 쪽 속눈썹이 떨어져 나간 짝짝이 눈으로 잿더미가 되어버린 여행도구들을 물끄러미 바라보고 있었다. 나는 그녀의 처참한 모습에 욕지기가 났다. 내가 그녀를 향해 슬며시 웃자, 그녀는 방으로 슬그머니 들어갔다.

12
태풍이 쓸고 간 자리

비바람은 그쳤다.

언제 태풍이 일었나싶게 나뭇잎들조차 미동도 하지 않았다.

"내일은 배가 뜬 대."

정권이 가지고 온 정보에 모두들 환호성을 질렀다. 내일이면 집으로 돌아갈 수 있다는 희망에 안심이 되었다. 자잘한 짐들을 가방에 챙겨 넣었다. 끼니를 해결할 쌀이 다 떨어져 죽을 끓여서 허술한 저녁을 먹었다. 하지만 집에 돌아갈 수 있다는 말에 모두들 얼굴이 밝았다.

정권이 내게 눈짓을 했다. 나는 휴지를 집어들고 변소에 가는 척, 밖으로 나왔다. 문지방을 넘으려는데 은숙이 고개를 돌렸다.

"경희야! 같이 가 줘?"

"아니, 괜찮아. 혼자 갔다 올께."

은숙이 고개를 뒤로 젖히고 눈을 감는 것을 보며 약간 미안한 마음이 들었다.

정권과 함께 바닷가를 거닐었다. 우르릉 쾅 하며 섬을 공포의 도가니로 만들었던 파도는 사이다처럼 보글거리는 거품을 밀어보낼 뿐 잔잔했다.

우리는 모래사장에 앉았다. 캄캄한 밤하늘에 주먹만한 별들이 영롱하다. 정권은 내 어깨에 팔을 둘렀다. 그에게서 남자냄새가 났다. 나는 정권의 어깨에 머리를 기대었다. 정권은 내 머리카락을 입에 물었다.

"너한테서는 향긋한 꽃 냄새가 난다."

정권은 갑자기 입술을 포개왔다. 나는 눈을 감았다. 정권의 가슴이 금방이라도 터질 듯 쿵쾅거렸다. 멀리서 개 짖는 소리가 들렸다.

정권의 몸이 불덩어리다. 그 불에 온몸이 데일 것만 같았다. 허벅지를 무엇인가 딱딱한 것이 자꾸 찌른다.

나는 정권을 밀어내고 모래사장을 달렸다. 영화의 한 장면처럼… 그 때였다. 검은 물체가 민박집 쪽으로 급하게 달려갔다.

"어머, 누가 우리를 봤나 봐."

"보긴 누가 봐. 캄캄해서 안 보여. 혹시 봤다고 해도, 어때?"

"뭐야?"

나는 정권의 등을 주먹으로 두드렸다.

"니가 먼저 들어가. 난 좀 있다가 들어갈 테니까. 그리구, 저기. 너하고 말할 새가 없을 것 같아서 그러는데, 경희야, 나 너 사랑한다."

다리가 후들거렸다. 영화에서 연인들이 숱하게 하는 말. 그리고 내가 이 애 저 애에게 아무렇지도 않게 보냈던 편지에 썼던 그 말이었다. 그 흔한 말이 가슴의 고동을 멈추게 한다. 정권이 내 어깨를 뒤에서 한 번 더 끌어안았다 놓았다. 이 순간에서 모든 것이 멈춰 버렸으면 좋겠다.

나는 붉어진 얼굴을 들킬세라 고개를 숙인 채 민박집 방으로 들어갔다. 덕수가 내 얼굴을 흘끔 올려다보았다. 그러더니 아무 말 없이 무릎 사이에 고개를 파묻었다. 나는 덕수의 옆구리를 쿡 찔렀다. 덕수는 옆구리를 움찔할 뿐 고개를 들지도 않는다. 혹시 우리를 엿본 시커먼 그림자가 덕수였나?

"은숙이 어디 갔어?"

"아까 너 나가고 금방 따라 나갔는데, 못 만났어?"

나는 가슴이 덜컥 내려앉았다. 그렇다면 골목을 돌아가던 검은 물체가 은숙이었을까. 은숙이었다면 얼마나 나를 원망했을까.

그 때 정권이 어슬렁거리며 들어왔다.

"정권아, 은숙이가 나간 지 한참 됐는데, 오질 않아. 같이 가 볼래?"

덕수의 말에 정권은 시큰둥한 표정을 지을 뿐, 털썩 주저앉았다.

"올 때 되면 오겠지. 큰 일 보는 거 아냐?"

덕수는 내 얼굴을 쳐다보았다. 나는 덕수를 따라 일어섰다.

문 밖으로 나가서 왼쪽으로 꼬부라지면 변소 하나가 오도카니 서 있다.

"은숙아!"

이름을 불러도 기척이 없었다. 불길한 예감이 들었다. 나는 문 대용으로 막아놓은 거적때기를 들추었다. 아무도 없고 구린내만 얼굴에 훅 끼쳤다.

그 때였다.

은숙의 쥐어짜는 듯한 비명소리가 변소 뒤 잡풀더미 쪽에서 났다. 여러 사람들의 것으로 보이는 실루엣이 컴컴한 속에서 움직였다.

"은숙아! 은숙이니?"

무엇이 발에 밟혔다. 집어들고 보니, 은숙의 스웨터였다.

컴컴한 어둠 속에는 아무 것도 자세히 보이지 않았다. 희끄무레한 그림자들이 빙 둘러앉아 있는 것 같았다.

덕수와 나는 주춤주춤 억센 풀을 손으로 휘감으며 아래쪽으로 내려갔다.

내 손목을 누군가가 덥썩 움켜쥐었다.

"엄마야!"

나는 온몸에 소름이 쭉 끼쳤다.

"후후, 이게 웬 떡이냐. 영계다. 영계!"

사내의 입에서 술냄새가 풍겼다. 나는 얼른 뒤돌아보았다. 덕수의 모습이 보이지 않았다. 자전거를 처음 탔을 때처럼 암담했다. 뒤에서 아버지가 붙들고 있는 줄 알고 달리다가, 뒤돌아보니 아무도 없고, 나 혼자서 비틀거리는 자전거 위에 올라앉았을 때의 공포감….

나는 다리를 버팅기며 벗어나려고 했지만, 남자는 더욱 몸을 조여왔다. 서서히 은숙이 있는 곳이 보이기 시작했다.

아!

은숙은 알몸이었다. 남자들이 빙둘러 앉아 그녀의 몸을 주무르고 있었다. 잡풀더미 위에 팽개쳐진 은숙은, 기를 쓰며 몸을 비틀고 있었다. 나는 남자의 팔을 물어뜯었다.

"아악! 이런 나쁜 년!"

튀어 일어나려는데 뒤에서 우악스런 손아귀가 내 양쪽 팔을 붙잡았다.

누군가 은숙의 몸을 올라타고 앉아, 은숙의 몸을 유린하고 있다. 그림자가 너울너울 춤을 추는 것 같았다. 어렸을 때 벽을 향해 손가락으로 그림자놀이를 할 때처럼 그들의 움직임이 현실로 느껴지지 않았다.

"오, 하느님."

나는 더 이상 은숙을 볼 수 없었다. 건장한 남자가 들러붙어 내 옷을 잡아 찢었기 때문이다. 나는 숨을 헐떡거리며 정신을 가다듬었다. 정신만 바짝 차리면 빠져나갈 길이 있을 것이다.

* * *

'삐익'

나는 진저리를 치며 눈을 떴다. 어스름이 깔리는 저녁 무렵이었다. 혜란의 전화로 신경이 날카로워 또 그 때의 일을 꿈꾼 모양이었다.

'삐익'

머리 위 스피커에서 온몸의 신경을 긁어대는 소리가 났다. 나는 스피커의 불협화음에 진저리를 내며, 걸레를 빨아다 거실바닥을 박박 문질러 닦았다. 혜란의 목소리가 아직도 귓바퀴에 남아 맴돌고 있다.

　—은숙이가 가퇴원했단다. 굿을 했대. 옛날에도 굿을 했었다
며? 그런데 그게 다 무슨 소용이람.
　깔깔거리며 구부려 앉아 오줌을 지리곤 했던 은숙의 모습이
눈에 잡힐 듯 했다.

　용유도에서 돌아온 뒤, 은숙의 어머니는 나에게 다그쳐 물
었다.
　—경희야, 도대체 무슨 일인지 말해봐. 너한테 우리 은숙이
좀 잘 돌봐주라고 그렇게 신신당부했건만, 애가 이 지경이 되
어 돌아오다니….
　은숙의 어머니는 꺼억꺼억 울음을 삼키며 내 어깨를 잡아 흔
들었다. 나는 말 할 수 없었다. 나도 만신창이가 되었으니까.
　은숙은 나와 단둘이 있을 때는 가끔씩 멀쩡해지곤 했었다.
　—경희야, 난 죽고 싶지 않아. 그놈들이 나를 죽이려고 해.
밤마다 저 창문을 열고 들어오는 거야. 그리고는 내 목을 눌
러대는 거야. 나는 숨이 끊어질 것 같아서 소리를 지르지. 소
리는 나오지 않구…. 눈알이 뻑뻑해서 잘 굴려지지가 않아. 미
칠 것만 같아.
　나는 은숙을 가만히 안았다.
　—경희야, 정권에게 키스한 것처럼 내게도 키스해 줘.
　은숙은 눈을 살며시 감으며 입술을 들이대었다. 나는 섬칫
했다. 그렇다면 그 때, 바닷가에서 나와 정권을 훔쳐보다가 도
망친 사람이 은숙이란 게 확실해졌다.
　나 때문이다. 나 때문에 은숙이 이 모양이 된 것이다. 죄책
감에 가슴이 미어졌다. 나는 은숙의 입술에 내 입술을 가만히

포개었다. 은숙은 내 입술을 빨았다. 은숙의 입술은 사람의 것이 아닌, 문어의 흡반 같았다. 나는 숨을 쉴 수가 없었다. 은숙은 내 입술을 놓지 않은 채, 자신의 티셔츠를 활활 벗었다. 은숙의 젖가슴이 드러났다. 나는 고개를 돌렸다. 은숙 같지가 않았다. 그는 은숙이 아니었다. 은숙의 몸을 빌었을 뿐이었다. 다른 사람의 영혼이 은숙의 몸안에 또아리를 틀고 있는 것 같았다. 은숙은 내 블라우스 단추에 손가락을 갖다대었다.

내가 뿌리치자, 은숙은 나를 밀었다. 내가 뒤로 자빠지자, 은숙은 나를 타고 앉았다. 나는 꼼짝 할 수가 없었다. 그리고 두려웠다.

며칠째 잠을 못 잤을 텐데, 어디서 이런 기운이 나오는지 의아스러웠다. 용유도, 민박집 옆방에서 이상한 짓을 하던 레즈비언들이 떠올랐다. 그 동안 결벽증에 가깝도록 몸을 도사리던 은숙이었다. 은숙은 음탕한 신음소리를 내며 내 치마 속으로 손을 집어넣었다.

―은숙아, 저어….

나는 온몸이 부들부들 떨렸다. 은숙은 여자가 아니었다. 이상한 힘이었다. 눈이 번들번들거렸다. 무서웠다. 나는 벌떡 일어섰다. 은숙은 어렸을 때 본 약장수들의 연극처럼,

―심순애가 이수일의 바짓가랑이를 잡고 늘어지듯이― 내 다리를 두 팔로 끌어안고 놓지 않았다.

―아줌마! 아줌마!

은숙 어머니가 문을 활딱 열어젖뜨렸다.

―은숙아! 이게 웬일이니?

은숙은 티셔츠를 서둘러 걸치고는 돌아앉아서 단추를 채웠

다. 나는 은숙 어머니 뒤로 숨었다. 은숙은 돌아앉더니 입 꼬
리를 살짝 올리며 웃었다.

　—경희야, 장난 친 걸 가지고 뭘 그리 놀래니?

　나는 은숙 어머니 뒤에 덜덜 떨고 섰다가 마당으로 뛰쳐나
왔다.

　은숙의 병을 고치기 위해 은숙 어머니는 별의별 짓을 다 했
다. 무당을 불러 굿을 하기도 하고, 용하다는 의원을 불러다
진찰을 받기도 했다. 은숙은 얼굴이 점점 누렇게 변하기 시작
했고, 눈 아래 거뭇하게 그늘이 졌다. 바랑을 짊어진 스님이
은숙네 파란 대문으로 들어가자, 동네사람들이 꾸역꾸역 모여
들었다. 무당의 굿거리로 이미 은숙의 정신이 온전치 않다는
소문은 동네 끝까지 퍼져나갔다. 현관에서부터 마당까지 사람
들이 그득하게 들어찼다. 은숙은 마루에 멍하니 앉아 있었다.
초점을 잃은 은숙의 눈은 희끄무레했다.

　스님은 은숙의 맞은 편에 가부좌를 하고 앉아 있었다. 눈을
감고 염주를 엄지손가락으로 굴리고 있었다.

　—지나가던 처녀귀신이 씌었구먼.

　스님은 한 마디 던지고는 목탁을 두드리며 웅얼웅얼 염불을
외웠다.

　은숙이 고개를 들고는 무리를 향해 히죽이 웃었다. 나는 은
숙과 눈이 마주칠까봐 두려웠다. 사람들이 선 틈으로 슬쩍슬
쩍 은숙의 모습을 넘겨다보았다. 은숙의 시선은 뒤편에 서 있
는 덕수와 정권에게로 향해 있다. 은숙이 갑자기 벌떡 일어났
다. 빙 둘러섰던 사람들은 모두 뒤로 한 발짝씩 물러났다. 은
숙은 덕수를 향해 몸을 배배틀며 교태 어린 미소를 보냈다.

덕수는 얼굴이 벌개져서 뒤로 물러났다. 은숙은 몸을 꼬며 아무 남자나 보고 벌쭉벌쭉 웃었다.

—좌정하시오.

스님은 목탁으로 마루바닥을 땅땅 내리쳤다. 은숙은 새침하게 돌아앉았다.

섬에서의 충격이 은숙을 혼란 속에 빠뜨리고 있었다. 은숙의 부모에게 사실대로 말을 전한다면 치료가 빠를 것이다. 하지만 전할 수 없었다. 사실, 나도 은숙처럼 돌아버릴 것만 같았다.

그 때의 상황이 자꾸 잠자리를 어지럽혀서 뜬눈으로 밤을 새는 적이 많았다.

정권과 덕수를 따라 슬그머니 파란대문을 빠져 나왔다.

—다른 친구들이야 동네가 다르니까 별 문제가 없어. 요는 우리 세 사람이야. 우리는 어떠한 일이 닥치더라도 입을 굳게 다무는 거야. 그리고 될 수 있으면 만나지 말자.

덕수는 정권이 말하는 동안, 고개를 숙인 채 내내 신발만 내려다보고 있었다.

—난 정말 괴로워. 공부도 안 되구. 저러다 은숙인 어떻게 되는 걸까.

덕수는 광대뼈가 튀어나오도록 말랐다. 입술도 바싹 말라 찢어져 피가 배어나고 있다.

—공소시효가 언제까지지?

정권은 둑 너머 저 멀리 평원을 보고 있었다. 그의 목장은? 그의 미래는 어떻게 되는 걸까.

—앞으로 십오 년이야. 나도 잘은 몰라.

—그러면 우리는 서른 살이 넘게 돼. 난 서른 살까지만 살

건데. 이게 뭐야. 우린 끝이야.

나는 운동화로 둑 바닥을 차며 투덜거렸다.

―죽고 싶다. 나는 정말 은숙일 좋아했었어. 우린 이 다음에 결혼하자고 약속도 했었어. 은숙이가 그런 일을 당하는 동안 난 비겁하게 도망쳤어. 은숙의 비명소리가 밤마다 들리는 거 같애.

덕수는 하늘을 올려다보며 한숨을 내쉬었다. 희미하게 보이는 별빛처럼 우리들의 미래는 불확실하기만 했다.

*   *   *

나는 거실바닥을 문지르던 걸레를 욕실에 집어던지고, 챙이 달린 모자를 찾아들었다.

이십 년이 지났는데도, 어제 일처럼 선명하게 떠오른다. 그 때의 일들이. 나는 마음을 안정할 수가 없어 손바닥을 비비며 거실을 왔다 갔다 했다.

또 스피커에서는 안내방송이 나왔다. 스피커 아래로 가서 귀를 기울였다.

"아아, 이번에 우정아파트 건설에 따른 불편으로 인해 주민의 모임을 갖고자 하오니, 지금 곧 놀이터로 모여주시기 바랍니다. 다시 한 번 말씀 드리겠습니다……."

오전부터 여러 차례 방송되는 관리직원의 목소리에 불안해서 도저히 엉덩이를 붙이고 앉았을 수가 없었다.

이제 방송을 안 하려나보다 마음을 놓고 있으면, 칼칼한 여자의 목소리가 귀를 후벼팠다. 붉은 띠를 두른 할머니의

236

모습이 떠올랐다. 아파트 기초공사가 한창이긴 하다. 먼지나 소음은 물론이고, 진동까지 수반하고 있어 참기 어려운 지경이었다.

컴퓨터 작업을 하고 있는데, 컴퓨터책상이 덜덜 떨렸다. 자리를 펴고 누워서 낮잠을 자려다가 지진이 일어나는 것처럼 등줄기가 흔들리는 바람에 깜짝 놀라기도 했다.

영일네가 전화를 했다. 모자를 집어들고 못이기는 척 놀이터로 나갔다.

영일네가 엉덩이를 손바닥으로 두드리며 웃었다.

"나는 엉덩이가 자꾸 찌릿찌릿 하길래 좌골신경통이 도졌는 줄 알고 병원에까지 다녀왔지 뭔가. 그랬더니 진동 때문이라더군."

놀이터에는 꽤 많은 사람들이 나와 서 있다. 나무그늘은 집안에 있는 것보다 서늘했다.

"반상회 때마다 관리실에 대고 대책을 마련해야지 않겠느냐고 건의를 했지만, 감감무소식이었습니다. 피해가 많다고 여기저기 모여 앉아 웅성거리기만 하지, 정작 모이라면 이 핑계저 핑계로 빠져나갈 구멍만 찾으니 되겠습니까?"

각서에 도장을 받아갔던 할머니가 빨간 메가폰을 입에 대고 흥분했다.

"남의 일이 아닙니다. 주민 여러분, 이럴수록 우리는 단결을 해야 합니다…."

나는 답답했다. 좀 참고 넘어갈 일이지. 건설회사 측에서도 피해에 대한 보상을 최대한으로 해준다고 했다. 무슨 콩 고물이라도 떨어질 게 있겠다고 저리 야단들인지….

소희네가 옆에 섰다가 알은 체를 해 온다.

"석선생. 그 난리를 치는데, 집에서 꼼짝 않고 뭐 하는 거야? 나는 새벽 다섯 시까지 공사장 출입구에서 밤샘하고도 지금 또 나왔어. 어떻게 돌아가고 있는지 궁금해서 도무지 가만히 있을 수가 있어야지."

소희네는 피곤한 듯 양 쪽 손가락을 구부려 눈두덩을 문질렀다.

"석선생. 접때 왜 소희 친구 민영이란 애 기억하죠? 주홍구두 말이야."

"아, 예. 정말 그 애는 어떻게 됐어요?"

그 아이들 세대에는 순결을 강탈당한 일 따위는 아무렇지도 않게 여기고 살아갔으면 좋겠다. 소희네는 우묵한 눈의 눈꺼풀을 푹 접으며 눈에 힘을 주었다.

"민영이가 문제가 아냐. 그 애 엄마가 딸 둘을 죽이고, 저도 죽으려다 미수에 그쳤대요. 지금 정신병원에 있는 모양이드만."

"네?"

나는 너무나 기가 막혔다. 아이의 이름과 상황이 은숙의 일과 너무나 똑 같았다. 나는 입술을 깨물었다.

"오늘도 밤샘해야 되겠네."

소희네는 얼른 데모애기로 화제를 바꿨다.

놀이터에 모여 섰던 사람들은 줄을 지어 공사장으로 향했다.

북소리와 간간이 징 소리, 꽹과리 소리가 햇살 아래 앉은 주민들의 주위를 맴돌고 있다.

나는 신문지를 깔아놓은 한켠에 쭈그리고 앉았다.

"몇 동 몇 호예요? 들어온 시각과 나간 시각을 적어야 하거든요."

도수 높은 안경을 낀 여자가 눈살을 찌푸리며 볼펜과 종이를 들고 바싹 다가섰다.

"칠백 세대가 넘는데 참가한 인원은 고작 백 오십 명이에요. 이렇게 단합이 안 되어서야 어디 보상을 받아내겠어요?"

여자가 안경알 속의 눈을 번득이며 큰소리 치는 바람에, 내가 마치 나머지 무관심 세대의 대표라도 되는 것 같아 목을 움츠렸다. 나는 안경 낀 여자가 물러나자, 이내 고개를 푹 숙였다. 남들은 구호를 외치거나 말거나 또다시 은숙에 대한 생각에 잠겼다.

—남편의 폭력이 주 요인이래. 우울증 있는 어머니에게 방치되어 있는 아이들 많다더라. 자칫 잘못 했으면, 세 딸년들 다 일 치를 뻔했지 뭐니? 험한 세상에 내놓지 않겠다고, 팽이 끈으로 아이들 목을 매 주려고 했다니 말이 되니?

[딸 셋을 데리고 뒷산에 오른 어머니가 제 정신이 아닌 상태로 딸 둘을 교살했다. 큰딸의 신고로 자살하려던 마은숙 씨의 목숨만은 구했다.]

혜란이 읽어준 기사의 내용을 듣고 경악했다. 나는 아무 일도 손에 잡히지 않았다. ○○회사 사보에 꽁트를 하나 넘겨줘야 하는데 아무런 아이디어도 떠오르지 않았다.

나는 또다시 저 멀리 구름을 집어타고 그 날의 끔찍했던 시간으로 날아갔다.

13
집단이기주의

'딩동딩동'

현관의 어안렌즈에 다가가 눈을 들이댔다. 관리실 직원이 두 사람 서 있다. 문을 열어주었다. 거실로 성큼 들어서는 그들에게서 발고린내가 심하게 난다.

"하수도가 막혔다구요?"

키가 휜칠하게 큰 남자가 물었다. 그는 내 몸매를 쓰윽 훑어보면서 주방으로 들어갔다. 작은 남자는 발끝을 들고 살금살금 따라 들어왔다. 그들은 망설임 없이 씽크대 아래 문을 열고 연결된 호스를 끄집어내었다. 호스의 홈에는 지저분한 오물이 끼어있다. 내 내면을 들킨 것처럼 부끄러웠다. 사내는 바닥에 뚫린 하수도에 긴 철사를 집어넣었다. 철사는 한없이 들어갔다.

"사모님께서는 저 쪽에 가 계세요. 냄새가 지독할 겁니다."

얼굴에 여드름이 잔뜩 솟은 키 작은 남자가 얼굴을 붉힌다. 얼굴을 붉힐 사람은 난데…. 남자가 참 순수하다는 생각을 한다.

나는 남자가 시키는 대로 소파에 가 앉았다. 역겨운 냄새가 나기 시작한다. 잊혀졌던 냄새였다. 기억의 한 귀퉁이에 남아 있던 코에 익은 냄새다.

하수도가 막히는 봄철기가 되면 난민촌 사람들은 대야를 들고 골목에 모여 섰다. 건장한 남자들이 노깡의 이음부분 쯤을 짐작해서 곡괭이로 찍었다. 노깡의 시멘트가 보이면 이음 부분을 따냈다. 꽤 넓은 노깡에 검은 흙이 가득 차 있다. 역한 냄새가 풀풀 나는 검은 오물을 퍼서 대야에 담았다. 줄을 서서 한 집에 한 사람씩 퍼다가 둑 아래 공터에 버렸다. 노깡의 중간부분을 꽉 메우고 있는 오물을 걷어내고 나면 시원스레 하수가 잘 빠졌다. 일을 끝내고 집에 돌아오면 온몸에서 시궁창냄새가 진동을 했다. 대야는 수세미로 박박 문질러 닦아도 며칠씩 냄새가 가시지 않았다. 지금과 같이 독한 세제가 있었다면 금세 냄새를 없앨 수 있었을 텐데….

요즘 강남에서는 향수를 문신하는 게 유행이란다. 몇천만 원씩 하는 향수통 안에 들어갔다 나오면 평생동안 온몸에서 향수냄새가 난다나. 그렇게 비싼 통이, 수입해 오기가 무섭게 날개 돋힌 듯 팔린단다. 조상들이 이 광경을 봤다면 요지경 속이라고 할 게다.

사람이 참 간사하다. 내가 고층아파트에 산 지 얼마나 된다고, 웬만한 냄새에 코를 싸쥐는지…. 나는 그들이 돌아가고 나자 락스를 희석한 물에 걸레를 빨아서 거실 바닥을 빡빡 문질렀다. 걸레에 시커먼 먼지가 닦인다. 어디서 들어왔는지 시커먼 흙먼지가 계속 묻어 났다. 한바탕 걸레질을 하고 났더니 등에서 땀이 흘렀다.

집안을 다 치우고 나서 나는 베란다 문을 열었다. 산을 휘돌아 나온 시원한 바람이 얼굴을 간질렀다.

아직도 경비실 앞에는 가전제품이 쌓여 있고, 여자들이 모여 서서 웅성거리고 있다. 전 번에 데모에 억지로 끌려 들어갔다가 혼이 난 생각을 하면 지금도 낯이 뜨뜻했다.

"얘기가 잘 안 통하면 물리적인 힘을 가하는 수밖에 없어요."

"이렇게 얌전히 앉아 있는 걸로 해결이 나겠어요? 일단 쳐들어가서 책상부터 하나 부수고 시작하자구요."

"대통령은 집단이기주의를 처단하겠다고 벼른다는데…."

"그래도 그런 방법 밖에는 별 도리가 없다구요."

"그 쪽에서 그렇게 얌체처럼 나오는데, 우리도 거칠게 나갈 수밖에 없다구요."

그런 악순환이 거듭 되는 한, 집단 이기주의를 뿌리뽑기는 어렵다.

집단.

나는 팔뚝에 오스스하게 난 소름을 문지른다. 이번 데모에 절대로 끼지 않을 생각이다. 데모가 끝난 뒤, 어떠한 불이익이라도 감수하겠다는 각서에 도장까지 찍어 주었건만, 시위대 할머니는 나를 볼 때마다 끌어내리려고 애를 쓴다.

사이렌 소리가 울렸다. 나는 깜짝 놀라 경비실 쪽을 내려다보았다.

"뭐하구 있어요. 빨리 내려와욧."

경비실 주변에 웅성거리고 섰는 사람들 중에서 그 노인네가 나를 향해 빨간 확성기를 입에 대고 소리를 질렀다. 나는 얼른 고개를 숙였다.

다시 데모가 시작될 모양이다. 그들 말처럼 이번에는 과격한 시위가 될 것 같았다.

*　　*　　*

햇살이 쏟아져 내리는 아스팔트가 열기를 내뿜기 시작했다. 육십 세가 넘어 보이는 할머니가 확성기를 입에 대고 구호를 외친다. 몇몇 여자가 팔을 휘두르며 구호를 따라 외칠 뿐, 대부분의 사람들은 손바닥만한 그늘에 몰려 앉아서 옆사람과 잡담하느라 관심이 없다.

할머니의 목소리가 갈라졌다. 오래도록 목이 터져라 외쳤던 모양이다.

"아유, 이 짓도 못해 먹겠네. 힘이 있어야 말이지. 이봐요 젊은 사람들! 이것 좀 봐!"

할머니는 갑자기 자신의 티셔츠를 위로 끌어올렸다. 허연 뱃가죽에 시선을 보내다가 나는 눈살을 찌푸렸다. 발이 많이 달린 불그스름한 지네가 노파의 배 위에서 꿈틀거리는 것 같았다. 봄에 영종도에서 보았던 중년사내의 모습이 갑자기 눈앞을 스쳤다. 그 사내는 나와 무슨 연관이 있는 걸까?

"내가 대수술 받은 지 얼마 안 됐어. 앞에서 소리를 질렀더니 옆구리가 땡겨서 도저히 못해 먹겠어. 앞에서 소리를 지르면 따라서 하기라도 해얄 거 아니야. 저기 지금 나온 엄마, 이 확성기 좀 받아요.”

노인의 손가락 끝을 따라 모두들 고개를 돌렸다. 안경 낀 여자에게 이름을 적고 있던 소희네의 얼굴이 벌개졌다. 할머니는 다짜고짜 소희네에게 확성기를 넘겨주었다. 소희네는 당황하며 확성기를 나에게 넘겨주었다. 나는 징그러운 벌레를 만진 것처럼 화들짝 놀라, 이어달리기를 하듯 옆 사람에게 건네주었다.

할머니는 그 여자에게서 확성기를 빼앗아 다시 나에게 쥐어 주었다.

“왜 이러세요. 저는 이런 거 할 줄 몰라요.”

“하는 놈이 따로 있나. 내가 당신 눈 여겨봤어. 항상 베란다에서 이 쪽을 훔쳐보고 있었지? 이걸 보고 외쳐 봐요. 나보다 잘 할 거야.”

종이에 여덟 줄의 구호가 적혀 있다. 그것들은 타당한 것도 있었지만, 입에 담기에도 조잡한 문구도 있었다.

“이십 오층 웬 말이냐. 업체는 각성하라.”

나는 조그만 목소리로 우물거렸다. 그 뒤를 따라 몇 사람이 웅얼거리다가 끝이 흐지부지 돼 버렸다. 목구멍으로 자꾸 기어 들어가는 목소리를 끄집어 내었지만, 그것은 갈라진 음색으로 더 우스꽝스러웠다. 사람들이 웃지 않아서 다행이었다. 사람들은 조금도 웃지 않고 경직된 얼굴로 내가 들고 있는 빨간색 확성기만을 응시했다.

“그렇게 하면 돼. 처음부터 잘하는 사람이 어디 있수?”

할머니 뿐 아니라 몇몇 사람들이 계속 재촉을 해 댔다.

그래, 까짓 것 별 거 아니야. 이제 사람들 속으로 들어가는 거야. 내가 웅크리고 있던 달팽이 껍질은 벗어 던지는 거야. 나는 나에게 말을 걸었다. 내 삶에 있어 배짱이 있었던 시기는 사춘기 때뿐이었던 것 같았다. 배짱이라기보다는 오기였을 것이다.

하늘을 올려다보았다. 구름 한 점 없다. 오전 시간이라 아직은 그렇게 따갑지 않았다. 주민들은 내가 주도해 주기를 원하는 것 같았다. 나는 배에 힘을 주었다.

"구호가 너무 길어 맥이 끊기는 것 같아요. 그러니까 제가 구호를 외치면 맨 뒤의 네 자만 두 번씩 반복을 하며 팔을 힘차게 올려 주세요."

딴전을 부리던 여자들까지 내게로 시선을 집중했다.

"주민 피해 무시한 업체는 사과하라!"

"사과하라, 사과하라!"

사람들의 팔이 어깨 정도로 올라갔다. 입이 반쯤 열리고 목소리가 공사장 입구에도 들릴까말까한다.

"스트레스 해소한다 생각하시고 맘껏 소리 지르세요. 이십오층 허가한 서울시는 각성하라!"

"각성하라, 각성하라!"

모여있는 사람들의 팔이 쭈욱쭉 뻗어 하늘에 대고 주먹질을 해댔다. 그들은 목청껏 소리를 질렀다. 그 다음부터는 내 힘으로 하는 게 아니었다. 신이 오른 듯, 눈에 보이지 않는 흥분의 물결이 사람들 사이의 간격을 메우고 있었다. 볕이 점점 따가워지고 있는 점심 무렵까지 주민들은 벌겋게 달아오른 얼굴로 팔을 휘둘렀다.

레미콘 차가 공사장 입구에 섰다. 차창을 열고 비죽이 얼굴

을 내미는 사내를 보며, 나도 모르게 내 입에서는 엉뚱한 구
호가 튀어나왔다.

"돌아가라, 레미콘은 돌아가라!"

"돌아가라, 돌아가라!"

여자들이 팔을 내뻗으며 신이 나서 외쳤다. 사내는 차창 밖
으로 가래침을 칵 뱉었다.

간이사무실 안에서 제복을 입은 남자가 레미콘 기사를 향해
팔을 내저었다. 레미콘은 다리까지 가서 차를 돌려 나갔다.

우우우, 깽깨갱깽, 둥둥둥!

꽹과리가 날뛰고, 북이 울리자, 여자들은 일제히 와와, 함성
을 질렀다. 모두들 일체감이 되어 소리를 지르고 나서 레미콘
이 보이지 않게 되자 까르르 웃음을 터뜨렸다.

공사장 입구를 틀어막고 앉아 있는 무리들을 향해 절을 하
고, 나도 바닥에 주저앉았다. 여자들은 언제 구호를 외쳤느냐
싶게 삼삼오오 모여 앉아서 수다를 떨기 시작했다.

피해가 극심한 것도, 데모가 절실한 것도 아니었다. 일 며칠
못하게 막아서 손해를 보게 되면, 우리 아파트에 보상을 해
주리라는 막연한 기대로 나와 앉았는 사람들이 많았다.

소풍을 나와 앉았는 기분이 들었다. 가끔씩, 버스나 택시 창
문으로 머리를 내밀고 손가락질을 해대는 사람들이 있어 조금
은 수치스런 기분도 들었다.

"시청에서 우리를 집단이기주의 시범케이스로 잡아들이려고
한 대. 주동인물은 아마도 감옥에 가게 된다나 봐."

여자들의 입에서 입으로 퍼져나간 부정적인 소문은 우리들
을 경직되게 하기에 충분했다. 내가 어쩌면 감옥에 가게 될지

도 모른다는 말을 들었을 때, 온몸에 전율이 일었다. 나는 무릎 사이에 머리를 파묻고 눈을 감았다.

* * *

　자동차 한 대가 데모대 앞에 멈춰 섰다. 중년남자가 차에서 내리더니 트렁크를 열었다. 몇몇 사람이 다가가 박스를 꺼내었다. 박스를 풀자, 음식냄새가 물씬 풍겼다. 앉아 있는 사람들에게 일 인분씩 싼 김밥을 건네주었다. 생수도 병째 군데군데 놓아주었다. 소풍이라도 나온 것처럼 사람들은 삼삼오오 모여 앉아 즐겁게 식사를 한다. 삼 동 천백일 호에 산다는 남자가 음료수를 한 박스 놓고 갔다.
　지나가는 버스에서 사람들이 고개를 내밀고, 밥을 먹는 무리들을 의심스런 눈초리로 바라본다. 나는 모자를 푹 눌러썼다. 목구멍이 칼칼했다.
　중년여자가 건강음료와 피로회복제라며 알약을 건네주었다.
　"앞에서 일하는 사람이 잘 먹어야지."
　목이 마르던 차에 나는 넙죽 받아먹었다.

　'내가 지금 하는 일이 모든 것에 합당한가. 이런 데모가 불법은 확실한데, 시민 다수에게 인정을 받을 수 있는 일을 하긴 하는 건가. 버스를 타고 지나쳐가는 사람들은 우리를 어떻게 볼까. 그들이 인상 찌푸릴 일은 아닌가. 집단 이기주의에 빠져 나도 모르는 사이 휩쓸리면서 누군가에게 커다란 손해를 입히고 있는 것은 아닌가.'

나는 속으로 끊임없이 반문을 했다. 그러나 이제 와서 오도 가도 못할 처지였다. 이미 데모는 시작되었고, 엎질러진 사건이었다.

경찰 차가 한 대, 무리들 앞에 섰다. 경찰관이 무리들의 틈을 헤치며 사무실 쪽으로 걸음을 떼어놓았다.

"점심식사나 좀 하고 가셔."

할머니가 넉살좋게 김밥 꾸러미 하나를 들고 경찰관에게 다가갔다. 경찰관은 웃으며 손을 휘휘 내저었다.

북 소리가 둥둥둥! 뱃속까지 울리기 시작했다. 귀의 고막이 부르르 떨렸다. 나는 새끼손가락으로 귓속을 후볐다. 그러나 조용조용 살던 내 귀는 이미 커다란 징소리, 북소리에 달달 떨며, 흥분하고 있었다.

점심을 먹고 나자 햇살이 눈두덩을 나른하게 간지럼을 태운다. 모두들 게슴츠레 눈을 뜨고 양산 속에 얼굴을 묻었다. 공사장 함석문에 기대앉아 눈을 붙인 사람도 있다.

잠시 쉬는 동안, 돌아가며 독창을 했다. 나는 '아침이슬'을 불렀고, 몇몇 여자들이 비장한 표정을 지으며 따라 불렀다. 누군가가 '우리 운동권 아줌마들 같애'라고 하는 바람에 모두들 소리내어 웃었다.

일어서서 엉덩이를 흔들며 노래를 부르는 할머니를 보며 여자들은 까르르 웃었다. 작업을 못하고 이쪽만 노려보고 있는 인부들의 얼굴이 일그러져 있다.

한 남자가 자동차에 올라 시동을 걸었다. 노래를 멈추고, 모두들 물샐 틈 없이 입구를 몸으로 막았다.

248

“퇴근할 거예요. 좀 비켜요.”

한 쪽 팔에 깁스를 한 남자가 험악하게 인상을 썼다. 모두들 입을 다물고 침묵으로 일관했다.

“난 이 회사 직원도 아니고, 일용노동자요. 데모를 해도 사정을 봐 주면서 해야지. 이렇게 무식하게 데모하는 사람들은 처음 봤소.”

“그래요. 우린 아무 것도 몰라요. 아무튼 움직일 수 없어요.”

“이런 씨발!”

붕대를 맨 남자의 번질번질한 이마에 핏대가 섰다. 금방이라도 무슨 일을 저지를 것만 같다. 한밥집 노파가 앞치마에 손을 쓱쓱 문지르며 나와서 소리를 친다.

“오늘 밥장사 망했는디 아줌마들이 책임질 거요?”

쪼그라진 입에 게거품을 물고 길길이 날뛰는 한밥집 노파를 남자가 돌려세웠다.

“나도 노동판에서 늙은 몸이여. 씨발. 어디 나하고 한 판 붙을 여편네 있음 나와봐!”

노파의 입에서 줄줄이 나오는 상소리들은, 같은 여자로서 차마 들을 수가 없었다. 할 수 없이 나는 남자를 불렀다.

“아저씨! 아저씨만 나가면 되는 겁니까?”

확성기를 들고 있는 나를 주동자로 봤는지, 남자는 나를 향해 구순하게 고개를 끄덕였다.

“그렇게 합시다.”

남자는 허둥대며 차에 올라 시동을 걸었다.

“조금만 자리를 터 주십시오. 이 건설회사와 상관없는 사람이니 내보냅시다."

퍼질러앉아 있던 사람들이 툴툴거리며 깔개를 들고 일어섰다. 남자는 붕대를 맨 팔을 차창 밖으로 들어올렸다. 그의 빨간 승용차는 꽁무니가 보이지 않게 바삐 달아났다.

"이봐! 나 좀 봐! 우리가 여태 버티고 앉아 저런 사람들에게 욕 먹어가며 밤샘을 하고, 통행을 금지 시켰는데, 자기가 뭔데 내보내는 거야."

바짝 마른 여자가 목에 핏대를 세우며 내게 삿대질을 했다.

"씨펄, 니미럴. 이딴 쌍소리를 듣고도 꼼짝 안 했는데, 일어나란다고 벌떡 일어나는 건 또 뭡니까?"

여자는 앉아서 멀뚱히 올려다보고 있는 사람들을 휘둘러보았다.

"그러고 보니 애기엄마가 여기서 제일 끗발이 있구만."

나는 애기엄마라는 말에 머리를 긁적였다.

"처녀보고 별 소리를 다 하네."

영일네가 바짝 마른 여자를 끌어다 앉히며 혀를 찼다.

"죄송합니다. 제가 잘못 했습니다. 제 생각으로는 저 사람과 실랑이 할 필요가 전혀 없다고 판단했습니다. 일단 여러분의 의사를 묻지 않고, 행동한 것, 죄송합니다."

나는 생전 처음으로 잘못했다는 말을 했다. 예전 같으면 이를 악물고 하지 않았을 텐데, 이상하게 마음이 여유로웠다.

"잘못했지? 이건 단체야. 단체기 때문에 어떤 일도 혼자서 독단으로 결정할 수 없는 거야."

나는 확성기를 바닥에 내려놓고 털썩 주저앉았다. 잠깐 확성기를 들고 앞장섰다는 것만으로 나는 혼자서 모든 걸 다 할 수 있다고 자신했는지도 모르겠다. 윤흥길씨의 '완장'이라는 소설이 떠올랐다. 무식한 사람에게 완장을 채워주었더니, 무엇이 옳은지 분간도 못하고, 동족을 잡아죽이는…. 내가 그 꼴이었다.

건설회사 측과 회담을 하러 들어갔던 추진위원장이 나왔다.

"들어오는 레미콘만 막고, 빈 레미콘들은 전부 내보내주기로 타결을 보았어요. 차가 나갈 수 있도록 비켜 줍시다."

모두들 중얼거리며, 자리를 털고 일어섰다. 그 때까지 데모대가 하는 양을 지켜보던 레미콘 기사들은 부리나케 운전석에 올랐다.

전쟁터에 나가는 차량들처럼 연이어 떠나는 레미콘들은 한결같이 무리들을 향해 매연을 뿜어대고는 뿡뿡 경적을 울렸다.

밤새도록 가둬놓은 것에 대한 분풀이였다. 시커먼 연기에 눈을 뜰 수 없었지만 코를 싸쥔 채 주민들은 주먹을 내질렀다.

통통한 여자와 쌍둥이네가 양산을 들고 급히 뛰어왔다.

"무슨 일이에요?"

"인부들이 저 쪽 옆의 담장을 뜯고 자재를 들이고 있어요."

그 소리에 이십여 명이 우루루 일어나 몰려갔다. 자재 부리는 젊은이들과 몸싸움을 하기 시작했다. 시키지도 않았는데, 나는 정신없이 달려나가, 공사장 안으로 디밀려는 샷시를 밖으로 패대기쳤다.

"이게!"

남자가 밀치면서 눈을 부라렸다. 금세라도 따귀를 올려 부칠 기세다.

"쳐봐. 이게 라니? 뭐 이 따위가 다 있어?"

나는 남자에게 어깨를 바싹 들이밀었다. 남자는 쥐었던 주먹으로 제 가슴을 퉁퉁 쳐 대었다.

나는 그제서야 주먹이 쓰라린 걸 느꼈다. 날카로운 샷시에 베었는지 손가락 마디에서 피가 뚝뚝 떨어졌다.

"어머, 피가 나네. 이거 고발해야 되는 거 아냐?"

쌍둥이네의 호들갑에 손가락이 더 쓰라렸다. 괜히 불뚝거려서 이런 꼴을 당하는 게 아닌가 한심스러운 생각이 들었다. 베인 손가락을 다른 손으로 꼭 쥐었다. 마음속에서 부글부글 올라오는 분노를 눌러 참았다.

'혈액형으로 보는 성격'에 나오는 나의 성격은 차분하고, 빈틈없고, 언제나 한 가지 일을 파고드는 학구파라고 쓰여 있다. 그런 것도 같다. 그런데 어떤 급박한 현실에 부닥치면 굉장히 다혈질적인 면이 나타나곤 한다. 남자는 내 손가락을 내려다보고 있다.

우리들은 그들이 뜯어놓은 조립식 벽을 비스듬히 세워놓고 그 아래 털썩 주저앉았다. 따라왔던 여자들이 내 주위로 몰려앉았다. 남자는 눈을 내리깔고 섰더니, 내게 다가섰다.

"우리는 여기 건설 측과는 아무런 관계가 없어요. 건설회사 밑에 있는 하청업체에 또 납품을 하는 영세업자란 말요. 우리 사정도 좀 봐 줘요. 아무튼 물건을 이 길거리에다 내려놓고 갈 거니까 잃어버리면 책임져요. 내가 아줌마들 얼굴을 다 익혀 놀 거니까."

남자의 위협에 조금 동요가 일었다. 한 여자가 내 귀에다 손을 대고는 빠르게 속삭였다.

"어느 아파트에서는 한 달 내내 데모를 하고도 보상은커녕, 한 가구당 십오만 원씩 벌금을 낸 경우도 있대요."

그녀의 말에 나도 조금 주춤했다. 하지만, 먼젓번처럼 내 마음대로 행동했다가, 집단으로부터 원성을 들을 수는 없었다. 나는 햇빛에 눈이 부셔, 눈을 가느스름하게 뜨고 남자를 올려다보았다.

"아무튼 우리는 무식해서 아무 것도 모르니까, 건설 쪽하고 얘기하세요."

나는 눈살을 찌푸리며 남자에게 딱딱한 어조로 말했다.

차 위로 올라간 남자들은 자재를 시퉁스럽게 던지면서 이쪽을 향해 거칠게 욕을 해 댔다. 나는 못들은 척하고 고개를 푹 수그렸다.

"노려보면 어쩔 거야. 생긴 건 반반해 가지고…."

남자의 목소리에 깜짝 놀랐다. 남자는 뻗대고 서서 그들을 흘겨보는 새댁의 몸매를 게걸스레 훑어보았다. 나는 새댁을 돌려세웠다.

"절대로 눈을 마주치지 말아요. 답변할 필요도 없구요."

내가 말한 대로 모두들 남자들에게 뒷모습을 보이며 돌아앉았다. 나는 고개를 숙이고 눈을 감았다.

"정말 지독하네. 별 괴상한 데모를 다 보겠군."

뒤에서 무슨 소리가 나더라도 뒤돌아보지 말 것. 소금기둥으로 변한다. 우리가 여자 한 사람 한 사람이었다면 절대로 그 거친 남자들과 상대할 수 없었을 것이다. 쳐다볼 엄두도

내지 못했을 게다. 개인의 이지적인 생각, 올바른 판단이 집단에서는 소용없었다.

사람이란 참 이상한 동물이다. 혼자서는 도덕적이고 교양이 있다가도 무리가 되면 엉뚱한 일들을 곧잘 저지르곤 한다. 없던 용기도 생기고, 객기도 부리고 싶은 모양이다.

그러다가 엉뚱한 발상을 하기도 하고…. 엄청난 결과를 초래할 수도 있다. 폭력적이 되어 가해자가 될 수도 있다.

그렇게 똑똑해 뵈고, 멋있어 보이던 대학생들이 집단이 되어 벌인 추태를 잊을 수가 없다. 나는 주먹이 부르르 떨렸다. 손가락이 아렸다.

눈을 떴다. 여자들은 바닥에 앉은 채, 고개를 숙이고 꼼짝하지 않았다. 머리는 햇빛을 받아 뜨끈뜨끈한데 엉덩이 아래쪽은 한기가 들었다.

트럭 떠나는 소리가 들린다. 곁눈질로 도로를 보았다. 덤프트럭은 보이지 않고, 인도 위에 샷시가 척척 쌓여져 있다. 피켓을 집어들었다.

"여기들 계세요. 전 가 봐야겠어요."

엉덩이를 털고 일어섰다. 쌍둥이네가 따라 일어섰다. 정문 쪽을 향해 걸었다.

"자기 대단하다. 학교 때, 운동권 아니었어?"

쌍둥이네에게 눈을 흘기며 웃었다.

대학? 대학생들이 미팅이다, 엠티다 몰려다닐 때, 나는 사무실에서 타자기를 두드리고, 다리가 붓도록 뛰어다니며 일을 했다. 리포트를 쓴다며 도서관을 들락거리는 여대생들을 부러워하며, 나는 춘천이라는 소도시에 숨어 있었다.

혼자서 문학공부를 했다. 현실인지 책 속의 장소인지 구별 못할 지경으로 책 속에 파묻혀 살았다. 소설을 베끼고, 혼자서 소설을 써보며 내 나름대로 몸부림을 쳤다. 나의 이십 대는 그렇게 다 지나갔다.

"솔직히 이건 집단이기주의예요. 터 파기도 끝나 소음, 진동, 다 지나간 마당에 그늘이 진다는 이유로 공사를 중지시키는 행위는 불법이지요. 어쩔 수 없이 나오긴 했지만 내 의사는 아니에요."

내 말에 쌍둥이네는 걸음을 우뚝 멈추었다.

"그렇지만, 건설회사측에서 일말의 사과도 없이 뻔뻔하게 나온다는 건 이해 못하겠어. 피해가 없을 수 없는 상황이건만, 그 동안 참고 견딘 것에 대한 보상은커녕, 이미 피해는 지나갔는데 이제 와서 무슨 데모냐고 나오는데 석선생은 화도 안 나?"

쌍둥이네는 얼굴이 벌겋게 달아올라서 내게 따져 물었다.

"게다가 예전에 있던 공장 때문에 벌레 꾀고, 냄새나던 때에 비하면 지금이 훨씬 양반 됐는데, 뭘 그러냐며 따진다는 거야."

쌍둥이네의 말을 듣고 있자니, 발끈 화가 치밀긴 치밀었다. 데모에 참가하면 분위기에 휩쓸리기 마련인가보다. 무엇이 옳고 그른지 판단력이 흐려지니 말이다.

우리는 공사장 입구에 펼쳐놓은 스치로폴 위에 풀썩 주저앉았다. 벌써 자리가 듬성듬성 비기 시작했다.

나는 ○○회사 홍보실에서 꽁트 청탁 온 걸 처리해야만 했다. 이렇게 앉아서 돈이 되는 귀중한 시간을 날려야만 하는가.

'뭘까. 난 뭘 기다리는 걸까. 난 뭘 위해 투쟁하는 걸까. 내 몸 속에서 꾸며지고 있는 음모를, 그 동안 긴 잠복기를 거쳐, 밖으로 솟구쳐 오르는 암덩어리를? 몇십 년에 걸쳐 만들어졌다는 암덩어리를 어쩌면 좋단 말인가.'

자궁을 몽땅 들어내면 괜찮다던 의사는, 이제 다른 장기에 전이가 되어서 건들일 수 없다고 한다. 방사선 치료를 받으면서, 항암제를 병행해야 한단다. 이제 이 숱 많아 아름답던 머리카락이 몽땅 빠져버릴 건가.

―언니는 생명이 소중하지, 그까짓 머리카락이 대수야? 머리카락이야 다시 나오는 건데? 그러고 시간 보내고 다니지 말고, 빨리 치료를 서둘러.

―병원은 싫어.

용유도에 한 번 가 보자. 그러자 퍼뜩 머릿속에 떠오르는 그림이 있다. 이제 고통이 찾아들기 전에, 집착해서 할 일이 필요하다. 글을 써야겠다. 이런 잡글 말고, 내 과거의 끈들을 모아야겠다. 방을 가득 메울 정도로 많은 소설을 읽었는데…. 정말 괜찮은 장편소설을 하나 쓰고 싶다. 이 세상을 떠날 때 외롭고 괴롭지 않도록 집착할 무엇이 필요하다.

시위대의 할머니가 내 팔을 툭 건드렸다.

"땅에 뭐 떨어졌수?"

나는 잠에서 깨어나듯 그제야 눈을 크게 뜨고 주위를 휘둘러보았다. 공사장 정문 앞에 쳐놓은 시퍼런 포장이 너풀거렸다. 따가운 초여름의 햇살이 포장에 반사되었다. 갑자기 팔, 다리에서 기운이 죽 빠져나간다. 손가락 하나 까딱할 힘이 없다. 찢어진 손가락에 피가 엉겨붙어 있다. 피 냄새를 맡았는지

파리가 자꾸만 들러붙는다.

*   *   *

도로 건너편에서 젊은 사내가 이 쪽을 향해 카메라 셔터를 눌러대고 있다.

"신문사에서 나온 모양이야. 가서 말 좀 잘 해 봐."

할머니가 영일네의 어깨를 툭 건드렸다. 영일네는 내 얼굴을 넘겨다보더니, 엉덩이를 털며 일어섰다.

영일네가 길을 건너 남자에게 다가가는 모습이 영화의 한 장면처럼 현실감이 없다. 영일네의 얼굴에 한껏 애교 어린 웃음이 번졌다. 영일네의 빠른 입놀림만큼이나 빠르게 기자의 손이 수첩 위를 날고 있다.

"신문에 나고 세간에 문제가 확대되어야만 해결이 빠르다니까."

누군가 입을 비죽이며 말했다.

"그 얘기 들었수? 어디 아파트에선가는 도로에다 엘피지 가스통을 세 개 한 줄로 놓아 통행을 금시 시켰대요. 경찰차도 접근을 못하더래. 그런데 한 아줌마가 간도 크지. 길 가운데로 뿌르르 나오더니 가스통 손잡이를 돌려서 가스를 틀더래. 가스 때문에 꼼짝없이 접근금지가 되었지. 멀찌감치 피한 경찰이 핸드마이크를 들고, 가스통을 치우기 바란다고 했대지. 그랬더니 그 아줌마가 쪼르르 달려나와 가스통을 잠그더래. 완전히 목숨 내 걸고 데모를 하는데 질려서, 그들의 요구를 들어주었다는 거야. 그 정도는 아니더라도, 우리 한 번 열심히 해 봅시다.”

여자들은 열성당원이 되어 갔다.

“도대체 동대표들은 뭘 했답니까? 건물이 반 이상 올라가도록 뒷짐 지고 구경만 했나?”

“거기선 나름대로 경찰서로, 시청으로 찾아다니며 고발장을 냈다구요.”

반장아주머니가 나서서 참견을 하자, 반장에게로 사나운 눈빛을 보냈다.

“어디 증거가 있습니까?”

여태 군소리 안 하고 있다가 이제 와서 큰소리들이다.

“우리 남편이 동대표 총무예요. 밤 열두 시가 넘도록 고발장을 작성해서 시로, 도로 안 보낸 데가 없어요.”

영일네가 식식거리며 나섰다.

“게다가 나는 저 번에도 밤을 새웠단 말이에요. 그런데 그때는 콧배기도 안 보이던 사람이 왜 큰 소리를 쳐요?”

사람들은 엉켜서 말싸움을 벌이기 시작했다. 머릿속이 시끄러웠다. 그들의 싸움 내용을 정리하자면, 잘한 것은 내 덕, 못한 건 네 잘못이라는 거였다. 사람들 속에 섞여서 둥글둥글 산다는 일이 얼마나 힘이 드는 일인지 이제야 알 것 같았다.

나는 영일네를 주저앉혔다. 영일네는 제 성질을 못 이겨 푸르르 몸을 떨었다.

“점잖게 나간다고 해결이 됩니까? 일단 책상이라도 하나 깨부수고 시작을 했어야 됐다구요. 우리 아파트 사람들은 바보들만 보였나. 사람들이 너무 착해요.”

눈썹을 사무라이 마냥 가늘게 치켜 그린 여자의 발언에, 모두들 박수를 쳤다. 바보들처럼? 나는 씁쓰레한 얼굴로 앉아 있었다. 대표로 뽑혀 나섰던 사람들이 보이지 않았다. 모두들 대책회의에 참석하였거나 어떻게 돌아가는지 궁금해서 회의실 주변을 배회하고 있는 모양이다.

"가만히 있으면 뭐해요. 심심한데 한 판 두들겨요."

옆에 앉았던 나이 지긋한 여자가 북채를 집어 내 손에 쥐어 주었다. 나와 소희네는 북과 꽹과리를 두들겼다.

"모두들 젯밥에만 관심이 있으니 원, 제사는 누가 지내나?"

할머니의 푸념을 들으며 고막이 푸르르 떨리도록 꽹과리를 때렸다.

앞에 나서서, 그것도 앞장 설만한 대단한 신념도 갖지 못한 채, 떠밀려서 꼭두각시놀음을 하고 있는 건 아닌가라는 자문을 하며 나는 데모에 점점 흥미를 잃어갔다.

해가 점점 뜨겁게 달아올랐다. 주민들의 숫자가 줄어들기 시작했다. 나는 조바심이 일었다. 그러지 않아도 자리를 뜨고 싶었는데, 이러지도 저러지도 못하고 엉거주춤하게 붙들려있었다.

카메라를 멘 젊은 남자가 공사장의 임시 사무실에서 나왔다.

"에게, 겨우 열두 명?"

코웃음을 치는 남자의 코를 납작하게 해 주고 싶었다. 하지만 이미 숫적으로 열세여서 나는 자신감을 잃었다.

골목 저만치서 서너 명이 몰려온다. 자세히 보니 대책회의에 참석했던 사람들이다. 모두들 고개를 빼고, 햇빛 속으로 걸어오는 그들을 보려고 눈살을 찌푸렸다.

회장이 다가오자, 모두들 일어섰다.

"시위는 오늘로써 중단합니다."

어이가 없었다.

"무슨 소리예요. 이제 시작인데. 이대로 물러서면 도로아미타불이에요."

"두 발 전진하기 위해, 한 발 후퇴하는 겁니다."

그렇게 속고도 회장은 그들을 믿나보다. 며칠동안 일을 못하게 하면, 보상문제는 저절로 해결이 날텐데, 또 그들에게 일할 기회를 주는 것이다. 그들이 일만 하게 되면 보상 따위는 물 건너가는 것이다.

"그럴 수 없습니다. 오늘도 밤을 새워야 합니다."

"그럼 맘대로 하세요. 대책위원회에서는 더 이상 참견하지 않을 테니…."

밤을 새우겠다고 십여 명이 남았다.

다음 날 새벽 네 시에 노인들이 교대를 해 주었다. 이건 인솔자도 없었고, 책임을 맡을 사람도 없었지만, 주민들 스스로가 그렇게 알아서 자리를 지켰다.

나는 내 몸 속에서 자라나는 병과, 은숙의 사건 때문에 어지러워진 머릿속을 다른 것으로 대체하기 위해 미친 듯이 데모에 앞장섰다.

구호를 외치느라 목이 잠기기도 하고, 꽹과리를 두드리고 난 밤에는 온몸이 쑤셨다. 데모에 온 신경을 썼다. 사이사이 밥을 먹거나, 화장실을 다녀오는 일 외에는 공사장 입구에서 살았다.

레미콘을 들어오지 못하게 밤새 지킨 덕분에 건설회사 측에서 협상을 제의해 왔다. 추진위원들은 또다시 협상에 들어가고, 주민들은 출입구를 봉쇄했다.

오후에 회의가 끝나고 추진위원장이 공사장 출입구에 나타났다.

"협상안을 제시했는데, 시위대를 해산시키는 조건을 내 겁니다."

"이틀을 꼬박 지켰는데, 이제 와서 해산이라니 말도 안돼요."

몇몇 사람들이 반기를 들었다.

"해산은 절대로 안 됩니다. 협상하면서, 시위도 함께 해야지. 이건 아무래도 건설회사 측의 농간인 것 같습니다. 속으면 안 됩니다."

나는 주민들에게 소리쳤다.

"해산해 주세요. 협상을 해야지요. 이런다고 해결이 되는 건 아닙니다. 추진위원에게 맡겼으면 끝까지 믿어 줘야지요."

추진위원장의 험상궂은 얼굴에, 모두들 자리를 털고 일어났다. 관리직원들은 깔개며 천막을 거두었다.

"만일 우리가 데모를 풀고 나서 협상이 결렬되면 그 후에는 주민들이 돕지 않을 거예요."

나는 추진위원장에게 못을 박고 돌아섰다. 나는 끊고 맺는 게 분명해서 손해를 볼 때가 많다. 적당히 타협을 하면서 넘어갈 줄도 알아야 하는데, 내가 아니라고 생각하는 건 목에 칼이 들어와도 아니다.

다음날 양 쪽 대표가 모여 협상에 들어갔다. 주민들의 요구를 적어 건설회사 측에 주었다.

건설회사 측은 회장이 해외순방 중이라는 이유로 다음 만날 날짜를 질질 끌고 있었다.

그토록 열성적이던 주민들은 서서히 열기가 식더니, 마침내 모두들 일상으로 돌아갔다.

14
재크나이프

호랑이에게 잡혀가서도 정신만 차리면 산다는 말이 떠올랐다. 하지만 어떻게 해야하지?

옷을 찢어내고 있는 남자의 팔 힘이 워낙 완강해서 나는 힘을 쓸 수가 없었다. 가슴이 다 풀어헤쳐졌다. 남자가 자신의 바지 지퍼를 내리느라 허둥대었다.

그가 잠깐 틈을 보인 사이, 나는 허벅지를 찌르는 딱딱한 감촉에 정신이 번쩍 들었다. 주머니에 손을 넣었다. 차가운 금속이 손끝에 닿았다.

아, 바로 이 거야. 나는 정신을 가다듬었다. 재크나이프를 꺼내 단추를 눌렀다.

'철컥!'

칼날이 어둠 속에서 날카롭게 빛났다. 문어발처럼 꼼짝 않고 들러붙어 있는 남자의 팔과 다리를 닥치는 대로 찔렀다. 얼굴도 그어버렸다. 남자는 소리소리 지르며 날뛰었다. 흡반처럼 달라붙어 있던 남자의 팔이 풀리자, 살 것 같았다.
　—아니! 뭐야?
　저 쪽에서 은숙을 괴롭히고 있던 사내들이 일제히 나를 향해 돌아섰다. 나는 온몸의 힘을 손끝에 모아 칼을 휘둘렀다.
　—가까이 오지마. 찌를 거야. 빨리 꺼져!
　그 중의 하나가 돌을 집어들고 가까이 다가왔다. 나는 온몸이 와들와들 떨렸다. 칼을 쥐고 있는 손바닥에 땀이 나서 칼을 떨어뜨릴 것만 같았다.
　그 때였다.
　—이 놈들! 여기다.
　정권과 남학생들이 몽둥이를 들고 나타났다. 후래쉬의 불빛이 사내들의 얼굴 위에서 마구 날뛰었다. 남자들은 날뛰는 불빛에 포위 당한 채, 손등으로 눈을 가리며 우왕좌왕했다.
　—죽여 버려!
　정권의 목소리와 와르르 움직이는 발소리를 듣자, 안심이 되었다. 그리고는 긴장이 풀렸다.

　얼마나 흘렀을까. 잡아 흔드는 손길에 정신이 들었다. 천장 위의 형광등이 빙그르르 도는 것 같았다. 민박집이다. 방안에 가득 찬 아이들이 나를 향해 앉아 있다.
　—정신이 드니?
　여러 사람의 목소리가 파도처럼 밀려 들렸다. 벌떡 일어나 앉으려고 했는데, 몸이 말을 듣질 않는다.
　—됐어. 그냥 누워 있어.
　정권의 침울한 얼굴이 코에 닿을 듯 가깝다.

나는 옷매무새를 내려다보았다. 정권의 교련복 윗도리를 걸치고 있다. 속에 입은 옷을 만져보니 갈기갈기 찢겨 있다. 어머니가 시장에서 티셔츠를 사서 입혀주고는 흐뭇해했었는데…. 어머니의 굵은 손마디가 떠오른다. 코끝이 시큰거렸다.

—참, 은숙인?

—괜찮은 것 같애. 저 쪽에 앉아 있어.

은숙은 구석에 쪼그리고 앉아서 멍하니 벽을 바라보고 있다. 길바닥에 떨어져 있던 스웨터를 누가 주워다 주었는지 어깨에 걸치고 있었다.

—충격이 컸나봐. 아무 말도 하지 않으려고 해.

바람이 문풍지에 닿아 파르르 떨었다. 은숙의 어머니 얼굴이 떠올라 나는 정말 당혹스러웠다.

—애는 헛똑똑이여. 경희 니가 잘 좀 돌봐줘라.

은숙을 책임질 수 있을 것처럼 큰소리치고 나왔던 일이 목구멍에 걸렸다. 나는 무릎걸음으로 은숙에게 다가갔다. 은숙의 어깨에 손을 얹자, 은숙의 어깨가 파르르 떨었다.

—은숙아, 괜찮아?

은숙은 희미하게 웃었다. 고개를 끄덕이는 은숙의 눈에 눈물이 그렁그렁하게 맺혀 있다. 은숙의 가방에서 옷을 꺼내었다. 여학생들이 빙 둘러섰다. 은숙에게 옷을 갈아 입혔다. 벗어놓은 옷은 걸레조각처럼 너덜거렸다. 은숙의 속옷은 피투성이였다.

—내가 너희들을 데리고 나온 게 잘못이구나. 이런 험한 꼴을 당했으니 무슨 낯으로 집에 돌아가겠니.

허선생은 한숨을 내쉬었다.

—경희야, 네가 문제다. 널 어떻게 했으면 좋을지 모르겠다.

모두들 내 얼굴을 바라보았다. 얼굴에 검댕이를 묻혔을 때처럼 나는 당황스러웠다. 나는 허선생이 무엇이 문제라는 지 영문을 몰라 멀뚱한 눈으로 일행을 둘러보았다. 목을 만져보았다. 조개껍질로 엮은 목걸이가 잡히지 않았다. 그 와중에 누군가의 손에 뜯겨 달아난 모양이다. 순결을 잃은 것 같지는 않았다.

—그 남자들, 몽둥이로 후려쳤더니 다들 도망가더라구. 너랑 은숙이 정신을 잃어서 둘 다 떠메고 왔어. 그런데 네 손에 피 묻은 칼이 쥐어져 있었어. 어찌나 꼭 움켜쥐었던지 떼어내느라 혼났어.

나는 온몸이 부르르 떨렸다. 그 때의 상황이 눈앞으로 다가왔다.

—잠깐, 그럼 누가 죽기라도 한 거야?

정권이 부들거리는 내 어깨를 두 손으로 지그시 눌렀다.

—한 놈이 죽은 거 같아. 우린 죽은 줄도 모르고 몽둥이 세례를 주었거든.

나는 인생이 끝장났다는 걸 깨달았다.

—실은 그 남자가 확실히 죽었는지 확인해 보지는 못했어. 우린 그저 무서워서 도망쳤어. 그런데 아침에 변소에 가는 척하고 가 봤더니 없어졌더라. 어젯밤 일은 아무도 모르는 것 같았어. 우리만 입을 다물면 아무도 모를 거라구. 재수가 좋으면 그 놈이 살았을 거구. 그렇지 않으면 경찰이 민박마다 돌 거야. 그 때 대처를 잘하면 살아서 이 섬을 빠져나갈 수 있을 거야. 칼은 변소에 처넣었어. 너는 아무 일도 없었던 거야, 알

왔지? 그 놈은 불량배에게 칼침을 맞고 죽었을 뿐이야. 우리는 아무 것도 모르는 거야, 알았지?

정권은 내게 바싹 다가앉아 몇 번씩이나 같은 말을 주입시켰다. 나는 고개를 끄덕이긴 했지만, 이가 딱딱 마주쳤다. 머릿속이 뒤얽혀서 어디서부터 생각을 정리해야 될지 알 수 없었다.

언제 폭풍이 일었나싶게 바다는 잠잠해졌다. 하늘이 맑게 개어 멀리 수평선이 하얀 줄을 선명하게 드러냈다.

여름경찰서에서는 군용담요를 뒤집어씌운 들것이 셋 나왔다. 그 아름다운 모래사장 위에 그것들은 음산하게 누워 있었다. 나는 고개를 얼른 돌리고 통통배에 올랐다. 다리가 후들후들 떨렸다.

'통통통!'

배가 연기를 폭폭 뿜으며 섬에서 멀어졌다. 섬 전체가 한눈에 보일 정도로 멀어졌을 때, 여객선으로 갈아탔다. 일행은 배 밑창으로 내려갔다. 배는 우리 또래의 학생들로 만원이었다. 그 동안 발이 묶였던 학생들이 서로의 고생담을 늘어놓느라 아우성이었다.

함께 축구를 했던 대학생들도 배 밑으로 내려왔다. 그들은 바닥에 털퍼덕 주저앉았다.

—우리랑 축구 했던 형들이잖아. 그런데 골키퍼형이 안 보이네. 그 형은 오늘 안 간대요?

정권은 그들에게 곰살맞게 굴었다.

—으응, 밤새 실종 됐다.

실종됐다는 말에 모두들 표정이 굳어졌다. 나는 가슴이 벌렁거렸다. 그들의 얼굴을 몰래 살폈다. 몇 사람의 얼굴에 멍이 들었다. 축구를 몰래 지켜보면서 잘 생긴 골키퍼가 제일 멋있 다며 은숙이 얼마나 감탄을 했던가. 그렇다면 나를 폭행하려 했던 남자가 골키퍼였단 말인가. 멀쩡하게 생긴 대학생들이 왜 그런 짓을 했을까. 남자에게서 풍기던 술냄새가 떠올랐다.

나는 그들이 모여 앉은 곳을 피해 돌아누웠다. 가슴이 두방 망이질을 했다.

—실종이라니요?

정권의 한 옥타브 높은 질문에 한 사람이 조그맣게 대답 했다.

—실은 그 녀석 집이 용유도야. 그래서 우리가 여기까지 오 게 된 거지. 어딘가 있겠지.

속이 메스꺼웠다. 배가 파도를 탈 때마다 울컥울컥 신물이 넘어오려 했다. 배 안에서는 더 이상 기타를 퉁기는 사람도, 게임을 하는 사람도 없었다. 모두들 지쳤다. 침울한 표정 속에 긴장된 마음을 숨기고 앉아 있었다. 대학생들의 어떤 말을 믿 어야 좋을지 몰랐다. 일단 들것이 셋만 있는 것으로 봐서 죽 지는 않은 것 같다. 죽었다고 해도 발견을 하지 못했거나…. 나는 안도의 한숨을 내쉬었다.

연안부두에 도착했다. 배에서 내려 선착장 매표소로 들어가 는데, 발걸음이 납덩이를 매달아놓은 듯 무거웠다. 경찰들은 배에서 내리는 사람들의 신분증을 하나하나 확인하였다. 허선 생은 침착하게 주민등록증을 제시했다.

—학원 아이들을 인솔해서 온 허영자라고 합니다.

머릿속에서 끈적한 땀방울이 목덜미로 흘러내렸다. 손가락으로 땀을 찍어내던 나는 은숙을 보았다. 은숙은 망연한 눈길로 물결에 흔들리는 작은 고깃배들을 바라보고 있었다.

은숙의 눈빛은 오장육부가 다 빠져 나가 버린 것처럼 허허로웠다. 아픔이나 체념이나 그런 것과는 다른, 전혀 은숙 같지 않은 그런 얼굴이었다.

돌아왔다. 배 밑창에 널브러진 채 돌아왔다. 기차 바닥에 신문지를 깔고 앉아서, 아무렇게나 구겨진 채 돌아왔다.

버스에 흔들리는 대로 몸을 내맡긴 채 돌아왔다. 이제 탈출의 욕망도, 삶에 대한 희망도 보이지 않았다.

'사의 찬미'를 부르며 어줍잖은 염세주의를 떠들던 사춘기의 소녀가 아니었다. 차라리 인자처럼 애당초 어머니에게 뒷덜미를 채여 집으로 끌려갔더라면 좋았을 거라는 생각이 들었다.

여행이란 돌아오기 위해 가는 거라고들 한다. 떠나기 전의 설레임 때문에 여행에 의미가 있는 건지도 모른다. 그렇다면 계획만 세우고 떠나지 말 걸 그랬나보다.

우리는 떠날 때와는 너무도 다른 감정으로, 다른 모습으로 돌아왔다.

15
아직도 끝나지 않은 이야기

잠깐 틈을 내어 산을 올려다보았다. 하루종일 컴퓨터에 매달려 있다보니 어지러웠다. 나는 양손으로 얼굴을 부볐다. 광대뼈가 도드라지게 잡힌다.

초록으로 우거진 나뭇잎들 사이로 희끄무레하게 움직이는 물체가 보였다. 교복을 입은 학생들이 단풍잎 사이로 보였다.

망원경을 집어들었다. 조그만 녀석들이 담배를 피워 물고 있다. 얼핏 현아의 모습이 잡힌다. 나는 가슴이 덜컥 내려앉았다.

현아의 얼굴에 망원경의 렌즈를 맞춰본다. 현아가 한 남학생의 따귀를 올려부친다. 남학생의 친구들이 현아를 물끄러미 바라볼 뿐, 아무런 움직임이 없다. 담배만 연방 피우고 있다.

현아의 눈에서 눈물이 흐르고, 가방을 주섬주섬 챙겨든 현아는 혼자서 허둥지둥 산을 내려온다.

혹시 그 남학생이 현아에게 편지를 줬다는 준표라는 애일까? 무슨 까닭일까 궁금해진다.

전화코드를 뽑아놓고, 나는 내내 컴퓨터 앞에만 앉아 있었
다. 내 머릿속을 떠돌며 나의 가슴을 파먹고 있던 기억들을
끌어내었다. 달팽이처럼 나 자신한테도 숨기려고 애썼던 그
기억들을 밖으로 이끌어내었다.

컴퓨터에 내 속을 털어놓고 보니, 후련해졌다. 집중해서 글
쓰기에 열중하는 동안에는 고통이 줄어들었다. 이제 더 이상
은 과거의 그림자 따위가 나를 괴롭히지 않을 게다.

꿈틀거리는 것 같은 많은 흉터를 가진 사내는 그 때의 골키
퍼가 맞는 것 같다.

확인하지는 못했지만, 그 남자가 그렇게 살아있다고 믿고
싶다. 은숙의 엽서내용처럼 그를 찾아내어 죽일 필요는 없었
다.

컴퓨터 속에 그들을 전부 가둬버렸다. 이제 그 망령들이 밖
으로 뛰쳐나올 염려는 없다.

'띵동띵동!'

나는 기지개를 켜며 문을 열었다. 경순은 얼굴이 새파랗게
질려서 현관으로 달려 들어왔다.

"언니, 현아가 이상해. 맹장이 터졌는지 배를 붙들고 얼굴이
노래지네. 그런데, 언니는 왜 전화기 코드를 빼놨어?"

나는 서둘러 전화기 코드를 꽂았다. 그리고 일일구로 전화
를 걸고는 경순을 따라 나섰다.

현아는 진땀을 흘리며 앓는 소리를 냈다. 배가 아프다고 비
명을 지르며 자지러졌다. 배가 어찌나 부풀어올랐던지 맹장이
터져 복막염이 된 듯 싶었다. 현아의 얼굴이 노랗게 변했다.

앰뷸런스의 싸이렌 소리가 아파트를 휘저었다. 아이를 부축해서 차에 올리는데, 모여 섰던 사람들이 알은 척을 해 온다.

병원에 도착하자마자, 현아는 미는 침대로 옮겨졌다. 침대는 곧장 응급실로 향했다.

"며칠 전부터 배가 아프다고 했는데, 맹장이 터진 거 같아요."

현아는 곧장 수술실로 옮겨졌다. 우리는 아무런 조처도 할 수 없었다. 그저 의사의 처분에 맡길 수밖에….

잠시 후 수술실의 문을 열고 나온 의사가 마스크를 벗었다.

"조산입니다. 아기는 인큐베이터에 당분간 두는 게 좋을 듯합니다."

위잉 하는 소리가 귓전을 때렸다.

"선생님, 복막염이 아니었나요?"

"아니, 맹장하고 임신을 분별 못하는 엄마가 어딨어요? 아무래도 아이의 행동이 이상했을 텐데…."

나는 경순을 보았다. 동생의 얼굴이 하얗게 질리는가 싶더니 그 자리에 스르르 허물어졌다.

"간호사, 간호사!"

나는 간호사실을 향해 소리치며 경순을 일으키려 했다. 간호사들이 달려들어 경순을 응급실로 옮겼다.

나는 잠든 현아의 얼굴을 내려다보며 젖은 속눈썹을 깜빡거렸다. 흠집 하나 없이 키우겠다고 장담하던 경순이었다.

얼마 전 일이 떠올랐다. 수박을 먹자고 현아를 불렀다.

현아는 볼펜을 든 채로 나왔다. 현아는 몸이 더 불어 있었다.

─남들은 여름이 되면 살이 빠진다는데, 쟤는 물만 먹어도 살이 되나봐. 지 애빌 닮아서 저래. 난 한 밤중에 뭘 먹고 자도, 이렇게 삐쩍 말랐잖아.

현아는 입을 삐쭉거리면서도 식탁의자에 앉았다.

─이모가 데모 주동자였어요? 우리 이모 예쁜 줄만 알았는데, 캡이네.

현아는 엄지손가락을 들어올렸다. 현아의 손가락은 부은 듯이 마디마디가 옴폭 들어가 있었다.

우리는 전혀 그런 쪽으로는 생각을 해 보지 않았다.

상처는 현아의 가슴속에 끝끝내 문신으로 남으리라. 은숙도 마음에 긁힌 흠집 때문에 이제껏 헤어나지 못하고 있다.

가슴이 무엇으로 후벼파는 것처럼 아팠다. 몸에 난 상처는 쉽게 치유가 될 테지만, 눈에 보이지도 않는 마음에 난 생채기는 살아가면서 자꾸 덧날 게다.

삼십 대에 할머니가 된 경순. 늦둥이 보는 게 어떠냐고 떠벌였던 게 엊그제 같은데…. 나는 진저리를 쳤다.

현아는 잠에서 깨어나자 자기 몸에 무슨 일이 있었는지조차 모르는 듯 해맑은 얼굴로 나를 올려다보았다.

숲 속에서 현아가 따귀를 올려부치던 모습이 떠올랐다. 그 아이와 무슨 연관이 있는 걸까.

"이모, 엄마는? 나, 내일 중간고사 봐야 하는데…."

애가 도대체 생각이 있는 건가. 나는 현아를 민망스런 눈길로 바라보다가 복도로 나왔다. 복도 끝에 공중전화 박스가 보였다. 그제야 제부에게 전화라도 걸어주어야겠다는 생각이 들었다.

"제부? 현아가 갑자기 복통을 일으켜서 병원에 왔어요. 아마 먹은 게 꽉 질렸나봐요."

"아이구, 그래요? 집사람은요?"

"현아 곁에 있어요."

"처형, 수고 좀 해 주세요. 일찍 들어가겠습니다."

나는 태연스레 거짓말을 한다.

이 굴레는 또 언제까지 현아를 옭아맬까? 인생이란 언제나 한 가지 고통이 끝나면, 또 다른 고난이 기다리고 있는 것 같다.

현아는 부석한 얼굴로 일어나 앉았다. 나는 미역국을 떠서 현아의 입에 넣어주었다.

"이모, 나 시험인데 미역국 먹으면 어떻게 해?"

너무도 태연한 현아를 더 이상 참아내기 힘들다.

"너 도대체 무슨 일이야? 이모한테 말 해. 준표라는 그 애냐?"

현아는 멀뚱한 눈으로 나를 보았다.

"니가 숲 속에서 남자애 따귀 때리는 거 다 봤어. 걔가 너한테 몹쓸 짓을 한 거구나. 니가 아기 가진 거 말이다. 인큐베이터에 아기 있는 거 알어? 몰라?"

나는 현아의 어깨를 잡아 흔들었다. 현아는 한 숨을 푹 내쉬었다.

"아냐. 걔는 아니야. 사실은 봄방학 때, 학원에서 놀러갔었어. 다른 방에 있던 오빠들이 우리 숙소로 몰래 들어왔어. 우린 단체로 당했어. 자다가 말이야. 누군지도 몰라. 처음에는 죽을 거 같았어. 모두들 울고 난리를 쳤는데…."

“왜 진작 말하지 않았어. 그랬으면 빨리 조치를 했을 거 아니니. 이게 말이나 되는 소리니? 도대체 선생들은 다 뭘 했다니?”

나는 덫에 걸린 짐승처럼 울부짖었다,

“선생님들은 따로 숙소에 있었구. 모두들 입을 다물기로 했어. 창피하니까. 그런데 어제 준표가 날더러 이상하다며, 부른 거야. 엄마에게 얘기하겠다고….”

현아의 눈에서 눈물이 줄줄 흘러내렸다.

“준표가 날더러 퇴학 당할 거라고 했어. 그리고 이 나이에 미혼모가 되면 내 인생은 끝장난 거라며 겁을 주더라구. 너무나 화가 났어.”

경찰에 신고를 해야 하나. 하지만 현아가 강간을 당했다고 동네방네 광고를 해봐야 아이의 신상에 좋을 일이 없질 않은가. 현아는 고개를 숙인 채 울기만 했다.

수술한 자국은 몇 년이 지난 뒤라도, 그 날이 되면 쑤시고 아프다. 현아에게 난 마음의 흉터도 그렇게 아픔을 줄 것이다.

스스로가 지켜야 한다. 내가 얼마나 소중한 존재인가를 깨달아야 한다. 나는 오늘도 티눈을 손톱깎이로 잘라내며, 마음에 박힌 것들도 함께 잘라내려고 애쓰고 있다.

16
해후

경순은 배를 깎아서 식탁 위에 놓았다. 맞은 편 자리에 앉으며 지나간 데모얘기를 끄집어냈다.

"쉽게 불이 붙고, 쉽게 꺼져버리고 마는 우리네 민족성과도 관련이 깊어. 이번에 깜짝 놀랐어. 언니한테 그런 면이 다 있다니… 언니가 데모 주동 나섰다니까, 영식이가 기절하려는 거 있지. 큰누나한테 그런 와일드한 면이 있었냐구."

경순은 현아의 일을 잊으려는 듯, 명랑을 가장한다.

"나 워낙 그런 사람이야."

나도 오버한다.

현아는 마음이 곪는지 어떤지 몰라도 겉으로는 태연한 척한다. 나는 아무렇지 않게 대하려고 애쓴다. 아기는 입양기관으로 보내졌다. 경순은 늦둥이를 갖고 싶어했다. 그러나 현아의 딸을 현아의 동생으로 키울 수는 없다고 한다.

내가 더 오래 살 수만 있다면, 내가 키우고 싶었는데….

“경순아, 나 오늘 은숙이한테 들렀다가, 며칠 바람 좀 쐬고 올께.”

“언니, 정말 은숙언니가 정신병원에 있는 거야?”

“아니. 종합병원에 있는 신경정신과래.”

“그게 그거지 뭐. 거기 들어가면 무섭지 않을까? 다 정신병자들이잖아.”

“거기도 사람 사는 곳이겠지.”

“그런데, 병원 들렀다가 어디 가려구?”

“갔다와서 얘기해 줄께.”

“함께 가지 않아도 되겠어? 몸도 좋지 않으면서….”

“너는 내가 어린애로 보이는 모양이구나.”

나는 필요이상으로 활짝 웃으며 일어섰다.

나의 이야기를 다 쓰고 나니까, 마음이 한결 후련해졌다. 정권도 만나고, 은숙도 만날 참이다. 이제는 누구를 만나도 두렵지 않을 자신감이 생긴다.

여행가방을 꾸렸다. 세면도구, 화장품, 속옷, 갈아입을 옷을 집어넣고, 지갑도 든든히 채웠다. 옷을 갈아입고 집을 나섰다.

병원 로비에는 환자복을 입은 사람들이 천천히 오가고 있었다. 링거를 들고 다니는 사람들이 보였다. 유모차에 앉아 있는 아기환자는 이마에다 링거주사바늘을 꽂은 채, 손장난을 하고 있다. 환자들이 곁을 스칠 때마다, 소독냄새와 땀내가 어우러진 고약한 냄새가 코를 찔렀다.

엘리베이터를 타고 십 층으로 올라갔다. 신경정신과와 신경외과가 마주보고 있다. 머리에 붕대를 감은 남자가 휠체어에 앉아 있다. 휠체어를 밀고 있는 젊은 여자의 얼굴에 수심이 가득 차 있다. 그녀는 그것을 복도 끝으로 밀고 간다. 남의 일이지만 암담해 보인다.

신경외과는 보호자들이 여럿 들락거리고 있다. 같은 '신경' 자가 들어가는데, 병의 증세는 완연히 다르다. '신경정신과'라는 푯말 아래에는 '외인출입금지'라는 붉은 페인트 글씨가 굳게 닫힌 철문 위에 버티고 있다.

정신과 의사는 은숙의 친구인 나에게 면담 요청을 해 왔다. 은숙이 자라온 환경을 알기 위해 가족과 친구를 차례로 면담한다고 했다. 그렇게 함으로써 병의 원인을 추리해 나갈 모양이었다. 원인을 알고 있는 사람은 나와 정권밖에 없었다. 그러나 그것은 이십 년간 굳게 닫힌 비밀이었다.

"병의 근원을 알면 그 부분을 집중치료 할 수 있습니다."

"네에. 그렇지만, 제가 특별하게 알고 있는 일이 없어요."

"은숙 씨 어머니는, 석경희 씨를 대면하면 말해 줄 거라고 하던데요."

의사는 안경알 속의 눈을 빛내며, 내 눈을 똑바로 보았다. 내 눈 속에서 진실을 도려낼 듯, 그의 눈빛은 날이 서 있다.

나는 슬며시 눈을 내리깔았다. 말해버릴까. 이제 공소시효도 지난 일인 걸….

나는 탁자 아래에서 손수건만 비틀고 있었다.

은숙의 치료를 위해 나의 비밀스런 부분을 밝힐 수는 없었다. 나는 입을 다물고 모른다고만 했다.

“마은숙 씨나 면회하고 가세요.”
의사는 친절하게 병실로 통하는 철문을 열어주었다.

*　*　*

“나쁜 자식들. 여자가 한을 품으면 오뉴월에도 서리가 내린다더라.”
은숙의 눈에서는 야생동물의 그것처럼 잠시 파란 불꽃이 뿜어져 나왔다. 그리고는 다시 눈동자가 흐리멍덩하게 풀어졌다.
“이 손 안 치워! 내 눈을 가리지 말란 말야.”
나는 은숙의 낯선 얼굴을 망연히 바라보다가 은숙을 가만히 안았다. 은숙은 깜짝 놀라 몸을 빼려고 하다가 나에게 안겼다.
은숙의 몸은 마른 삭정이 마냥 바스라질 것 같았다. 예전에 서로 간지럼을 태우며 놀 때, 오동통하게 잡히던 은숙의 살집은 어디로 가고, 앙상한 갈빗대가 닿았다.
은숙은 눈에 보이지 않는 누군가와 싸우고 있나 보다. 이 세상 사람 같지 않았다.
“은숙아, 나, 경희야.”
은숙은 내 품에 몸을 맡긴 채, 고개를 가만히 끄덕였다.
“그래, 경희야. 날 이렇게 따뜻하게 안아줄 사람은 너밖에 없어. 너도 요새 덕수 만나니? 걔 땜에 죽겠다. 왜 자꾸 날 졸졸 따라 다니니?”
나는 포옹을 풀고 은숙을 마주보았다.
“경희야, 저기 좀 봐봐. 저 끝에 있는 여자, 용유도에서 담배 두 개비씩 피우던 그 여자 맞지?”

옆 침대의 여자가 고개를 좌우로 흔들며 나를 향해 웃었다.

"은숙 씨는 완전히 돌았어."

나는 그렇게 말하는 여자를 향해 웃어주었다.

"우리 애들이 보고 싶어. 빨리 나가서 애들과 살고 싶어. 여기는 너무 답답해."

한 순간 제정신이 돌아온 듯, 은숙의 눈에서 눈물이 주루룩 흘러내렸다. 나는 소름이 돋았다.

산에 올랐을 때 팽이끈을 나무에 묶는 이상한 행동을 눈치 챈 큰딸 민영이가 언덕을 달려 내려가 아빠를 불러왔다. 작은 아이들은 은숙의 손에 큰 일을 당했다. 은숙은 다시 앰뷸런스에 실려 이 곳으로 왔다. 신문에 났던 기사내용이다.

—우울증 어머니에게 방치된 아이들 많다.

그 충격적인 내용에 얼마나 안절부절 했는지 모른다. 그런데 아이들과 살고 싶다니….

은숙은 화장실에 가겠다며 일어섰다. 손을 가슴에 모아 기도하는 자세로 걸었다. 무엇엔가 손이 묶여 끌려가는 듯한 걸음걸이로 뒤뚝거렸다.

"히히, 마은숙 씨는 하늘에서 튼튼한 밧줄을 내려줘서 붙잡고 가는 거래."

옆 침대의 여자가 내 옆구리를 꾹 찌르며 일러주었다. 나는 머리카락이 하늘로 솟는 것처럼 쭈뼛쭈뼛해졌다. 여덟 개의 침대에 누운 여자들의 시선이 일제히 내 몸에 꽂혀 있었다.

나는 허둥지둥 여행가방을 집어들고, 병실 문 밖으로 나왔다.

철문이 잠겨 있다. 옆방은 남자들의 병실이다. 정신나간 환자들이 내게 덤벼들 것만 같았다. 온몸에 소름이 끼쳤다.

나는 철문을 마구 두드렸다. 병실의 환자들이 고개를 빼고 이 쪽을 넘겨다보았다. 오줌이라도 쌀 것처럼 방광이 팽팽해져왔다.

문 위의 네모난 구멍으로 간호사의 얼굴이 나타났다. 간호사는 우멍한 눈길로 나를 바라보았다.

"저, 문 좀 열어주세요. 나가려구요."

내가 서 있는 옆으로 조그만 쪽문이 열렸다. 나는 허리를 굽히고 그 문을 통과하였다. 간호사실로 통하는 문이었다. 긴장이 풀리며 무릎이 꺾였다.

간호사가 밖으로 통하는 철문을 열어주었다. 나는 뒤도 돌아보지 않고 뛰쳐나왔다. 철문은 다시는 열리지 않을 듯이 묵직한 소리를 내며 닫혔다. 뒤를 돌아다보았다. '외인출입금지'라는 붉은 글씨가 눈에 와 박혔다. 이상한 나라에 다녀온 것처럼 현실감이 느껴지지 않았다.

정권을 만나야 할 것만 같았다. 그 날의 일들은 잊고 싶은만큼이나 또렷이 떠올라, 마음 깊숙한 곳을 휘저었다.

병원을 빠져 나오며, 다시는 은숙을 찾고 싶지 않았다.

그 변소 뒤의 잡풀더미 속에서 우리는 이미 죽은 거였다. 덤으로 이십 년이나 살은 셈이다. 그 날 이후 은숙은 행복한 적이 있었을까.

나 역시 그 나머지 인생동안 즐거웠던 적이 별로 없었다. 하루하루를 무의미하게 살았다. 하루에 자는 여덟 시간을 빼고, 먹고 쉬는 시간 여덟 시간 빼고, 나머지 여덟 시간도 충실하게 보내지는 못했다. 그렇게 따져보면 남아있는 시간은 길게 잡아도 석 달뿐이다. 일 년을 더 살 수 있다고 잡았을 때…

병원입구에 공중전화 부스가 보였다.

손가방에서 동창회 수첩을 꺼냈다. 정권은 그 과거의 아픈 기억들을 다 잊고 성공한 모양인가. 중소기업의 사장이 되었다고 한다. 동창회가 있던 날은 얼굴만 바라보며 형식적인 인사만을 주고받았을 뿐이었다. 나는 수화기를 들고 망설였다. 전화번호를 천천히 눌렀다.

"네, 누구시라고 전해 드릴까요? 잠깐만 기다리세요. 사장님! 전화 받으세요."

여직원의 낭랑한 목소리에 뒤이어 점잖은 목소리가 들렸다.

혹시 잘못 걸은 건 아닌가.

"저어, 석경희라고…."

저 쪽에서 아무 말이 없다.

"저, 박정권 씨 아닌가요?"

저 쪽에서 컬컬하게 잠긴 목소리가 말을 더듬었다.

"나, 정권이 맞아. 동창회수첩에 네 전화번호가 틀렸다고 해서, 혜란이한테 바른 전화번호를 받아 적긴 했는데… 전화하려다 말고, 또 하려다가 그만 두고 그랬어. 지금 어디야?"

정권은 예전처럼 다정했다.

"여기, 은숙이 입원해 있는 병원이야. 지금 시간 낼 수 있어?"

"그럼, 내가 당장 그리로 갈 테니까 꼼짝 말고 있어."

"사실은 나 지금 용유도에 가려고 해. 동행해 줄 수 있겠어?"

"뭐라구? 갑자기 거긴 왜? 가만있어 봐."

정권은 당황하는 눈치였다. 어쩔 줄 몰라하는 모습이 눈에 보이는 듯 선하다.

"시간 낼 수 있겠다."

"그럼 나는 지금 출발할 테니까, 월미도에 있는 '허리케인'으로 다섯 시까지 와. 기다리고 있을 게."

해적선을 이고 있는 듯한 커피숍 '허리케인'이 보였다. 시계를 들여다보았다. 아직 이른 시간이었다.

이층으로 난 계단을 빠른 걸음으로 올라갔다. 가쁜 숨을 고르며 주위를 둘러보았다. 정권은 아직 오지 않았다. 창가로 가 앉았다. 푸른 바다 저 멀리 보이는 배와, 뭉게구름이 그림처럼 유리창을 가득 채우고 있다.

동생 경순이 문 앞까지 따라나서며 걱정하던 소리가 귀에 거슬렸다.

─네가 우려하는 일은 절대로 일어나지 않을 거야. 차라리 내 메마른 가슴에 사춘기 때의 두근거림이 다시 소생했으면 좋겠다.

정권을 만나야겠다는 말에 경순은 무조건 반대했다. 물가에 내놓은 어린아이 같아 아찔 하다나.

─언니가 만나고 싶으면 만나. 하지만 예전의 감정 같은 거 표시하지마. 정권오빠는 이제 유부남 아니유? 솔직히 남녀간의 일은 알 수 없는 거 아니유?

혜란은 정권을 만나려고 한다니까, 자기 일처럼 좋아라했다.

─까짓 거 못 만날 이유가 어딨어? 만나지 않겠다는 마음부터가 아직 끈끈한 무엇인가가 밑바닥에 남아 있다는 이유 아니겠어?

운명이라는 것. 열반한 성철 스님은 세상사가 환하게 눈에 보인다는데, 나는 한 치 앞도 보이지 않는다.

이제 만나도 되는 걸까. 한 때의 공범자였던 사람들. 완전범죄라고 하지만 모두 불행하게 살고 있다. 그래도 정권만이 성공해서 완벽한 가정을 일구었나 보다.

커피숍의 문이 힘차게 열렸다. 늘씬한 키에 보기 좋은 체격의 정권이 문으로 들어섰다. 동창회에서 보았던 그 얼굴이다.

나는 낯선 사람이 내게 다가오는 것마냥 몸이 굳어졌다. 고등학생 때 기억과는 다른 모습이어서 쉽게 긴장이 풀리지 않았다.

맞은편 소파에 와 앉으며 정권은 어설프게 웃었다. 나는 예전의 그의 모습이 아니어서 다소 낯설었고, 모르는 남자와 앉아 있는 것 같은 거북살스러움까지 일었다.

나는 그 때 이후로 낯가림이 심해서 사람들과도 쉽게 사귀지 못했다. 이사한 지 몇 년이 지나야 이웃과도 겨우 인사를 나눌 정도였다.

나는 테이블 밑의 가방 끈을 만지작거렸다. 손바닥에서 진땀이 솟았다. 정권은 주위를 휘둘러보며 담배 한 개비를 꺼내 물고는, 또 한 개비를 꺼내서 내게 권했다. 담배를 받아 쥐었다.

정권이 라이터 불을 들이대었다. 연기를 깊이 빨아들였다. 예전의 그 장난기 어린 미소가 살풋 정권의 입가에 떠올랐다가 스러졌다.

"그 때 우리가 처음 담배를 배웠지? 그 이후 난 여태까지 줄곧 골초야."

태풍 속에서, 바닷가로 한 발자국도 내디딜 수 없던 우리가 할 수 있는 일이라고는 부서져라 기타를 두드리며 노래를 하는 것뿐이었다. 그러다가 지치면 잠들었다.

누군가가 옆방의 연극배우 방에서 담배 한 갑을 훔쳐왔다.

모두들 눈치를 보다가 한 개비씩 뽑아들었다. 우리 열네 명은 무슨 의식이라도 행하듯 성냥불을 옮겨붙였다. 허선생이 없는 곳에서 감쪽같이 금지된 장난을 하는 쾌감으로 온몸은 근질거렸다. 그리고 방안은 연기로 가득 찼다. 그 때 그 담배가 뭐였는지, 우리는 어지러웠고, 붕붕 뜬 기분으로 방바닥에 드러누웠다.

정권은 담배연기를 카페의 천장을 향해 길게 뿜어 올렸다.

그리고는 담배연기 사이로 눈을 아련하게 뜨고 내 얼굴을 찬찬히 뜯어보았다.

"혹시 말이야. 그 섬에서 우리에게 일어났던 일 때문에 그동안 나를 피해 왔던 거야?"

왜 아니겠는가. 그의 눈을 피하기 위해 얼마나 애를 쓰며 살아왔던가. 보고싶기도 했지만…. 이십 년 동안 얼마나 전전긍긍하며 살아왔는지 모른다. 정권이 느닷없이 꿈속으로 튀어들어오는 일도 종종 있었다.

'경희야, 내가 다 불었다. 우린 교도소로 가는 수밖에 없어.'

정권의 뒤로 형사들이 나타나서, 도망치는 내 팔을 우악스레 붙들어 수갑을 채웠다. 그들에게 끌려가다가 안개 속에서 길을 잃고 꿈에서 깨곤 했다.

"공소시효가 이미 지난 지 오래야. 그리고 그건 정당방위였고… 이제는 그 짐을 벗어버려야지."

　정권은 내 쪽으로 목을 길게 빼고, 목소리를 낮추었다. 섬에서 그 일만 없었다면 우리 사이는 좀더 발전할 수 있었을 것이다.

　단체행동 중에도 사이사이 우리는 몰래 빠져 나와 둘만의 시간을 즐겼다. 푸른 녹음 속으로 숨어들었다. 우리는 아무 말 없이 걸었다. 말보다는 마음속에서 많은 말들이 부대끼던 시절이었다. 고개를 넘고, 묘지 앞에 앉아서 얘기를 나누기도 했고, 숲 속에서 길을 잃고 산비탈 아래로 미끄러져 내려갔다가 아늑한 비밀장소를 발견하기도 했다.
　푸른 녹음 속에서 들여다보는 정권의 눈은 아름다웠다. 파란 하늘, 흰 구름, 초록 숲이 그 눈 안에 다 들어 있어서 그의 눈은 푸르렀다. 우리가 바닷가에서 느꼈던 감정들은 소중하고 귀한 것들이었다. 말로 표현이 안 된 그 감정들이 아직도 고스란히 가슴에 남아 있었다.
　마음과는 달리 소년소녀답게 엉뚱한 질문이 튀어 나왔고, 거기에 걸맞지 않는 대답을 하고는 서로 얼굴을 붉히고….
　—결혼은 왜 한다고 생각하니?
　정권은 느닷없이 그런 질문을 했었다. 나는 곰똘히 생각하다가 사회시간에 배운대로 대답을 했다.
　—종족번식을 위해서 결혼을 해 왔던 게 아닐까?
　정권은 내 어깨를 꼭 붙잡고는 소리내어 웃었다. 컴컴한 들판에 정권의 두 눈이 야생동물처럼 빛을 내었다. 금방이라도 달려들어 일을 저지를 것 같은 숨막히는 순간이었다.
　—쉬운 산수문제를, 방정식으로 푸는 거니?

정권은 마주 서서 내 어깨에 팔을 올려놓았다. 나는 숨이 가빴다.

정적 속에 우리 두 사람의 숨소리만 들렸다.

은숙이 처음 덕수와 키스하고 와서 귓속말을 했었다.

'어머, 덕수 너무 이상해. 키스를 하자고 해서 나는 영화에서처럼 눈을 감았거든. 그런데 덕수가 자꾸만 내 입에 침을 흘려 넣는 거야. 구역질이 나서 혼났어. 그래서 집에 와서 이빨을 세 번이나 닦았어.'

'아유, 더러워.'

내가 갖고 있는 키스에 관한 지식은 그게 전부였다. 그런데 내 입술 가까이 다가온 정권의 입에서는 달콤한 복숭아향기가 났다. 정신이 아득해지고, 온몸에서 기운이 다 빠져나가는 것 같았다.

—사랑하니까 결혼하는 거야.

나는 그렇게 감미로운 키스와 사랑을 정권에게서 배웠다.

얼마나 멀리 갔던 걸까. 둘이서 빠르게 걸어 돌아가려 했지만, 중간에 해가 저물기도 했다.

정권은 다시 담배에 불을 붙였다. 연기 속으로 정권의 눈빛이 과거로 달려가는 듯 가느스름해졌다.

"내가 소년원에 갇히는 몸이 되었잖아. 거기서 나왔을 때, 너희가족은 이미 동네를 뜬 지 오래 되었어. 은숙에게 가끔 소식을 물었지만, 은숙도 아무 기별 없이 떠나버린 너를 원망하고 있었지. 네가 갑자기 사라지고 나서 지금까지 하루도 널 잊어본 적이 없어. 바닷가에서 보낸 그 밤들, 그리고 그 사건… 피투성이가 된 그 남자가 가끔 꿈에 나타나서 내 바짓가랑이를 잡고 늘어지는 거야. 떼어내려고 안간힘을 쓰면 내 몸에 온통 피가 뿌려지는 거, 넌 모를 거야.”

코끝이 시큰해지며 눈물이 핑그르르 돌았다. 나도 자주 그런 꿈에 시달렸다. 이십 년이 지난 지금도 가끔 악몽을 꾼다. 그럴 때마다 정권이 나타나 구해 주기를 얼마나 바랐던가.

과거의 보따리가 풀어헤쳐질 것만 같은 강박관념 때문에, 나는 그 때의 친구들이 살만한 곳은 피해 다녔다. 지방으로만 떠돌았다.

정권은 테이블 위에 놓인 냅킨을 집어 나에게 건네주었다.

나는 주르륵 흘러내린 눈물을 냅킨으로 꾹꾹 눌렀다.

사람들은 참 이상하다. 혼자서는 일을 저지르지 못해도 집단이 되면 엉뚱한 일에 정열을 쏟고, 폭력적이 되기도 한다.

“은숙이가 토사곽란으로 갑자기 병원으로 실려갔을 때, 응급실에서 우리 만났었지. 너도 덕수도 그 때가 우리 네 사람의 마지막 대면이었지.”

은숙은 집안에 사람이 없는 틈을 타서 다락에 올라가 쥐약을 마셨다. 병원으로 옮겨 응급실에서 위 세척과 장세척을 하고 나서 가까스로 생명은 구할 수 있었다. 은숙이 다락에서 약을 먹었을 때는 제정신이 돌아왔을까. 아니면 처녀귀신의 정신으로 쥐약을 먹었을까. 나는 지금도 그것이 궁금하다.

은숙이 정신분열로 오락가락하고 있을 그 즈음, 덕수는 모든 고민을 혼자서 떠 안은 채, 목을 매달고 죽었다.

꼭 성공해서 이 동네를 탈출하겠다던 덕수였다. 옆집누나가 빠져 죽은 우물물…. 저녁 때 다시 길어서 밥을 해 먹을 수밖에 없었던 가난한 동네를, 성공해서 떠나고 싶어했는데…. 덕수는 아직도 저승 가는 길을 찾지 못했나보다. 은숙 곁을 맴돌고 있으니….

혹시나 유서에 섬에서의 일이라도 적혀 있을까봐, 우리는 그의 죽음을 슬퍼할 겨를이 없었다. 나는 그 일이 있고 난 후, 돌아버리지도 않았고, 죽을 용기도 없었다. 그렇다고 그 기억이 한시라도 머릿속에서 떠나본 적도 없었다. 뇌가 파열되지 않고 끄떡없는 것에 진저리가 났다. 어쩌면 그 때의 충격이 자궁 안을 파괴하기 시작했는지도 모른다.

"그래서 그 이유 때문에 이제껏 파묻혀 지내고 있었던 거야?"

나는 고개를 끄덕였다.

그 당시, 아버지 사업이 틀어지는 통에, 살던 집에서 쫓겨나게 되었다. 식구들은 뿔뿔이 흩어졌다. 어머니는 나와 동생 경순을 춘천 외가로 전학시켜 주었다. 그 곳에서 고등학교를 마쳤다. 졸업 후에는 바로 회사에 취직해서 조용하게 살았다. 집안에서는 반벙어리쯤으로 행동했고, 나는 늘 소설 속에 묻혀서 살았다. 현실과 상상 속을 넘나들면서 시간을 날려보냈다.

얼마 전 혜란의 전화를 받고 정권을 만나려고 조금 내밀었던 더듬이를 황급히 집어넣었다. 남녀간의 우정이란, 더욱이 옛날에 그런 일이 있었는데, 이제 와서 우정이라는 이름으로 만나려고 한다는 것은 옳지 않았다. 정권의 젊은 아내와 아이…. 내가 정권을 다시 만나는 일은 폭탄을 등에 짊어지고 불구덩이로 뛰어드는 것인지도 몰랐다.

—정권이 개, 가정생활이 원만치 않은 거 같애.

가정생활이 화목하다고 해도 당당하게 만나기가 힘들텐데, 그런 말을 들으니 더욱 나설 수가 없었다.

담배만 연거푸 피워 물던 정권이 내 얼굴을 찬찬히 들여다보았다.

"경희야, 사실은 벌써부터 너랑 용유도에 가보고 싶었어. 먼저 동창회 때 한말 빈말이 아니야. 그런데 네가 자꾸 피하는 눈치라 여태 기다리고 있었지."

나는 가끔씩 연안부두와 월미도를 서성거렸다. 꿈속처럼, 안개 속을 헤매듯이, 인천에 올 때마다 그 쪽으로 발길을 돌렸다. 안개 속 같은 기억 속으로 한 걸음씩 다가가 보았다. 미친 짓이라고 생각하면서도 꼭 한 번은 맞닥뜨려야 할 것 같았다.

"지금 떠나고 싶어. 저기, 나 실은 시간이 별로 없거든…."

남아있는 순간들을 생각하며 나는 눈을 부릅떴다. 눈을 크게 뜨면 뜰수록 눈물이 그렁그렁 매달렸다. 정권은 시계를 들여다보고 남은 커피를 후루룩 마시고는 일어섰다. 눈물이 눈꼬리를 타고 흘러내렸다. 나는 냅킨으로 눈 주위를 꾹꾹 누른 후, 여행가방을 들고 따라 일어섰다.

나는 정권의 차에 올랐다. 여객선을 향해 정권의 차가 천천히 굴러갔다. 큰배는 주차장이 되었다. 배가 영종도에 도착했을 때, 낡은 어선이 여러 척, 미풍에 한가롭게 흔들리고 있었다.

이른봄에 왔을 적에 스카프를 마구 벗겨내던 찬바람을 떠올렸다. 그리고 얼굴에 칼자국이 있던 중년사내를 떠올렸다. 나루터 호프, 영 다방 등, 시골종점 다방 분위기를 풍기던 을씨

넌스런 풍경은 온데간데없었다.

사람들로 북적거렸고, 활기차 보였다. 정권의 차는 다른 차들의 뒤를 좇아 오른 쪽으로 커브를 틀었다. 좁은 도로로 자동차 경주를 하듯 차들이 납작 엎드려 달려나갔다.

[시골집 가든] 이라는 우스꽝스런 팻말에 우리는 마주 보고 웃었다.

영종도가 끝나며 삼목도와 이어진 도로 양옆으로 염전이 보였다. 소금창고에 붉은 글씨가 섬뜩하게 다가왔다.

[공항건설, 외지인만 살찌운다!]

담벽에 쓰인 삐뚤빼뚤한 글씨는 아래로 피가 줄줄 흐르는 것처럼 페인트가 흘러내렸다. 그 글만 보고도 삼목도 주민들의 쓰린 마음을 이해할 것 같았다. 정권은 말없이 염전 사잇길을 달려나갔다.

그에 비하면 아파트에서의 데모는 신선놀음이었다. 며칠 떠들어서 몇 천만 원 받아 아파트 외벽에 페인트칠이라도 하려던 안일한 생각들…. 그야말로 집단이기주의였다. 줘도 별로 보탬이 안 되었고, 안 준다고 해서 큰 손해가 나는 것도 아니었다.

피해가 없다고는 할 수 없었으나, 더 좋은 환경을 위해 참을 수도 있었다.

또다시 대표단을 구성해 데모하자고 하자, 모두들 고개를 흔들었다. 더 이상 주민들에게 시위라는 단어는 먹혀들지 않았다.

이제 절대로 건설회사의 농간에 속지 않겠다며 도리질을 했다. 보상받지 않아도 좋으니 이제 시위는 질색이라는 것이다.

멀리 소금창고들이 녹슨 채 버려져 있다. 거기에도 섬뜩한 글씨가 적혀있다.

[삼목 주민 목 조이는 공항건설 중단하라!!]

안일하게 처리했던 타협과 화해자리에서의 추태들이 떠올랐다. 추진위원회 측과 건설회사 측 사람들은 우리가 보는 앞에서 서로 얼싸안았다. 이제는 한 동네 주민이 되었으니 앞으로 잘 사귀어보자는 것이었다. 어제의 적이 오늘의 동지가 되었다.

가면을 바꿔 쓰듯 너무도 쉽게 얼굴을 바꾸는 사람들 때문에 나는 멀미가 날 지경이었다.

이제 어디에고 붙은 슬로우건이 절실해 뵈지 않았다. 데모와 붉은 글씨들이 이제는 내 마음을 끌어당기지 못한다. 악에 대한 신경이 점점 무디어져가고 있는 세상이다.

정권은 말없이 운전대만 붙들고 있다. 쭉쭉 뻗은 소나무 숲을 지났다. 예전 같으면 둘만의 데이트코스로 좋겠다며 눈여겨보았을 텐데, 정권은 무덤덤한 얼굴로 그 길을 지나쳤다. 정권의 옆자리에 앉아 가면서 그의 아내에게 조금 미안했다.

동생 경순은 절대로 그 자리에 다른 여자를 태우면 안 된다며 제부에게 바가지를 긁곤 했었다.

언덕을 내려가자 파란 글씨가 크게 나붙은 공사장이 보였다.

[환경과 더불어 사는 신 공항건설]

정말 희망적이고, 아무런 하자가 없는 슬로우건이었다. 한쪽이 만족하려면, 다른 쪽에게 아픔을 남기게 마련이었다.

길게 뻗은 방조제가 갯벌을 가르고 있었다. 사 킬로미터는 됨직한 거리다. 바다는 보이지 않고 길게 뻗은 시멘트 길만이 끝없이 이어졌다. 해홍나무가 군데군데 무리 지어 있는 갯벌은 사막 같았다. 사막의 한 가운데를 달리는 듯한 막막한 기분이 들었다.

[용유도]

갈림길의 표지판을 보며 우리는 눈을 마주쳤다. 긴 숲과 마을을 지나갔다.

이십 년 전에 왔을 때는 배로 왔기 때문에 이 쪽 동네는 와 보지 못했다. 바닷가에서 해수욕장 뒤로 펼쳐진 산과 구불구불한 길로 이어진 그 뒤를 궁금해했을 따름이었다.

이제는 거꾸로 동네에서 그 고개를 넘고 있다. 푸른 바다가 보이기 시작했다. 섬이 하나도 없고 수평선만 걸려있는 짙푸른 바닷물이 저 멀리에서 찰랑거렸다. 드넓게 드러난 모래사장 위를 지프 한 대가 종횡무진으로 달리고 있었다. 지프가 지나간 자리에 삐뚤빼뚤한 바퀴자국이 남아 있다.

차안에서 우리는 차창 밖을 내다보았다.

"우리네 인생살이가 저런 거 같애. 곧은길로 달리기만 하는 것이 아니구, 저렇게 삐뚤삐뚤 굴곡지게 사는 거 같애."

한 순간의 폭풍이나 파도에 휩쓸려 죽어 없어질 것 같던 인생들이 그래도 또 살아남고, 살아남고….

"성종 임금이 서른 여덟 살에 죽었는데, 그 때 나이로는 천수를 누린 거래. 나도 죽을 것만 같던 인생이 그래도 천수나 살았으니 억울할 것도 없어."

나는 지프의 바퀴자국이 어지럽게 찍혀있는 모래사장을 바라보며 말했다.

정권은 내 얼굴을 물끄러미 바라보았다.

"왜 그런 소릴 하지? 나는 벽지에다 똥칠할 때까지 살 거야."

정권은 웃지도 않으며 태연스레 말했다. 나는 정권을 향해 눈을 흘기며 웃었다.

정권은 차를 모래사장에 세웠다. 차에서 내려 말없이 바다와 하늘과 비틀거리는 지프를 번갈아 보았다.

나는 정권의 팔에, 오스스 소름이 돋은 팔을 끼었다. 정권은 내 얼굴을 흘끗 보고는 웃었다. 그의 고른 치아를 보며, 나는 정권과의 감미로웠던 첫키스를 떠올렸다.

우리는 모래사장에 앉았다. 모래바닥은 적당히 데워놓은 방구들처럼 뜨뜻하다. 구두 안으로 모래가 들어갔는지 깔깔하다. 나는 구두를 벗어 털었다.

"혜란이에게 듣기로는… 왜 가정이 원만치 않은 거야?"

정권은 입을 빼뚜름히 물고 피시시 웃었다.

"으응, 그냥… 나랑 정서가 안 맞는대나. 뭐, 그래. 아내는 부잣집에서 곱게 자랐으니까."

정권만은 원만한 가정을 갖기 바랬는데…. 나는 가슴속으로 바람이 술술 들어오는 거 같아서 옷을 여몄다.

"죽기 전에 너하고 꼭 한 번 여기 오고 싶었어."

정권은 내 머리를 향해 쥐어박는 시늉을 했다.

"나이가 몇인데, 벌써 죽는 타령이야?"

"산 날 보다 살날이 얼마 남지 않았잖아."

나는 슬그머니 말끝을 돌리고는, 저 멀리 거의 다 져버린 검붉은 노을을 보았다.

"허긴 그러네."

달팽이 같은 삶이었다. 안으로, 안으로만 기어 들어가 숨어 있었다. 이렇듯 더듬이가 바깥에 나와 있는 일이 비현실적으로 느껴졌다.

"일어설까? 저기 언덕에 웬 궁전이 있네. 올라가 보자."

정권이 엉덩이를 털며 일어섰다. 나는 그를 놓칠세라, 다가가 또 팔짱을 끼었다. 이번에는 정권이 가만히 있었다. 걸으면서 섬의 구석구석을 샅샅이 살펴보았다. 사진을 찍어놓듯 마음속에 아로새겨 두고 싶었다. 풀 한 포기, 돌멩이 하나까지 가슴에 담아놓고 싶었다.

"둘이 힘을 합치면, 그리고 힘든 짐을 나누어 가지면 사는 일이 예전보다는 쉬워질 수도 있어."

정권은 고른 치아를 드러내 활짝 웃으며 내 어깨를 감쌌다.

이십 년의 계단을 단숨에 뛰어내려간 것 같았다. 세월의 시간이 거꾸로 돌아가 주었다.

이십 년의 세월이 몹쓸 꿈이었는지도 모르겠다는 생각이 들었다.

산꼭대기에 올라앉은 커피숍은 중세시대 속에나 나옴직한 왕궁의 웅장한 모습을 하고 있다. 예전의 그 자리였다. 우리가 언덕 위에서 첫키스를 나누었던 곳. 뛰어내리면 그 아래, 구름처럼 버티고 있는 나무 위에 푹신하게 떨어질 것처럼 느끼며 행복해 했던 밤.

나무계단을 올라가 커피숍의 문을 밀었다. 통유리 가득 바닷가 풍경이 눈에 들어왔다.

바다는 옛날 그대로였다. 그리고 하늘도, 바위에 들러붙은 따개비의 모습까지…. 모래사장에 텐트를 치고 냄비에 라면을 끓여먹는 젊은애들도 그대로였다. 그러나 섬은 많이 변해 있었다.

녹슨 철구조물이 흉물스럽게 포구의 한 귀퉁이를 차지하고 있다. 오른 쪽으로는 긴 방파제가 바다를 가로막고 있다. 식수시설, 샤워시설 등을 해 놓아 편리해 보이긴 했지만, 자연스런 바다를 망가뜨리고 있다.

수돗가로 몰려가는 청소년들의 모습에서 잃어버린 우리들의 시간들이 보였다.

"여기는 예나 지금이나 청소년들의 바다인 모양이야."

정권이 고개를 끄덕이며, 그들을 향해 검지손가락을 들었다.

"그래. 저 애들 틈에 덕수나 은숙이 끼어 있을 것만 같다."

우리는 한동안 아무 말 없이 앉아 있었다. 날이 저물고 있었다. 새털구름 아래로 붉은 노을이 보였다. 하늘에, 바닷물 위에, 그리고 그 아래, 세 개의 태양이 럭비공처럼 떠 있다.

"착시현상일까? 물에 비친 걸까? 너무 환상적이다."

정권의 손가락을 따라 나도 수평선 쪽을 바라보았다. 저 멀리 빠져나간 바닷물을 따라가 아직도 해수욕을 즐기는 사람들이 보인다.

거무스레한 하늘 속으로 불덩이는 가라앉았는데도 분홍빛의 구름 아래 연인들이 나룻배를 타고 있다. 그 실루엣이 남태평양을 배경으로 한 영화의 한 장면처럼 아름답다. 바닷물에서 빠져나와 갯벌을 걸어오는 남자가 보인다. 수영팬티 차림의 사내는 건장하다. 사내가 갯벌을 지나 모래사장쯤에 왔을 때,

나는 깜짝 놀랐다. 낯설지 않은 얼굴이었다. 정권과 나는 서로 얼굴을 마주 보았다. 그의 뺨에, 팔뚝에, 배에 지네처럼 길다란 칼자국이 여러 군데 나 있다. 초봄에 영종도의 버스에서 본 그 얼굴이었다. 섬뜩한 기운이 가슴을 훑고 지나갔다. 혹시 그 사람이 아닐까.

내 온몸에 문어의 흡반처럼 들러붙었던 남자. 내가 휘두르는 칼에 죽은 줄 알았던 남자. 나를 붙잡기 위해 이 섬에 혼자 남아 이십 년 동안 복수의 칼을 갈고 있는 건 아닐까. 나는 예전에 보았던 '쌍칼잽이'니 '복수의 검' 같은 제목의 만화가 떠올랐다.

"더 어두워지기 전에 돌아가야지?"

'오늘 밤, 날 가져.'

나는 입술을 달싹이기만 했다. 하고 싶던 말을 차마 하지 못했다.

정권이 내 머리카락을 만지작거리고 있다.

"정권아, 나 오늘 여기서 자고 갔으면 좋겠어. 여행가방도 싸 가지고 왔어."

정권은 내 눈을 가만히 들여다보았다. 그리고는 한참 고개를 숙이고 찻잔만 내려다보고 있다. 고개를 좌우로 흔들더니 정권이 벌떡 일어섰다.

"이런, 집에 가서 주무시와요. 잔잔한 내 마음에 불지르지 말구."

나는 입술을 깨물었다. 그렇지만 이 나이까지 지켜온 질서와 틀을 부순다는 일이 쉽지는 않았다. 정권의 말 때문에 분위기가 조금 서먹해졌다. 나는 커피숍 창 밖으로 시선을 돌렸다.

물이 빠져나간 저 멀리에서 돌아오는 사람들의 모습이 간간이 보였다. 바다를 즐기기 위해 온 사람들은 바다의 자그마한 한 가장자리를 차지하고, 넘실거리며 달려온 파도의 한 자락을 즐길 뿐이다. 그러면서도 바다를 전부 차지하고 즐긴다고 생각한다.

어둑어둑해지고 있는데도 사람들은 꽤 멀리까지 나가서 모여 있다. 해수욕장 방송실에서는 음악이 흘러나오고 있다. 방송이 끊기며 다급한 목소리가 들린다.

"아이가 구조요청을 합니다. 여름경찰 여러분들은 현장으로 가시기 바랍니다."

해변으로 몰려가는 사람들을 보기 위해 눈을 가느스름하게 뜨고 바다를 노려보았다. 물이 쓸려나가며 파도를 남기고, 바다 저 멀리 어슴푸레한 수평선이 떠 있다.

커다란 파도가 지난 뒤, 그 뒤에 동동 떠있는 사람들을 보면 왠지 속았다는 기분이 들곤 했었다. 파도는 사람들을 삼키지 못해서 부글거리는 것 같았다. 구불구불 꿈틀거리며 다가오는 파도는 거대한 파충류처럼 징그럽다. 한 순간 사람들이 정말 바다 저 멀리로 떠밀려가고 빈 파도만 넘실거리는 게 아닌가 긴장하곤 했었다. 아무 생각 없이 바다만 바라보는 일이 막막하다. 그렇게 탈출의 상징으로 그리워하던 바다였건만, 이제는 망망대해가 갑갑하게 느껴진다.

튜브를 타고 마냥 파도에 휩쓸리며 떠나가던 아이는 드디어 구조되었단다.

서해 상에 빙빙 남아돌고 있던 태풍은 이제 힘을 잃었단다.

바다는 다시 생선 비늘처럼 은빛으로 빛나고 있다.

굴 껍질이 다닥다닥 붙은 벼랑 아래 바위 위, 남자가 버티고 서 있다. 나는 테라스로 나가 남자를 내려다보았다. 그 남자는 무심한 얼굴로 나를 올려다볼 뿐이었다.

"혹시 저 남자가 그 때의 그 골키퍼가 아닐까?"

"그 때 대학생들이 그 형네 집이 여기라고 했으니까, 저 남자일 수도 있겠지. 그러나 아닐 수도 있겠지. 이제 와서 그게 뭐 그렇게 중요하니?"

우리는 커피숍에서 나왔다. 자꾸 바람이 빠지는 듯한 웃음이 입가로 새어나왔다.

'그래 그건 중요하지 않지.'

자궁이 온전치 못한 여자. 그 동안 간직한 순결을 주어버리겠다고, 죽기 전에 사랑하는 남자와 동침을 해 보겠다고 이 용유도를 찾아오다니….

정권이 이 소설 같은 공상에 대해 들으면 어떤 반응을 보일까. 자궁이 필요로 하는 아기는 가져보지도 못하고, 쓸데없는 혹이나 품고 있는 여자. 몽땅 들어내버려야 될 오염된 자궁. 이제 다른 장기까지 오염시키고 있는 암세포.

정권은 차 있는 데로 걸어가면서 말이 없었다. 그에게 무얼 주겠다는 건가. 순결을? 이 오염된 순결을?

돌아오는 길에도 배를 향해 차들이 줄지어 섰다. 공사장에서 나오는 덤프트럭들도 여러 대 보였다. 큰배는 그 무거운 짐차들을 넙죽넙죽 잘도 받아들였다. 배가 가라앉을 듯이 기우뚱거렸다. 정권의 차도 배 안으로 미끄러져 들어갔다.

우리는 배 안, 또 정권의 차안에 가만히 앉아 있었다.

“참, 경희야. 너 아직도 잭크나이프 같은 거 가지고 다니니?”

정권의 말에 온몸의 핏기가 싹 가시는 걸 느낀다.

“바다 위에서 ‘칼’ 소리를 내면 불행해져. 그 때도 내가 무심코 그런 소리를 했었거든….”

“이제는 그 괴상한 껍질 속에서 좀 나와라. 지금이 어떤 시댄데, 그런….”

정권은 아파트 정문까지 바래다주었다. 정권은 내 손을 가만히 쥐었다 놓는다. 나는 정권의 충혈된 눈을 들여다보았다.

‘앞으로 만나지 못할 거야. 이대로 서로 있으면 됐어. 바다 위에 점점이 떠있는 섬처럼….’

차에서 내리는데 속눈썹이 촉촉히 젖어 왔다. 무엇 때문인지는 딱히 꼬집어 말할 수 없지만…. 내 속껍질 속에서 오래도록 곪아온 아픈 기억들 때문이었으리라.

“우리가 살던 동네에 고층 아파트가 우뚝우뚝 솟았더라. 그 음울했던 루핑지붕들의 행렬, 너도 기억하니? 이제 그 가난했던 어린 시절과, 을씨년스런 과거의 기억들은 다 날려버려.”

정권은 나에게 주먹을 들어 보이고는 차를 회전시켜 나갔다.

그래. 파이팅! 이다. 나도 주먹을 쥐어 보였다. 나는 차의 꽁무니를 바라보며 조금 울었다.

열일곱 살, 세상이 온통 내 것인양 휘젓고 다니던 건 불과 일 년 밖에 되지 않았다. 멍든 가슴을 안고 살아가는 것은 평생이다.

규범, 도덕, 법이라는 것. 인간이 만들어 놓은 테두리에서 벗어나 훨훨 자유롭게 날고 싶었을 뿐인데….
부러진 날갯죽지로 오래도 날았다.

17
에필로그

정권과 헤어지고 나서 한 통의 전화도 없었다.

나는 내내 컴퓨터 앞에만 앉아 있었다. 머릿속에 떠돌던 기억들을 끌어내었다. 달팽이처럼 나 자신에게까지도 숨기려고 애썼던 그 기억들을 밖으로 이끌어내었다.

'부엌 한켠에 물이 반쯤 찬 고무 통이 놓여 있다. 숨을 흑흑 느끼며 찬 물 속에 쪼그리고 앉았다. 등을 타고 내리던 땀방울이 쑥 들어갔다. 고개를 들어 백열등을 올려다보았다.

검은 바탕에 흰 점박이가 박힌 굵은 전선이 천장을 뚫고 구불구불하게 내려와 있다. 뱀처럼 꿈틀대는 전깃줄 아래로 알전구가 매달려 있다. 알전구 속의 필라멘트는 그 옆에 있는 누런 끈끈이테이프를 비추고 있다. 파리떼가 바늘 하나 꽂을 틈 없이 빽빽하게 붙어있다. 어떤 파리는 다리 한 짝만 붙어 대롱거리고 있다.

우리 동네를 보는 듯 하다. 낮으막한 지붕, 천막만큼이나 작은 집들. 좁은 골목마다 쏟아져 나오는 아이들. 길바닥에 아무렇게나 싸 놓은 똥덩어리.'

컴퓨터에는 내가 들어가 있다. 그리고 이제는 사라진 난민 주택과 친구들도…. 나는 지금 패드를 대고 그냥 버티고 있다. 집중해서 수기에 열중하는 동안은 고통도 줄어들었다.

사람들은 타인의 삶을 엿보는 데 스릴을 느낀다. 나의 삶을 보면서 남들은 흥미를 느낄지도 모른다.

내가 늘 망원경을 들고 숲 속에서 일을 저지르는 청소년들을 엿보는 것도, 염려보다는 훔쳐보는 스릴 때문일지도 모른다.

사춘기, 그들은 무엇인가. 그들은 괴물도 아니고, 그저 성장기의 한 과정을 통과할 뿐이다. 나비가 되기 위해 번데기의 과정을 거치듯이 그렇게 한 과정을 지나는 것뿐이다.

난 이 글을 마치면서 젊은이들이 나와 같은 길을 걷지 않길 바란다. 내 조카 현아나 은숙의 딸 민영이 꿋꿋하게, 아무 일 없었던 듯이 살기를 바란다.

저자와의
협의하에
인지생략

티 눈

2002년 1월 15일 초판 1쇄 발행

지은이 / 김 성 금

펴낸이 / 전 의 식

기 획 / 유 스 컴

펴낸곳 / 다인미디어
서울시 종로구 익선동 30-6 운현신화타워 107호

전 화 / (02)742-9183 팩 스 / (02)743-7615

e-mail / dynemedia@hanmail.net

등 록 / 제1-2233호(1997년 10월 10일)

ISBN 89-87957-39-X

정 가 / 8,000원

• 잘못된 책은 구입한 서점이나 본사에서 바꾸어 드립니다.
이 책은 경기문화재단에서 제작비 일부를 지원 받았습니다.